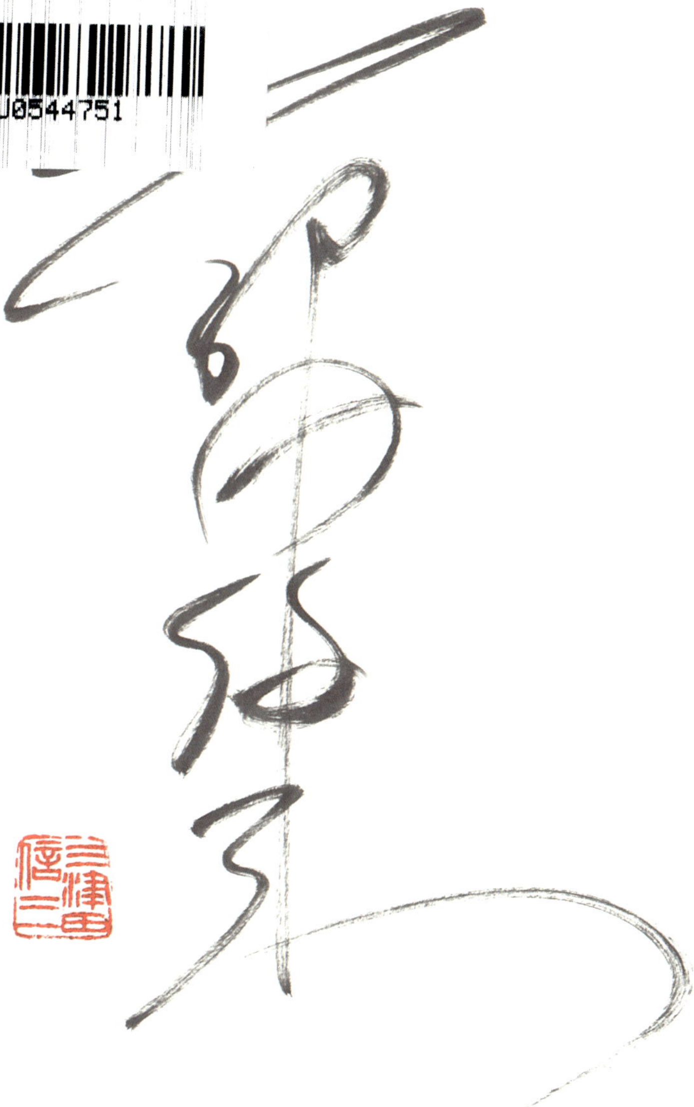

子狐們的災園　印刷簽名版

讀小說
Reading Novel

子狐們的災園

三津田信三／著

瑞昇文化

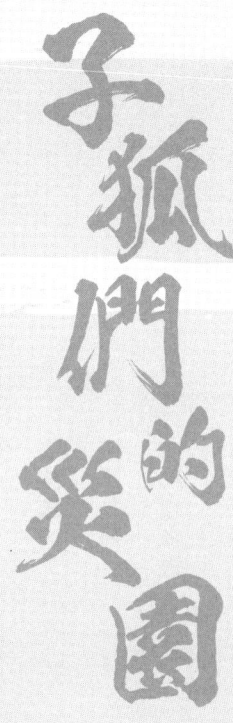

目錄

主要登場人物

根津奈津江（ねづなづえ）　六歲。具有不可思議的能力，能找回遺失的物品。
美喜雄（みきお）　奈津江之父。
尚江（ひさえ）　奈津江之母。

祭園的人們

祭　隆利（まつり　たかとし）　園長。
小佐紀（おさき）　隆利之妻。繼承母親的衣缽，成爲從事占卜及驅邪的馭狐師。
小寅（おとら）　小佐紀之母。馭狐師。
深咲（みさき）　十九歲。
汐梨（しおり）　十三歲。
學人（がくと）　十一歲。
由美香（ゆみか）　九歲。
喜雄（よしお）　七歲。
三紀彌（みきひさ）　六歲。
內平　太（うちだいら　ふとし）（平太（ヘイタ））　負責接送及警衛等雜事的人。
島本和香子（しまもとわかこ）（島子（シマコ））　女佣。
長谷三郎（はせさぶろう）（長三（チョウさん））　廚師。

一　稻荷神社

根津奈津江不喜歡自己的名字。首先「なづえ（NAZUE）」的發音怎麼聽都覺得很老氣，如果是「なつえ（NATSUE）」還好一點。[1]

幼稚園的朋友們不是風花、菜奈、櫻，就是彩香、美雪等等，都是些好可愛的名字。雖然漢字對她來說還很困難，但是比起三個字的「奈津江」，「風」、「花」、「櫻」、「美」、「雪」這些字看起來更符合女孩子的形象。

說到漢字，姓氏已經有「津」這個字了，名字居然還用同一個字。每次看到「根津奈津江」這五個字，總讓她感到心浮氣躁。

寫成平假名是「ねづなづえ（ZUNAZUE）」，就算反過來變成「えづなづね（EZUNAZUNE）」也不覺得有什麼太大的差別。事實上，幼稚園裡就有男生這樣叫她、取笑她。她當然每次都不甘示弱地反擊，但也每次都很不開心。

1　なづえ和なつえ都是「奈津江」的日文發音。

平常大家都親暱地喊她「小奈」，所以她也不是很在意。但是每次有人喊她全名或看到寫在個人物品上的名字，她總是忍不住在心裡埋怨，要是自己能有個可愛一點的名字就好了。

剛開始懂事，剛開始覺得自己的名字不太對勁時，她問過母親：

「爲什麼要幫我取名爲奈津江？」

「因爲妳爸爸是奈良人，生下妳的時候剛好開了根津屋。再從媽媽的名字裡抽出一個字，就成了『奈津江』喔。」

先從父親美喜雄出生的故鄉奈良取出「奈」字，再從當時剛開張的根津屋裡取出「津」字，最後再從母親尚江的名字取出「江」字，組合成「奈津江」這個名字。

騙人……

這是奈津江的第一反應。母親的態度並沒有任何不自然的地方，儘管如此，她仍有被騙的感覺。不，或許該說是領悟到母親在欺騙自己。

奈津江的父母在淺草開了一家蕎麥麵店。她出生的那一年，負責掌廚的父親剛好從因爲年事已高，想把店面收起來的前任老闆手中頂下這家店和後面的住家，也就是現在的「蕎麥處根津屋」。

只不過，雖然都在淺草，但根津屋附近並不像雷門的所在地仲見世一帶那麼熱鬧，反而是以大隱隱於世的遠離塵囂感爲賣點。因此剛開幕時，父母都很擔心會不會有客人上門。

幸好父母的不安只是杞人憂天。不僅以前的常客常來光顧，父親的好手藝也吸引很多新的客人，蕎麥麵店總算上了軌道。當然母親忙進忙出的努力也功不可沒。但如果只有這樣，頂多是俯拾皆是、平凡無奇的創業成功體驗。但是這家店在奈津江某種能力的推波助瀾下，門庭若市的程度簡直令人難以置信。

根津屋附近有一座小小的森林，十幾棵大小各異的樹木和草叢圍繞的土地上鎮座著一座稻荷神社。形成一個其他地方看不到，非常不可思議的場所。

父親每天早晚都會去那座神社參拜，因此奈津江從小就在森林裡玩耍。父母都忙著開店，所以她大部分時間都是一個人。附近也沒有別的小孩，自然而然便學會了如何跟自己相處。這點即使上了幼稚園也沒有任何改變。回家後一定會去森林，在神社前待到傍晚。森林離蕎麥麵店不遠，鄰居都照看得到，所以父母也很放心。

然而，事情發生在奈津江五歲那年的秋天。

那天她從幼稚園放學回家後，照舊帶著父母買給她當生日禮物的洋娃娃套組，速速前往森林。她很喜歡待在那裡，感覺很舒服。待在蕎麥麵店後面的家裡，等母親利用工作空檔探頭進來看她一眼的時候，明明常覺得很孤單，可是待在神社前，即使沒有人理她，她也不覺得有任何問題，反而很自在。

「妳好。」

正當她跟平常一樣，自得其樂地玩耍時，突然有人向她搭訕。聲音壓得很低，彷彿接下來要說的是悄悄話。

奈津江抬起頭來，大吃一驚。因爲有個戴著灰色帽子的年輕人站在大樹下，那頂大象的帽子有著大大的耳朵和長長的鼻子。

「你好。」

不愧是生意人的孩子，奈津江立刻回答。雖然大部分的時間都在神社前度過，但是與店裡的客人接觸的機會也不少，自然養成了不怕生的性格。

「妳叫什麼名字？」

年輕人問她，奈津江一時半刻不曉得該怎麼回答。

「……奈津江。」

因爲不想說謊，奈津江只得老實回答。但因爲猶豫了半晌，形成奇妙的空白。不過男人似乎並不介意，視線落在她手邊的洋娃娃上。

「好可愛的洋娃娃啊。」

「這我的生日禮物。」

「嘿，這麼好啊。不過，如果是更大的洋娃娃，或許能玩得更開心喔。」

男人說道，從背在肩上的旅行袋裡拿出一個看起來很昂貴，可以換衣服的洋娃娃。

「哇，好漂亮。」

奈津江立刻被那個漂亮的洋娃娃吸引住了。自己剛才還在玩的小洋娃娃頓時相形失色。

「如果妳想要，也可以給妳喔。」

「眞的嗎？」

奈津江忍不住就要伸手去拿，但又覺得怪怪的。

「這是大哥哥的嗎？」

一個大男人擁有這種洋娃娃實在太可疑了。

奈津江是個早熟的孩子，很早就會讀寫平假名和片假名了，也看得懂簡單的漢字，比同年齡的小孩聰慧得多，根津屋的客人也經常被她人小鬼大的言行舉止嚇到。

「這個洋娃娃是我外甥女的東西。」

「是噢。」

「那孩子名叫千夏，年紀跟小奈差不多，是很喜歡玩洋娃娃的女孩喔。」

「既然如此，請還給她。」

老實說，奈津江有點捨不得，但她不想搶走那個名叫千夏的女孩的洋娃娃。

「這是千夏交給我的。她說如果找到願意跟她一起玩這個洋娃娃的朋友，就把這個洋娃娃送給對方。」

「千夏總是一個人嗎？」

「對呀。不過千夏有好幾個洋娃娃，也有很多給洋娃娃穿的衣服，所以如果小奈願意來玩，就跟能千夏一起爲洋娃娃換衣服了。還有娃娃屋，連桌椅和床鋪都有喔。」

男人的建議很迷人，奈津江的內心突然充滿期待。

「我家就在附近，來回都不需要花很多時間。」

灰色象男邊說邊開始慢動作地把洋娃娃收回包包裡。

「小奈如果願意來玩，千夏一定也很高興。」

表現出邀她同行的樣子，男人頻頻回首，一步一步地逐漸從樹蔭下走開。

「跟我來嘛。」

「嗯……」

不可以跟不認識的人走——父親和母親都曾經不只一次叮囑過她。她那完全不怕生的性格在這方面也讓父母傷透腦筋。

「千夏和洋娃娃都在等妳喔。」

然而男人輕聲細語的呢喃非常溫柔，聽起來完全無害。看起來也不像壞人。既然離家很近，稍微跟千夏玩一下，應該還是能趕在太陽下山前回家。奈津江的腦中閃過這樣的想法。再怎麼少年老成，畢竟還是個小孩。

「現在就去嗎？」

即便如此，她仍遲遲下不了決定。可以的話，她不想違背父母的叮嚀。

「嗯，現在就去喔。但如果小奈不行的話，我就得去找下一個朋友了。因爲千夏還在等我回去。」

「……」

「這眞是太遺憾了。小奈看起來似乎能跟千夏變成好朋友。」

男人露出大失所望的表情，轉身走開。

「啊，我去。」

與此同時，奈津江也邁開腳步。要是錯過這次機會，就再也沒有機會跟千夏變成朋友了。她也想要洋娃娃，但是比起洋娃娃，她更想要一個能一起玩的同齡同性友人。

灰色象男彷彿要確認她的決心似地回頭看了她一眼。就在那一刻，男人臉上露出非常下流的笑容……看起來是這樣，只是被象鼻子遮住了，看得不是很清楚。所以她認爲可能是自己看錯了。

這個大哥哥在找能陪姊姊的女兒千夏玩的朋友。千夏和自己一樣都很孤單，肯定能變成好朋友。

奈津江一面想像素未謀面的朋友是個什麼樣的女孩，正打算離開稻荷神社時——

——不許去。

背後傳來聲音。與其說是實際聽到聲音，感覺更像是直接在腦海中響起。

奈津江嚇了一跳，回頭看，背後沒有半個人，目光所及只有神社。

「怎麼了？走吧。」

稍微走在前面的男人也回頭看她。原本聽起來很溫柔的輕聲細語似乎多了點不耐。

「我也不清楚……但我還是不去了。」

見奈津江停下腳步，搖頭拒絕，男人亂了方寸，回頭勸說：

「妳不是答應要當千夏的朋友嗎？」

「嗯，可是……」

「我們不是說好了嗎？」

自己確實表現出想跟他走的意願，導致奈津江窮於回答。

「快走吧。」

灰色象男伸出右手。感覺到要是被他抓住就完蛋了的瞬間，奈津江突然覺得眼前的男人好恐怖。

「妳逃不掉的。」

男人的雙眼浮現出閃著精光、令人頭皮發麻的深沉欲望。奈津江不明白那種欲望是什麼意思，但本能告訴她，那是非常危險的情緒。

「……救命啊。」

奈津江想逃，拔腿就跑，但男人的雙手牢牢地抓住她的肩膀，令她動彈不得。

「不准出聲。」

男人隨即掐住她的脖子。奈津江想呼救，但是連呼吸都很困難。不一會兒臉就變得好熱。甚至開始耳鳴，頭好痛。

……好、好痛苦呀。

奈津江腦海中浮現出母親的臉，耳邊聽見父親的聲音。意識到再也見不到父母了，感受到壓倒性的恐懼同時，她內心也充滿難以言喻的哀傷念頭。

……我會死掉嗎？

意識逐漸變得模糊，正當她感到萬念俱灰時，男人雙手的力量突然減弱，從她脖子上消失。奈津江當場頹坐在地上。

「噫……」

她不由自主地仰望灰色象男，發現他的雙眼瞪得比牛鈴還大，臉色鐵青地直視她後面。

男人身體開始微微顫抖，發出有如呻吟般的短促悲鳴。

「……別、別過來。」

男人不住搖頭，開始一步一步地往後退，表情扭曲到極點，一臉隨時都要哭出來的樣子。

這個男人到底在說什麼……

在愈害怕愈想看的好奇心驅使下，奈津江也想回頭，但是在察覺到那個氣息的瞬間，倏地停下所有的動作。

……**有什麼**在神社和自己之間。

那個東西起初只是從神社裡探出臉來，但此時此刻正朝這邊走來。所以男人才會說「別過來」並開始後退。她居然能以這種方式理解眼下的狀況，眞是不可思議。

男人後面有一棵大樹，隨即就擋在他的背後，令他動彈不得。明明只要繞過那棵樹就能逃走了，不知怎地，男人卻佇立在原地，動也不動地凝視她的後方。靠著那個樹，儼然木偶似地呆站著不動。

沒多久，背後的氣息倏地靠近奈津江。那一瞬間，脖子冒出雞皮疙瘩。因爲她察覺到那玩意兒逼近到男人跟前之前，會先往自己這邊來。即便如此，身體卻不聽使喚，無法逃離。

……好可怕……好可怕……好可怕……好可怕……好可怕。

對於逐漸逼近的東西，內心充滿了完全無法用人類的言語來形容的情感。這或許是她有生以來第一次知道什麼是畏怖的情感。

自那個東西來到正後方，奈津江的意識逐漸開始變得朦朧。

噫……男人繼續悲鳴。

白色衣物映入眼簾。

有如柔軟的毛皮。

隱約聽見笑聲。

回過神來，奈津江正跪坐在地上，好像就這樣睡著了。灰色象男則翻著白眼，口吐白沫地倒在樹根上。看到男人的德性，奈津江再次暈過去。

再次醒來時，人已經在家中的被窩裡，發著高燒。父母都坐在枕邊。她拚命地說明出了什麼事，雖然也有很多莫名其妙的地方，但她仍運用所有自己知道的字彙來解釋。

「果然是……的血……」

「怎麼可能……」

「不，因爲……所以……」

「事到如今……的事……更何況……」

她聽不太清楚父母的聲音，也無法理解斷斷續續聽到的對話是什麼意思，只能察覺到相較於父親似乎在肯定什麼，母親則持反對意見。

即使在她痊癒後，父母也時常出現這種意見僵持不下的情況。像是關於她能不能再去神社前玩，父母的想法南轅北轍。

「稻荷神會保護奈津江，所以在那裡玩對這孩子反而是最安全的地方。」

「已經出現了變態喔。怎麼可以繼續在那種地方玩……」

找到奈津江的蓮田太太是加入町內敬老會的老太太，住在森林的東側。是她發現奈津江保持跪坐的姿勢，身體前傾，失去意識。不過蓮田似乎以爲她是玩累了不小心睡著。因爲灰色象男已經不見人影了。

因此警察即使聽了奈津江的說詞依舊半信半疑。或許是因爲奈津江連男人的特徵——尤其是長相——也回答得語焉不詳。男人不僅把帽緣壓得很低，再加上象鼻子的干擾，幾乎看不見長相。對穿著的記憶很模糊，也無法確定年齡。只有灰色大象的帽子留下了深刻的印象。

話雖如此，奈津江也無從得知警方是否連男人的存在都半信半疑。只是當她提到好像有什麼東西從稻荷神社跑出來……時，警察的態度明顯有細微的改變。可能是因爲他們認爲這一切都是小孩在撒謊，說得好聽一點則是在做白日夢。

奈津江並不生氣。因爲隨著日子過去，身體一天天康復後，就連她自己也不確定那一切是否眞的發生過。反而覺得父母居然能不疑有他地接受自己的說詞還比較匪夷所思。

這麼說來，從父母的對話聽下來，他們似乎不是毫無頭緒。父母在她枕邊的對話到底意味著什麼呢？

要再次前往那座小小森林時，她其實也很猶豫。比起被灰色象男用雙手實際勒住脖子的觸感，**那個什麼**在自己身後的感覺更令她記憶猶新，不寒而慄。真的可以在這種情況下在稻荷神社前玩耍嗎？

從大樹的樹蔭下窺探神社時，蓮田叫住她。大概是人在家中坐，看見奈津江，所以過來找她。

「要好好地向狐狸大人道謝喔。」

「……狐狸大人？」

「提到稻荷神社的神，當然是狐狸大人啊。小奈爸爸的信仰非常虔誠，所以一定是狐狸大人救了妳。」

「嗯，爸爸每天早晚都會來拜拜喔。」

「這裡的狐狸大人就像是根津先生個人的神明嘛。」

奈津江聽不懂這句話是什麼意思，見她一臉就要反問的樣子，蓮田連忙遞出裝在盤子裡的豆皮壽司說：

「乖，把這個拿去給狐狸大人，謝謝祂的救命之恩。」

在蓮田手把手的指導下，奈津江向稻荷神社膜拜。

如此一來，原本迷惘的心情不可思議地消失了，從此以後，奈津江又跟以前一樣，一個人開開心心地在小小的森林裡小小的神社前玩耍。

不僅如此，奈津江也變得遠比五歲小孩聰明，沒多久，她甚至開始傳達狐狸大人的神諭。

二　神祕的大姊姊

一切源自於根津屋的常客友西無意中對母親透露的一句話。

「我們家那口子不小心搞丟印章了。」

「哎呀，那眞是太糟糕了。」

「雖然不是印鑑章，但也不是隨便亂刻的印章，至少是銀行開戶用的印章。」

「哎，那豈不是很傷腦筋嗎。」

那天是星期六，已經過了中午，客人並不多，所以母親便陪友西聊了兩句。奈津江在廚房門口附近等父親做午飯給她吃，兩人的對話自然而然傳入她耳中。

「只要有提款卡，要提錢還是存款都沒有問題。問題是如果一直找不到印章，還是很不放心吧。」

「她是在家裡搞丟的，還是在外面搞丟的？」

「本來要去銀行，所以把印章放進皮包。可是到了銀行，印章卻不在皮包裡。去銀行前好像先去百貨公司借了一下廁所，心想應該是掉在那裡，回頭去找，卻怎麼也找不到。」

「除了廁所以外，去銀行的一路上都沒有打開皮包對吧。」

「她是這麼說的。考慮到可能性，也回家找過了，還是找不到。簡直像是被狐狸偷走了。」

奈津江對友西口中的「狐狸」二字有所反應。不知道爲什麼，她竟覺得去問稻荷神社的狐狸大人，說不定能知道印章的下落。

小心不讓父親發現，奈津江偷偷把一片豆皮拿在手裡，匆匆地跑到神社。按照蓮田教她的那樣，供上豆皮，合掌祝禱。

請問友西太太搞丟的印章在哪裡？

冷不防，腦海中浮現出「傘」。既不是看到傘的影像，也不是想到傘這個字。就只是浮現出「傘」的念頭。

奈津江立刻返回店裡，告訴友西。

「是傘喔。」

「哦，是小奈啊。傘？什麼意思？」

「就是傘啊。」

牛頭不對馬嘴地扯半天，友西總算也反應過來了。

「哦，妳是指印章的下落啊。妳聽到我和妳媽媽說的話啦。可是傘……啊，玄關的傘架嗎。原來如此，妳的著眼點很新穎呢。」

友西頻頻稱讚她，可是顯然沒把她說的話當眞。

「總之在傘那邊。」

儘管如此，奈津江仍鍥而不捨地重複了好幾遍，直到母親從廚房裡探出臉來叫她：「來吃午飯。」一方面是因爲父親剛好做好午飯了，另一方面肯定也是不希望她繼續待在店裡糾纏客人。

第二天中午過後，友西略顯激動地來到根津屋。

「找到了。印章眞的掉在傘架裡——」

友西輪流打量端茶出來的母親和人在廚房門口的奈津江，向她們報告。

「我家哪口子，正要出門時發現好像快下雨了，所以就從皮包裡拿出折傘，換成傘架裡的傘。可是轉念想想，又還沒開始下雨，覺得還是帶折傘比較方便。印章好像就是這個時候從皮包裡掉出來。因爲是掉進雨傘裡，所以也沒發出聲音。」

「哦，這樣啊，找到就好。」

「都是托小奈的福喔。」

「咦？這關奈津江什麼事？」

「昨天啊，小奈一直對我強調『傘』這個字，所以我回去後忍不住檢查一下玄關的傘架，結果在我的黑傘裡找到印章——」

「這、這樣啊。」

「小奈，妳怎麼知道印章掉在哪裡？」

相較於友西充滿好奇心的表情，母親的臉色看起來有些蒼白。且聽完奈津江的回答後，母親的臉色更蒼白了。

「是稻荷神社的狐狸大人告訴我的。」

奈津江這項「才能」不一會兒便在根津屋的常客之間傳開。從鑰匙或眼鏡或各種卡片等最常見的失物，到相片或日記等遺失經年、充滿回憶的物品，來拜託奈津江尋找失物的客人一天比一天多。才過了一個月「尋找失物的小奈」就已經變成小有名氣的人物了。

也因此店裡的生意好得不得了。其中也不乏只是來拜託奈津江尋找失物的人，都被根津屋的常客趕跑了。

「小奈完全是分文未取的無償助人。既然如此，你們也該表現出誠意，至少點一碗麵來吃吧。」

當時店裡的客人會自動自發成爲奈津江的臨時經紀人。沒多久甚至出現了擅自訂下「不來店裡消費不能問事」這種不成文規定的常客。

父親單純地爲店裡生意興隆及女兒人氣爆表感到高興。但母親似乎並不開心。固然對生意興隆喜聞樂見，卻似乎怎麼也無法接受那是因爲女兒異樣的能力所致。話雖如此，常客們都是基於好意幫忙，所以也不能擺臉色拒絕。

「我是擔心那孩子的身體……」

「再繼續做這種事，一定會出現不良的影響。」

「變得太有名的話，可能又會被怪人盯上……」

母親幾乎每晚都向父親強調這點。

母親的擔憂非常合理，因爲並不是所有前來尋找失物的人都能得到稻荷神社的狐狸大人回答。比起答案失準，更多的情況是根本得不到回答。因此奈津江的名氣別說是享譽全國了，甚至沒有在東京都內流傳開來。

所有人一開始都以爲問題出在找的東西上。也就是有的東西比較好找、有的東西不好找。然而，有的人是掉在遊樂園的駕照或在家裡不見的鑰匙圈找不到，有的人卻連半年前從家裡走失的貓都能得到回答找回來。怎麼想都是遺失地點很明確的失物要比會自己跑來跑去的貓容易找多了。到底是什麼理由決定狐狸大人願不願意回答呢。

隨著前來問事的人愈來愈多，這個謎團也愈來愈撲朔迷離。再怎麼比較成功與失敗的案例，也看不出任何規則。常客們無不百思不得其解，擔心「尋找失物的小奈」名聲會受到波及，大概只有母親爲此鬆了一口氣。

奈津江倒是很早就發現問題出在哪裡。如果她自己沒有很強烈的動機想找出失物，再怎麼去神社求狐狸大人也沒用。以友西為例，友西一向疼愛自己，所以才能順利找到遺失的印章。如果是突然上門，劈頭就要她找東西，除非她對那個人有好感或同情對方，否則狐狸大人都不會回答。換句話說，其實有一個很明確的規則，那就是若非根津屋的客人，奈津江通常對他們的要求提不起興趣回答。

只不過，奈津江沒有跟任何人提起這件事。要是知道能不能得到答案取決於奈津江對那個人的好惡，當事人一定會很不高興。反而會引起沒必要的風波。

更重要的是，不管她說什麼，母親的反應都很大。奈津江眞眞切切地感受到母親不希望騷動繼續擴大、希望女兒快點恢復以前的樣子。所以她認為現在這樣剛剛好。

之所以能有如此成熟的想法，除了她本來就很早熟之外，自從聽見稻荷神社的聲音以來，她變得更成熟了。不過她本人盡量不讓別人發現這個事實。盡量在大人扮演好一個與年齡相符的小女孩。

即便如此，前來找她問事的人並未顯著減少。大概是因為只要能得到答案，答案幾乎百發百中。新的口碑慢慢經過口耳相傳發酵，來找奈津江的人絡繹不絕於途。直到隔年春天才逐漸平靜下來。

那天下午，放學回家的奈津江跟平常一樣在稻荷神社前玩耍。

「妳好。」

有人喊她。是個很漂亮的大姊姊，看上去約莫是高中一年級。大姊姊正看著她，臉上掛著微笑。

「如果要問事的話，請去那邊那家名叫根津屋的店。」

「妳就是小奈吧。」

「對。可是我不能在這裡回答問題。」

「妳好懂事啊。大姊姊好佩服妳。」

奈津江已經很習慣接受前來問事的人阿諛奉承了，然而不知怎地，這次居然有點害羞。

「……妳想問什麼？」

「不，我不是來問事的。」

「……」

「我是來跟妳玩的。」

灰色象男的記憶頓時在腦海中甦醒。不過眼前的大姊姊怎麼看都不像壞人。想到這裡，奈津江想起自己對那個男人一開始也做出了相同的判斷。

奈津江不知所措地坐在稻荷神社前面，請示狐狸大人。

換來的感覺非常溫暖，最先想到的是母親的模樣。這個大姊姊也跟母親一樣，對自己疼愛有加。這種感受十分真實，可見對方非但不是敵人，還是一定會站在自己這邊的友軍。

……爲什麼？

但同時她也產生疑問。素昧平生的大姊姊爲什麼會帶給自己這種感覺。

回頭看，大姊姊正以溫柔而慈祥的微笑看著自己。她的眼神充滿無限愛憐。

結果奈津江跟她一起玩到傍晚。大姊姊名叫「深唉」，得知她已經十九歲且高中畢業，奈津江大吃一驚。因爲從奈津江的年紀來看，十九歲已經是不折不扣的大人了。不過，或許高中生也差不多。只是深唉還保留幾分惹人憐愛的孩子氣，看在奈津江眼中，與她對大人的印象相差十萬八千里。所以她才會很快就跟對方打成一片。

實際上，深唉也是非常理想的玩伴。對於沒有姊妹的奈津江而言，深唉簡直就像是年紀大自己許多的親姊姊。

「小奈是獨生女嗎？沒有弟弟或妹妹嗎？」

「沒有，我一直是一個人。大姊姊呢？」

「我好像有個雙胞胎妹妹……」

「欸，大姊姊是雙胞胎啊？」

「對呀，可惜她還沒生下來就死了。」

深唉仔細地向奈津江說明死產是什麼意思。儘管如此，小寶寶死在媽媽肚子裡的狀況仍令她感到非常驚悚。早知道就不問了，奈津江後悔莫及。

過程中蓮田來看過一眼。自從發生灰色象男的事，她就很留意奈津江會不會出事。

「您好。」

深咲立刻向她問好，兩人極其自然地站著聊了起來。蓮田「嗯、嗯」地附和，頻頻點頭，然後就走開了。可見就她的判斷，深咲並不是危險人物。

「是不是該回家了？」

回過神來，已經傍晚了。奈津江告訴深咲，要是再不回家，媽媽會來接她。深咲不知怎地突然站起來。

「那我改天再來。」

「妳要走啦？」

「嗯，但我很快就會再來找妳玩。」

「眞的嗎？還可以一起玩嗎？」

「那當然，我答應妳。除此之外，我還有一個請求……」

深咲拜託奈津江別讓父母知道她的存在。等時機成熟，她會主動向奈津江的父母打招呼。

「爲什麼？」

「我現在還不能說。」

奈津江無法接受，問了好幾次「爲什麼」。

「如果妳不願意答應，那我就不能再來找妳玩了。」

深咲臉上倏地浮現出非常悲傷的表情。

「……我知道了。」

儘管有些苦惱，奈津江還是答應了，因爲她眞的非常喜歡深咲。之所以感到苦惱，是因爲這輩子從未欺騙父母。不過只是不讓父母知道而已，並不是說謊。深咲也說「等時機成熟」，在那之前就當是兩人之間的祕密吧。

從此以後，深咲每週都會出現在稻荷神社一次，陪奈津江一起玩，到了傍晚就回家——如此週而復始。光是這樣，深咲似乎就很滿足了。雖然很想告訴父母深咲的事，但既然已經約好，奈津江只得忍著不說。即使百思不得其解，爲什麼要瞞著父母……

除此之外，還有一件事令她覺得很奇怪。隨著夏天的腳步靠近，奈津江開始流汗，深咲經常用手巾爲她擦汗。奈津江知道她是出於好意，但還是對深咲掀起衣服來爲她擦汗的行爲感到不太對勁。如果對方是男人，無論感情再好，奈津江也會充滿戒心。但深咲不是男人，只會覺得她似乎有點殷勤過頭了。但不管怎樣，總是令奈津江感到莫名的在意。

奈津江繼續與往常無異地面對前來尋找失物的人。仔細想想，對奈津江而言，這陣子是最幸福的時光也說不定。

沒多久，季節進入夏天，過了盂蘭盆節的幾天後傍晚，下起滂沱的雷雨。從午後就沒停過，奈津江只好乖乖待在家裡。事情就發生在母親在店裡忙，父親去回收外賣的餐具時。父親在回家路上騎腳踏車經過小小森林旁居然被雷擊中。千不該、萬不該，不該在這種天氣騎腳踏車。

難以置信的衝擊令母親和奈津江變得失魂落魄，從早到晚以淚洗面。幸虧有鎮上的人和根津屋的常客幫忙，否則恐怕連守靈夜和喪禮都辦不成。這時奈津江才知道父母都是孑然一身。這麼說來，不只祖父祖母、外公外婆，她長這麼大，從未見過叔伯姑嬸、堂表兄弟等親戚。

辦完頭七後，母親重新開門做生意。因爲無法維持父親生前提供的品項，不得不減少菜色，但仍強打精神操持根津屋。常客們也比以前更常來光顧。再加上鄰居的守望相助，總算把店撐起來了。

只不過，母親禁止奈津江再爲大家尋找失物。

「老闆娘，這樣太可惜了。」

店裡的常客們都很婉惜。

「我實在不想這麼說，但是也有很多客人是衝著小奈的神諭才來根津屋光顧——」

友西也兜著圈子勸母親最好不要自斷財路。

但母親堅決不肯點頭。過去不只在父親面前，對任何人都甚少堅持自己意見的母親唯有這次完全拒絕旁人的規勸。

包括友西在內，其他常客也不好再強求。左鄰右舍也一樣，都隨母親的意思。因爲不曉得從什麼時候開始，關於父親的死開始傳出令人忌憚的流言。

每天那麼虔誠地去稻荷神社參拜，居然被天打雷劈而死，根津屋的老闆到底背負著多深重的罪業啊……

諸如此類的流言開始在私下傳開。固然是非常傷人的說法，但愈是知道本人平常虔敬的程度，這場意外愈容易讓人產生怪力亂神的聯想。

想當然耳，流言也傳入母親耳中，難怪母親再也不想與稻荷神社有任何牽扯。大家沒有繼續下指導棋也是因爲體諒母親的心情。

唯有奈津江例外。稻荷神社對她而言是非常特別的存在。萬一祖父母還健在，大概也會給她類似的感覺。當然，親生祖父母絕對不會給她這種感覺吧，她對狐狸大人也充滿敬畏之心就是了……

而且如果不能再去小小森林，就不能再跟深唉玩了。才剛失去父親，同時又見不到相當於祖父母或姊姊的存在，實在太難受了。但她也想聽母親的話，不想忤逆母親。

奈津江只能一面在根津屋前的路邊玩耍，一面等深唉來找她。

做完父親頭七的幾天後，奈津江發現深唉穿著一身黑衣朝森林裡探頭探腦，趕緊把她拉進根津屋對面的巷子裡。

「聽到令尊的死訊，我眞的嚇了一大跳……妳一定很傷心吧。突然就……抱歉哪。我沒去守靈，也沒能參加葬禮……」

深咲以沉痛的表情致上哀悼之意。

「居然被落雷打中，眞是令人難以置信的意外……」

「對呀，而且還被說得好難聽。」

聽奈津江提起關於父親之死的流言蜚語與母親的反應，深咲一個勁地搖頭。

「那座神社的稻荷大人才不會這麼做。」

「咦……」

「就像從變態男人手中救了妳，那位狐狸大人絕對是和小奈站在同一邊。」

「我也這麼覺得……」

「就算令尊——聽好囉，以下只是我的假設——就算令尊以前做過什麼會被狐狸大人懲罰的事，但若降下懲罰，導致令尊死掉，妳一定會很傷心，也會變得不幸。那位稻荷大人才不會明知如此還讓令尊死掉。」

深咲說得斬釘截鐵，奈津江忍不住問她：

「大姊姊，妳認識狐狸大人啊？」

「……」

「這跟妳要我瞞著爸爸媽媽有關嗎？」

「……」

「有沒有嘛？」

「……嗯。」

後來不管奈津江問什麼，深咲都不再回答。一直在思考什麼問題。唯有臨別之際，丟下意味深長的一句話：

「……萬一……萬一這裡頭眞的有狐狸大人的意志在運作，或許是有非常重大的意涵呢。」

「什麼意思？」

奈津江即刻反問，深咲露出不知所措的表情。看樣子她似乎也不是很淸楚，只是察覺到了什麼，至少在奈津江看來是這樣。

「我去調查一下。」

深咲說道，轉身離去。我很快就會再來找妳——她這樣和奈津江約定好了。

然而，一週過去了，兩週過去了，深咲始終沒有出現。奈津江擔心她的安危。不知她究竟察覺到什麼、又打算調查些什麼。總之希望她別以身犯險……奈津江只能拚命向上天禱告。

去稻荷神社問了好幾次，沒有一次得到指示。既然如此，表示深咲一定平安無事。奈津江拚命安慰自己，但總是靜不下心來，惶惶不可終日。

九月中旬，奈津江身上再次發生令人難以置信的悲劇。母親居然在小小森林裡遇害了。

三　母親的死

那天晚上，母親收拾完根津屋以後，說了聲「我馬上回來」就出去了。因爲沒換衣服也沒化妝，奈津江還以爲母親只是去附近辦事。

可是等了又等也等不到母親回來。她屢次走到店門口查看母親回來了沒有。

母親到底上哪去了？

內心閃過一股不祥的預感。一想到母親萬一也像深咲那樣不回來了，奈津江就感覺非常害怕。

後來再也坐不住，正想去附近母親可能會去的人家詢問時，忽然想到只要問狐狸大人就好了。過去不只失物，狐狸大人也曾經找到失蹤人口或下落不明的人。這次是自己的母親，狐狸大人肯定會告訴自己才對。

奈津江趕緊衝向小小森林。

附近只有一盞路燈，森林影影綽綽地浮現在伸手不見五指的黑暗中，感覺十分詭異。明明已經去過好幾百次，但因爲深夜的面貌與白天截然不同，令她感到十分困惑。

……好像不是同一座森林。

白天明明是小巧可愛、心曠神怡的遊樂場，到了晚上卻變成瀰漫著神祕氣息的魔窟。小小森林的氣氛搖身一變，害她頓時產生這樣的妄想。

不過，狐狸大人應該陪在我身邊……

還是說隨著太陽下山的那一刻，稻荷神社的神明會不會突然變成異樣的怪物呢。

奈津江猛搖頭，走進森林，發現有人倒在神社前。

啊……

第一時間還以為是流浪漢，但她好像看過那個人身上的衣服。

……欸，不會吧。

奈津江提心弔膽地靠近一看，居然是母親。

稻荷神社前濺了滿地鮮血，母親的喉嚨被割開，慘死在小小森林裡。

而且母親是臉朝下地趴著倒在地上，頭上放著一頂長了大耳朵和長鼻子的象帽子……

接下來的記憶十分模糊。奈津江依稀記得自己跑到蓮田家求救，但腦中只剩下周圍擠滿了附近的人，喧囂擾攘的光景。

再來就躺在陌生的被窩裡了。儘管外面鑼鼓喧天，她根本睡不著，然而再次醒來，人已經躺在床上了。跟她印象中的醫院有點不太一樣，似乎是某種設施。

奈津江在那裡被問了許多問題，也接受一些像考試的測驗。雖然不知道是什麼意思，但是問她的各種問題也不乏與命案有關的內容。

媽媽是什麼時候出門的？有沒有說要去哪裡？知道媽媽去見誰嗎？這幾天媽媽有沒有接到可疑的電話或收到可疑的信？後來還有再看到灰色象男嗎？

但奈津江答得上來的問題只有母親出門的時刻，除此之外一問三不知。

母親爲什麼會特地在深夜前往稻荷神社？是誰約母親出去的？是灰色象男嗎？如果是的話，又是用什麼理由？灰色象男打從一開始就想殺死母親嗎？如果是的話，動機又是什麼？

縱使奈津江再早熟、是個再特別的孩子，這一連串的謎團對她而言，依舊是太沉重的負擔。即使本人毫無自覺，但親眼目睹母親慘遭殺害的屍體，免不了開始在她身上出現後遺症。

那個設施的人都對奈津江十分親切。無論是問她問題、幫她做檢查的女醫生，還是照顧她的中年女性都很溫柔。可惜缺乏憐惜的感覺。對她雖然諸多安慰，但該問的問題、該做的檢查一樣沒少，也有很多不通情理的地方。

不過這些都與奈津江無關了。因爲看在她眼中，這一切都跟別人的事一樣。活動、說話、吃飯的人確實是自己沒錯，但她不認爲那是眞正的自己。簡直就像還有另一個名叫根津奈津江的少女，她只是套著那個女孩子的布偶裝。這種事不關己的感覺經常縈繞在她心底。

雖然在設施的人陪同下參加了母親的守靈夜與告別式，感覺還是一樣。雖然也有悲傷、難過、孤單、害怕、痛苦……的情緒，但總像隔著一層紗，沒有真實感。她始終不覺得自己真正承受了自身的痛苦。

……母親死了。

她反覆想到這件事，卻無法理解母親已死的事實

……母親被殺了。

她反覆思考這件事，卻總覺得母親的死好像是發生在另一個世界的命案。

奈津江住進設施又過了一陣子，住在附近的蓮田和根津屋的常客友西來探望她。在會客室看到兩人的臉，聊著無關緊要的話題，感覺好像暫時脫掉布偶裝，覺得身體變得輕盈許多。

然而，當小學的朋友們來看她，感覺卻反過來了。好不容易快脫下來的布偶裝又變得好重。即使再次看到蓮田和友西的臉，依舊無法回到先前的狀態。

「……還太早了。」

「恐怕又想起母親了……」

「……如果想恢復正常生活……」

奈津江偶爾會聽見女醫生講電話的聲音，直覺告訴奈津江，她在講自己的事。雖然內容很難，無法理解，但是感覺得出來，與來訪者見面、講話的內容其實跟醫生進行的檢查有著異曲同工之妙——都帶著某種目的。

這裡不是醫院，但似乎是很類似的設施。她正在住院嗎?自己明明好得很。奈津江感到混亂。然而，能這樣客觀地審視自身的狀態，就表示她開始慢慢地恢復正常了。

又過了幾天，正當穿著布偶裝的感覺逐漸淡去時，有個出乎意料之外的人物來訪。

「對不起，這麼晚才來看妳。」

走進會客室，眼前的人居然是深咲。

「我也想早點來看妳，可是有很多必須先解決的問題……」

奈津江開始搖頭，像個鬧彆扭的幼童。

「眞是苦了妳。不過，從今以後有我陪妳。」

淚水有如斷了線的珍珠，從雙眼滴滴答答地滑落。

「已經不要緊了，妳再也不用擔心了。」

回過神來，奈津江已經抱著深咲，號啕大哭。說不定這是母親死後，奈津江第一次落淚。

自從深咲來探望她，原本殘留在身上的布偶裝就像薄膜般完全褪去，奈津江得以重新回歸現實世界。但這也意味著必須全面接受母親的死，亦是非常痛苦的體驗。

然而，此刻的奈津江無暇爲母親的死哀傷，因爲深咲接二連三說出令奈津江跌破眼鏡的話。

「醫生說妳的情況已經逐漸好轉。只要稍微再好轉一點，就能離開這裡了。所以請再忍耐一下。」

「我可以回根津屋嗎？」

「不行，是去一個名叫『祭園』的地方。」

奈津江第一時間以為自己要被送去「孤兒院」之類的設施，不由得充滿戒心。因為她想起以前在外國的故事書裡看過失去父母的孩子被送到「孤兒院」，吃盡苦頭的故事。

或許是察覺到她內心的不安，深咲立刻接著說：

「別擔心，我也會一起去。」

「大姊姊也去？」

「我剛才不是說過，從今以後都會陪著妳嗎。」

見奈津難掩困惑，深咲微微一笑說：

「我姓『祭』，跟熱鬧的祭典是同一個漢字。」

「祭、深咲……」

「沒錯。祭園的負責人是我父親，那裡是專為特別的小孩成立的設施。」

「特別的小孩？」

聽完深咲的說明，奈津江驚訝得下巴都要掉下來了。祭園的每個孩子都有著非常有錢的父母。不方便說出具體的名字，但都是金字塔頂端的大富豪。

其實就算告訴奈津江名字，她也不知道對方是誰。只是瞬間反應過來，自己將被帶去另一個世界。

「但我的爸爸媽媽都死了。」

「嗯。」

「而且我們家沒有錢……根津屋開張時花了很多錢。」

「小奈什麼都知道呢。」

「因爲我聽過好幾次爸爸和媽媽在討論錢的事。」

「不用擔心錢的問題喔。」

既然如此，誰要來付這筆錢呢?還是在深咲的特別通融下，可以免費入園呢?但她和深咲只不過是年紀差很多的朋友。

奈津江完全被搞迷糊了，深咲再次展顏微笑說：

「小奈知道什麼是養子嗎?」

深咲仔細地說明什麼是養子後，語出驚人地說奈津江將成爲深咲父親的養女，從根津奈津江變成祭奈津江。

「……爲、爲什麼?」

「因爲進入祭園的孩子都必須成爲父親的養子。」

「……」

「至於為什麼會這樣的原因，對小奈而言還太難了。」

但奈津江直覺地領悟到一件事。

「這件事與那些小孩的父母都是超級有錢人有關嗎？」

「嗯，有關喔。」

深咲回答，臉上浮現出佩服的表情。大概是因為她又再次見識到奈津江的直覺有多敏銳了。

「既然如此，我應該沒辦法……」

「不，妳跟其他人不一樣。妳是更特別的孩子。」

「特別？」

「因為妳根本不需要跟別人一樣成為我父親的養女。」

「什麼意思……」

「因為妳是我父親的女兒，妳是在祭園出生的。」

奈津江聽得啞口無言，深咲對她露出溫柔的笑容說：

「換句話說，我和小奈是血脈相連的親姊妹喔。」

四　馭狐師

在ＪＲ青梅線的滑萬尾站下車，有一輛私家車來接她。

「從這裡坐車還要二十分鐘，還好嗎？要不要休息一下？」

深咲體貼地問她，奈津江搖頭。

老實說，一路被電車搖晃得累死了，但是她很怕一旦進入休息狀態，就再也提不起勇氣去祭園了。更何況——

「歡迎回家。」

一個三十出頭的男人從駕駛座現身，向深咲問好時，奈津江感覺他從壓得低低的帽緣底下悄悄地瞪了自己一眼。男人很瘦，但體型很結實，所以充滿了壓迫感。

可能是讓他等太久，等得不耐煩了……

直覺告訴奈津江，不能再給這個人添麻煩。

「請上車。」

「謝謝。辛苦你了。」

男人爲她們打開後座的車門，深唉向他道謝。就在那一瞬間，男人原本板著的一張樸克臉，浮現出微微的笑意。

這個人很喜歡姊姊吧。

雖然是沒頭沒腦的臆測，但看起來就是這樣。再說了，但凡身邊有個像深唉這樣的女性，幾乎沒有男性可以無動於衷吧。

可惜，他配不上姊姊。

奈津江沒禮貌地鑑定對方的同時，男人的手放在門把上，冷冷地瞥了她一眼，示意她快點上車。

哼。

和對深唉的態度也差太多了，奈津江不禁有些冒火。她當然不能跟姊姊比，但至少可以稍微有禮貌一點吧。

「不好意思。」

儘管如此，奈津江仍乖巧地行了一禮，坐進車子裡。

車門立刻毫不留情地關上。如果上車的是深唉，他一定會關得小力一點吧。

「他叫內平太，負責接送孩子們上下學，同時也擔任祭園的警衛工作，不讓怪人跑進來，以及處理各式各樣的雜事。對孩子們該說是漠不關心嗎，總之態度不是很好……但不是壞人喔。」

深咲趁男人繞到駕駛座的空檔迅速爲奈津江說明。

「他姓『內平』，單名『太』，父親都喊他『平太』。但他不喜歡其他人喊他平太，所以妳也要小心點。」

奈津江點點頭，幾乎同一時間，男人打開駕駛座的車門。

「直接回『祭園』嗎？」

「是的，麻煩你了。」

深咲回答平太的問題，待車子發動後，向奈津江說明祭園的發音是「saien」。

……終於要去祭園了。

已經沒有回頭路了。不過奈津江本來就沒有其他可以回去的地方。爲了償還父母留下來的債務，根津屋已經被抵押了，即使如此也還不完，聽說不夠的部分由園長代墊。

深咲告訴她，祭園的園長名叫祭隆司，是深咲的父親，也是奈津江的生父。她的生母則是小佐紀。

好像以前的人。

時代劇裡經常會出現名叫「小美代」或「小種」的女性。總覺得「小佐紀」這個名字也差不多味道。奈津江的名字之所以如此過時，可能是爲了仿肖生母的名字。想到這裡，奈津江開始對小佐紀產生些許親近感了。

啊，可是姊姊的名字……

比起感覺類似，寫成平假名的「おさき」與「みさき」只有一字之差[2]。從中可以感受到血濃於水的，母女間的強力連結。

可是我卻……

沒有這麼深刻的連結嗎？所以才無法跟親生父母住在一起嗎？不對，更重要的問題是，把她養這麼大的根津夫婦眞的只是養父母嗎？

奈津江在設施的會客室一隅向深咲提出這些疑問，深咲臉上浮現出不知道該怎麼回答的無奈表情。

「我也想全部告訴妳，可是這對小奈來說還太難了，肯定有很多妳無法理解的部分。」

但奈津江無論如何都想知道，所以深咲盡可能以淺顯易懂的方式說明。確實是難以理解的內容，同時也很難以接受。因爲幾乎是時代劇裡的世界。

小佐紀的母親名叫小寅，是一位馭狐師。包括占卜及驅邪在內，能施各樣的法術。小寅是東北人，與女兒相依爲命，在全國各地旅行。後來小佐紀繼承小寅的衣缽，成爲比母親更優秀

2　おさき是小佐紀的平假名，みさき是深咲的平假名。

的馭狐師。

所謂的馭狐師，並不是實際駕馭狐狸這種動物，而是操縱一種名爲憑依的靈體，總稱爲狐，但是在各地又分成尾先、管狐、飯綱、人狐、野狐、土瓶、野體等不一而足。另外，尾先又稱尾裂或大崎、飯綱又稱飯繩、管狐又稱Kudashō、人狐又稱山鼬或日御碕、野狐又稱Yakō或野狐離、野體又稱野體大人等等[3]，各有各的別稱。

不只名字，形體也相去甚遠，有的像鼬，有的似鼠。一方面具有實體，另一方面卻又是靈界的存在。想當然耳，稻荷神社的神靈並不是普通的狐妖，但也不能斷言兩者毫無關係。總之是非常複雜的存在。

「除了狐以外，憑依還有很多種類，像是狗或蛇等等。」

一路聽深咲解釋下來，奈津江除了驚訝，還是驚訝。

簡直跟民間傳說沒兩樣。她所知道的民間傳說裡，狐或狸會施法術變成人類，感覺跟深咲的敘述有點像。不過跟出現在民間傳說的狐狸比起來，小佐紀和小寅所駕馭的狐狸好像更恐怖一點。大概因爲不是眞實的狐狸吧。

一思及此，奈津江想起鎭座在小小森林裡的稻荷神社，不由得發起抖來。

那位狐狸大人的神諭該不會是……

她之所以能不疑有他地認同馭狐師的存在，或許是因爲自己在稻荷神社經歷過的體驗。

「祖母大人小寅和母親大人小佐紀，以及我之所以取名爲深咲，發音都來自憑依的狐狸大人。」

「咦……」

「只有歷代馭狐師的傳人——幾乎都是長女——才能取跟狐狸大人有關的名字。」

原來如此，小佐紀的名字與憑依的尾先發音一樣。這麼說來，小佐紀的母親名叫小寅也就不意外了。但是連深咲都一樣的話……難怪會覺得大同小異——奈津江懂了，但又覺得只有自己被排除在外。

雖然她也不想取一個狐狸的名字……

明知要是取了那種有隱情的名字，反而會覺得恐怖得不得了，還是難免有點落寞。

或許是察覺到奈津江複雜的心境，深咲告訴她命名的故事。

「小奈的名字是小寅祖母大人取的喔。」

「眞的嗎？」

---

3 尾先（オサキ／Osaki）、管狐（クダ／Kuda）、飯綱（イヅナ／Izuna）、人狐（にんこ／Ninko）、野狐（やこ／Yako）、土瓶（トウビョウ／Tōbyō）、野體（ヤテイ／Yatei）、クダショウ（Kudashō）、山鼬（山イタチ／Yamaitachi）、日御碕（ひみさき／Himisaki）、ヤコオ（Yakō）、野狐離（ヤコバナ／Yakobana）、野體大人（ヤッテイサン／Yatteisan）

深咲點點頭，繼續述說母親和祖母的故事。

「小佐紀母親大人的力量固然很了不起，但是卻遲遲沒有人理解。雲遊四海的生活似乎並不快樂。」

距今二十年前，在全國走透透的行腳遇見正要發展新事業的實業家祭隆利。隆利對小佐紀身爲馭狐師的本事一見傾心，詢問她許多關於新事業的問題，事業沒多久就大獲成功。

隔年小佐紀產下女嬰，取名深咲。父親當然是隆利，兩人結婚，與小寅一家三口在成城的家落腳。當時隆利四十六歲、小佐紀才十九歲。剛好跟現在的深咲同樣歲數。

「等一下！這麼說來，生下我的時候——」

「當時父親大人五十九歲、母親大人三十二歲。約莫就在生下妳的一年前，我們搬到現在的祭園所在地。」

「……深、深咲姊姊和我之間沒有其他小孩嗎？」

奈津江一直叫她「大姊姊」，這是第一次喊她「深咲姊姊」，不免有些害羞。

「嗯。生不出來。」

害羞的心情馬上消散了。明明是相隔十年才又得到的孩子，爸媽爲什麼不要自己呢？奈津江心想深咲接下來要告訴她的眞相肯定是爸媽拋棄自己的理由，頓時感到口乾舌燥。

「問妳一個莫名其妙的問題喔，妳的左肩是不是有一塊奇怪的胎記？」

屏息以待深咲告訴自己被拋棄的理由，奈津江一下子反應不過來。

「……啊，有是有。」

「看起來像燃燒的火把，換個角度又有點像是鬼火的形狀……」

「我一直覺得很像小蝌蚪。」

「小蝌蚪啊，這個角度來看會覺得很可愛呢。」

深咲微笑回答。但她的笑容有些勉強。

「那個胎記——」

有什麼問題嗎?奈津江正想追問，突然「啊」地叫了一聲。

「所以那時候姊姊一直在幫我擦汗。」

「妳發現啦?不好意思啊。」

深咲向她道歉，似乎很佩服她的觀察力敏銳，非常引以爲傲的樣子。

奈津江穿著夏天的單薄衣服時，深咲掀起衣服爲她擦汗的行爲原來是在檢查左肩的胎記，確認她是否眞的是自己的妹妹啊。

「這個胎記是什麼記號嗎?」

奈津江用右手輕觸左肩，深咲點點頭。

「那是繼承母親大人血脈的證據。」

小蝌蚪般的胎記原來有如此深沉的意義，奈津江不由得大吃一驚，同時無意中意識到一件事。

知道我們是姊妹的瞬間，姊姊是否爲此感到高興呢。

深唉花了一點時間才有機會不著痕跡地檢查她的胎記。不是實事求是地只看證據，而是先耐心地陪奈津江玩，與她建立感情，才著手確認有沒有胎記。深唉眞的非常體貼。

然後終於確定根津奈津江是自己血脈相連的妹妹時，深唉到底是怎麼想的呢？奈津江想問明白，但現在還有更重要的事。

「馭狐的女子僅限於第一胎生下的小孩——」

深唉接著說下去。

「所謂的第一胎是指第一個生下的小嬰兒——嬰兒其中一邊的肩膀有時會出現看似狐火的胎記。那是一種證明喔，證明這孩子將來會成爲非常優秀的馭狐師。」

「姊姊也有胎記嗎？」

「有喔，只是顏色非常淡。」

感覺與深唉的連繫又加深了一層，奈津江很高興，與此同時也覺得哪裡不太對勁。但是在搞清楚哪裡不對勁前，先被深唉接下來說的話挑起好奇心。

「萬一生了雙胞胎，會出現不一樣的狐火，一邊是陰，一邊是陽。雖然沒有一定，但過去有很多這種案例。如果是這樣的話，兩人會互相影響，成爲擁有更強大力量的馭狐師。」

「像母親大人那樣嗎？」

「不只，是成爲比母親更厲害的馭狐師。只不過，如果雙胞胎分隔兩地的話，就什麼力量也發揮不出來了。一定要兩人在一起，才能發揮實力喔。」

「姊姊呢？」

「妹妹不在了，所以當然沒辦法啊。而且我的胎記也隨成長逐漸淡化。因此雖說是長女，但是要繼承馭狐師的衣缽可能有點難度。就算妹妹平安無事地出生、長大，因爲我的關係，可能也無法發揮實力。更何況妹妹的胎記……」

深咲說到這裡，突然噤口不言。

「怎麼了？」

「……」

「妹妹的胎記怎麼了？」

深咲依舊閉口不談，後來終於下定決心似地說：

「我剛才不是說，狐火有陰陽兩極嗎。」

「嗯，妳是說過……」

深咲的語氣有點怪怪的。因此就連奈津江的附和也變得很不自然。

「平常呢，只會出現陽狐火。而且是出現在繼承的長女身上，所以大家都很高興，認爲是能成爲優秀馭狐師的證明。」

「只有生下雙胞胎的時候會出現陰狐火嗎？」

「是的。」

儘管不知道陽和陰的漢字要怎麼寫，也不知道是什麼意思，但是從深咲說話的態度還是可以察覺出來，陽代表好的意思，而陰是不好的意思。

「妹妹是陰的狐火……」

「……」

「要是能平安生下來，並且順利長大——要是我身上的陽狐火跟現在一樣逐漸淡去，無法與妹妹一起成爲馭狐師——」

「會、會怎麼樣？」

「妹妹可能會成爲可怕的黑術士，給身邊的人帶來災禍。」

「……」

「身上有陰狐火胎記的人可能會被一種名爲黑狐，具有強烈邪惡力量的憑依附身，墮落成黑暗使者……」

「黑狐？」

「是一種寫成黑色狐狸的憑依。」

「馭狐師也分好人壞人啊？」

「本來沒有這種區別，但如果只看所謂的憑依這種存在，很難說是好東西……因爲操縱那些憑依的術士是爲了解決委託人的問題。」

跟狐狸大人的神諭能幫大家找回失物一樣。奈津江心想。

「然而，無論是再優秀的馭狐師，要駕馭憑依都不是一件容易的事。只要能巧妙地操縱憑依，就能擁有無比強大的力量。而那種憑依就是人稱黑狐的存在。」

「如果是擁有陽狐火的人，能駕馭黑狐吧？」

「沒錯……只不過，萬一失敗，事情會變得非常糟糕。所以平常都會盡量避免。」

奈津江很害怕，心想萬一自己的胎記是陰狐火，不由得膽戰心驚。幸好馬上就發現是自己多慮了，陰狐火只會出現在雙胞胎身上。

這時，深咲一瞬也不瞬地看著她說道：

「陽狐火出現在右肩，陰狐火出現在左肩。」

「左肩……」

奈津江望向自己的左肩。

「欸……等、等一下……」

奈津江的大腦頓時當機。

「我、我……我是雙胞胎嗎？」

深咲有一瞬間露出非常悲傷的表情。

「底下的孩子是死產。出生的時候就死了。」

「……」

不只深咲姊姊，我也有個相同歲數的妹妹……

奈津江大吃一驚深咲的雙胞胎妹妹也是死產，難道說小佐紀天生就是這種體質嗎？

不，那不重要，眼下還有一個更重大的問題。

「死後才出生的妹妹肩上的胎記是陽狐火。所以我是陰狐火……」

就在這一刻，奈津江領悟到自己出生的祕密。

「我是被拋棄的。」

「……」

「因爲我左肩有陰狐火的胎記……」

「……」

「小佐紀……女士趕在壞事發生前先把我送走……」

奈津江不曉得該怎麼稱呼她，結果只能加上「女士」這個稱謂。對她而言，自己的母親只有死去的尚江。更別說小佐紀還拋棄了奈津江。

「不，不是這樣的。」

「不是？」

然而深咲卻予以否認。

「認爲陰狐火有問題的是小寅祖母大人。」

「……」

「而決定要把妳送走的人是父親大人喔。」

「……」

「小奈被送養以後，小佐紀母親大人也試圖找過妳。但只有父親大人知道妳被送到哪裡去了。」

深咲簡單地——換句話說是模糊地——告訴她當時的狀況。說穿了，祭隆利擔心她對自己的事業造成不良的影響，因此決定把奈津江送走。

……我被這種人收養了。

奈津江內心頓時充滿不快、狐疑、不安的心情。是不是因爲根津爸爸死了、媽媽被殺，隆利才不得不收留她。

深咲以說悄悄話的語氣接著說：

「絕不能在父親大人面前透露小佐紀母親大人找過妳的事喔。」

換句話說，這次的事說不定是小佐紀的意思。奈津江重新打起精神來問道：

「小佐紀女士找過我？」

「小佐紀母親大人已經不在了。」

深咲輕輕搖頭。

「去、去世了嗎？」

「已經是兩年前的事了……」

深咲回答的聲調令奈津江很難不在意。因爲她的弦外之音就彷彿是小佐紀的死有什麼驚心動魄的祕密。

但是在詢問小佐紀的死因前，深咲先透露出人意表的事實。

「有陰狐火的人不是只有小奈喔。」

「……」

「死產的孩子也是。」

「眞、眞的嗎？」

「如果是雙胞胎，通常是一陰一陽。這是確定的，但偶爾還是會出現陽與陽或陰與陰的狀況。陽與陽同時出現的話會太強，反而相剋。」

「那陰與陰呢？」

深咲沉默了好半晌，難以啟齒地說：

「……嚴重的時候可能會導致其中一方死產。」

「姊姊的妹妹之所以死掉也是因爲陰狐火的關係嗎？」

見深咲默不作聲地點頭，奈津江這才反應過來，自己能平安無事生下來，從某個角度來說其實很幸運。但她也不覺得有什麼好高興的。

「並不是所有帶著陰狐火生下來的人都一定會被黑狐附身喔。」

彷彿是爲了安慰垂頭喪氣的奈津江，深咲說道。

「如果沒有採取任何對策，在毫無防備的狀態下任由孩子抱著問題長大，當本人感到極度的恐懼或壓倒性的憎恨時，很可能會發生非常危險的事。所以必須提高警覺，好好修行。陰狐火的胎記說穿了其實是要提醒周圍人多加注意的警告。」

「注意……」

「對呀。再說了，小奈既不是要繼承家業的長女，也不是平安出世的雙胞胎繼承人。」

「……嗯。」

「最好的證據就是妳的名字與狐狸大人無關。」

「嗯……」

「而且妳成長過程中一直與小佐紀母親大人分隔兩地，所以應該沒受到太大的影響——」

這時，奈津江總算明白剛才不太對勁的感覺是怎麼一回事了。

「……這不是很奇怪嗎？」

深咲露出暗自心驚的反應。

「只有馭狐師的女人生下的第一個嬰兒，只有要繼承馭狐師衣缽的小孩才會出現狐火的胎記吧？」

「……」

「以小佐紀女士爲例的話，那個人就是姊姊妳吧。」

「……」

「雖然死掉了，畢竟姊姊還有個雙胞胎妹妹。換句話說，我是第三個小孩，爲什麼還會有狐火的胎記呢？」

深咲不知何時已閉上雙眼。貌似早就料到她會提出這個問題，但可以的話想盡量避而不談。

「請告訴我，不管聽到什麼都不要緊。」

奈津江的聲音沉穩得連自己都暗自心驚。或許相較於這幾個月來受到的許多磨難，感覺今後無論發生什麼事，自己都能承受。

「好吧……」

深咲睜開眼睛，以複雜的眼神凝視她。

「小奈好堅強啊。即使母親不在了，也能獨自……」

她大概是想說「也能獨自走下去」吧，似乎話到嘴邊才猛然反應過來，爲時已晚地發現不該對眼前的少女說這種話。

「抱歉。我比妳還不知所措。」

「雖然不是很清楚，但是爲了找到我，姊姊也費了一番工夫吧。」

「呃……這個嘛……」

「所以妳不用太顧慮我喔。」

深咲微微一笑。

「十九歲的大人居然還要六歲的小女孩來安慰。」

「因爲我們是血脈相連的姊妹嘛。」

深咲下意識地別開臉，從皮包拿出手帕。

「只有第一胎的繼承人身上有狐火的胎記，這是眞的喔。」

深咲重新把臉轉回來，開始娓娓道來。看樣子似乎下定決心，決定知無不言、言無不盡了。

「只不過，如果混入別的血，情況似乎就另當別論了。」

「混入別的血？」

「我指的既不是得到狐狸大人認可的父親大人，也不是園長祭隆利，而是別的血。」

縱使奈津江再怎麼早熟，也完全無法理解這句話的意思。但她至少知道男女的交往、結婚、劈腿或外遇是怎麼一回事。

「姊姊和我不是同一個爸爸嗎？」

所以深咲才用別的血來形容，光是這樣，奈津江就能隱約理解是怎麼一回事了。

「……」

深咲無言地緩緩點頭承認。

「那我的父親是誰？」

「……」

深咲始終默不作聲，臉上掛著無言以對的表情。

「我爸是什麼樣的人？住在哪裡？我去祭園能見到他嗎？」

奈津江接二連三地發問，深咲再次閉上雙眼，以細如蚊蚋的音量回答：

「與其說是別的血，或許用異形的血來形容更為貼切。」

「什麼……」

「因為不是人類的血……」

五　祭園

穿過滑萬尾的街道，再穿過郊外的住宅區，車子一路沿著山路奔馳。當然這裡鋪設了柏油路，但卻連一間民宅或商店也看不到。不僅如此，除了時不時出現的道路反射鏡及防護欄以外，完全看不到任何人工物。

這裡眞的是東京嗎？

若不是深咲坐在旁邊，奈津江一定會不安得不得了吧。一想到會不會就這樣被丟包在深山裡……奈津江就嚇得發抖。

因爲必要文件有一些缺漏，離開設施的時間比原定計畫晚了許多，因此太陽已經快下山了，原本就很陰暗的山路愈來愈暗。眼前的景象如實地反映出奈津江自身的內心風景。

我的心也正一寸一寸地暗下來嗎……

她連忙搖頭。沒必要故意去想那些不好的事。只是因爲突然來到這種寂寥的場所，再加上太陽剛好下山，才會有這種感覺。

蜿蜒曲折的山路前方出現了岔路。車子駛進岔路，開始爬坡，往左邊大大轉了個彎，前方冷不丁一扇氣派的大門映入眼簾，門柱上掛著寫了「祭園」的牌子。

到了……

肚子突然蜷縮起來。自從在設施聽見深唉說出石破天驚的話，每次想到未來的事，奈津江就會覺得肚子隱隱作痛，有一股難以言喻的感覺。不過，隨著深唉一再來訪，一起共度時光，那種怪異的感覺也逐漸消除了。好不容易下定決心要在祭園生活時，幾乎已經沒有那種感覺了。

然而此時此刻，進入祭園的瞬間，她忽然感到前所未有的疼痛。妳現在要去的地方並不是大家都張開手臂歡迎妳的大家庭，而是可怕的牢籠，裡頭盡是些陌生的牛鬼蛇神……疼痛彷佛是一種警告。

沒有這回事。

奈津江連忙推翻這種感覺。至少自己還有深唉。雖然年齡相隔甚遠，但她是自己血脈相連的姊姊。這不是比什麼都更令人放心嗎。

想是這麼想，但還是有無從分辨是什麼、悶悶不樂的黑暗情緒從內心深處湧上來。氣勢十分驚人，要是這樣放著不管的話，自己的心一定會立刻被染成黑色。

不，那股情緒的眞面目正是不折不扣的不安。是非常大非常深、非常黢黑而晦暗的不安。

要說爲什麼的話，那都是因爲根據深唉的說明加以整理，從奈津江離開祭園到這次再回來的原委其實是以下這樣——

親外婆小寅發現女兒第二胎產下的雙胞胎，兩人左肩都有狐火胎記。她親眼看見絕對不能出現的印記，簡直快崩潰了。而且出現的還是陰狐火的記號。因此小寅是這麼想的：

女兒肯定與異形交媾了……

位於祭園北方的黑森林裡棲息著某種不知名的生物。隆利尋找適合用來建設祭園的場所時，是小佐紀找到現在這塊地。小佐紀感應到黑森林主人的存在，想藉由操縱對方來提升自己的能力，好讓祭園成功地運作起來。

然而卻失敗了……

不僅失敗，還被那個不知是何方神聖的東西反噬，懷上流著異形之血的孩子，產下有陰狐火胎記的雙胞胎。於是小寅想到一個可能性。

……這是流著異形之血的孩子。

雙胞胎的其中之一胎死腹中，另一個卻生下來了。要是在祭園扶養這個孩子，遲早會給他們帶來災禍。小寅堅持這樣的論點。

祭隆利居然也聽信岳母的迷信，把剛生下來的奈津江掃地出門。不清楚經過什麼樣的前因後果、使出什麼樣的手段，總之把她這顆燙手山芋扔給根津夫婦當養女。而且不告訴任何人根津家的事，只有自己知道這個祕密。

產後月子沒做好，導致小佐紀臥病在床，她完全不知情，等痊癒後好不容易知道實情，拚命尋找奈津江的下落，可惜又毫無頭緒，只能像隻無頭蒼蠅似地到處打聽的結果，內心逐漸承受不住，結果在兩年前猝死。

爲實現小佐紀的遺願，這次換深咲開始尋找奈津江，還曾經偷偷溜進隆利的園長室及書房試圖找出線索。從好不容易到手的資料裡找上她覺得有可能的設施或民宅，親眼確認是不是自己的妹妹。後來聽聞向稻荷神社問事的「尋找失物的小奈」的父母開了一家名爲根津屋的蕎麥麵店，想起曾在隆利的文件裡看到「根津」這個名字，深咲這才得以找到妹妹的下落。

換言之，奈津江如今不僅要回到有著不堪回首的過去的場所，今後還得跟造成這段過去的始作俑者隆利和小寅一起生活。

她當然已經做好心理準備了。而且成爲隆利的養女也是在徵得隆利的理解下才能完成手續。想必多虧了深咲的說服，隆利終究還是同意了。小寅雖然才七十出頭，聽說已經開始失智，能否認出奈津江是自己的孫女也很難說。

或許可以視爲已經沒有人會對奈津江造成威脅了。

即便如此，奈津江還是益發不安。從車子駛進祭園大門，在園內迂迴曲折的路上前行、開到三層樓高、有如飯店般的洋房玄關前，她已經快要被不安淹沒了。

「到了。」

深咲充滿活力的聲音令奈津江猛然回神。簡稱平太的內平太已經站在車外，打開後座的車門。

「……不、不好意思。」

奈津江慌得手腳不知該往哪裡擺，仍努力堆出笑容，急著下車。儘管如此，內平太依舊面無表情，一點反應也沒有。

「謝謝，辛苦你了。」

可是當深咲微笑著向他道謝時，他的表情頓時軟化了。

對對對，我就是比不上姊姊。

那一瞬間，奈津江火冒三丈，幾乎抵消了在車上感到的不安。她餘怒未消地隔著玄關的玻璃門與男孩子對上眼時，不禁手足無措。之所以覺得偌大的建築物很像飯店，也是因爲正面是一整片玻璃帷幕，有個小男孩正從內側盯著她看。

奈津江趕緊在臉上堆出笑容，重新正視對方。

年紀大概跟自己差不多。

在她看來，小學的男生個個都是小鬼頭。就算是較年長的二年級或三年級生，有時也覺得比自己幼稚許多。即使扣掉自己特異的感覺，站在玻璃門裡面的男孩也莫名給她過於稚嫩的印象。

回頭看，深咲和平太正從車子的後車廂卸下行李。心想不幫忙好像不好意思，奈津江仍推開玻璃門，走進館內。

「你好。」

「……」

「我叫根津奈津江，今年六歲。」

奈津江仔細地告訴對方自己的全名和年齡。

「你可以叫我小奈喔。你呢？你叫什麼名字？」

奈津江伶牙俐齒的表達能力似乎嚇了男孩子一跳，什麼話也說不出來。

「你住在這裡吧？」

奈津江再問一次，這次小男孩總算回答了：

「……嗯。」

「你叫什麼名字？幾歲？從什麼時候開始住在這裡？」

「……」

「說話啊。」

「……我叫祭、祭、祭三紀彌。六、六歲。大約從半年前……」

之所以講得吞吞吐吐，大概是差點就要說出原來的名字吧。但是既然在祭園生活，肯定已經成爲祭家的養子，所以乖巧地報上全名。

眞是個耿直的小孩啊。

奈津江險些就要噗哧一聲笑出來，但想起自己也已經不是根津奈津江的事實，表情不免有些僵在臉上。

「倒也不是那麼糟的地方。」

三紀彌沒頭沒腦地說。

「什麼？」

「沒、沒什麼，我是指這裡……」

三紀彌或許是留意到奈津江的表情變化，誤會她垮著臉的理由，想安慰她。意識到這點的瞬間，奈津江不禁心頭火起。

「我一點也不覺得這裡是什麼不好的地方。」

被年齡相仿，而且看起來弱不禁風的小男生同情，令她火冒三丈。

「眞、眞的嗎……」

「當然是眞的啊。」

「那、那就好……」

不知是否被奈津江的氣勢嚇到，三紀彌低下頭。但隨即抬起頭來，似乎有話要說。

「哎呀，你們已經交上朋友啦。」

這時深咲的聲音插進來。

「三紀彌，要跟小奈當好朋友喔。」

「好、好的……」

三紀彌變得愈發侷促。不只臉，連耳朵都染上淡淡的紅暈。

這裡也有一個姊姊的仰慕者。

奈津江覺得與有榮焉的另一方面，不知怎地也有些心煩氣躁。

不難理解像平太那種大人會對深咲這種美麗又溫柔的女性傾倒，但是三紀彌明明連毛都還沒長齊，要拜倒在姊姊的石榴裙下還早了二十年呢。孩子就該像個孩子，對同年齡層的……想到這裡，奈津江內心莫名焦躁，臉也有點發燙。自己該不會是在吃醋吧。

吃這種小男生的醋？怎麼可能！

奈津江不假思索地否定，把臉別開時，深咲催她：

「小奈走吧。三紀彌，待會見。」

她不動聲色地瞥了他一眼，他果然還是一臉有話想說的樣子。但好像是不能在這裡說的事。不知是因爲深咲，還是因爲平太。

這點令奈津江有些耿耿於懷。

「園長先生有話要跟小奈說。」

深咲接下來這句話又令奈津江的肚子揪成一團，好想逃走。

……接下來就要去見可能是父親的人了。

她實在不願相信眞正的父親是棲息在黑森林裡的**什麼**。深咲說完小寅充滿迷信的妄想後，也表現出否定的態度。目前還不清楚爲什麼會出現胎記，但很可能只是巧合。

祭隆利果然就是我的父親吧……

與深咲一起在走廊上前進，奈津江因爲太緊張了，感覺全身僵硬。深咲一直在跟她說話，但她幾乎一句話也沒聽進去。

深咲叮囑她，無論是陰狐火的胎記、黑森林中的什麼、還是小寅光怪陸離的想法都不能在隆利面前提起。看樣子深咲似乎很擔心這些話題會再次掀起波瀾。

不一會兒就走到寫著「園長室」的房門口。隆利就在這裡面。或許就是親生父親的人正等著她。

深咲敲了敲，逕自開門。

「園長——不，父親大人。我們回來了。」

深咲邊打招呼邊走進去。奈津江迅速地從門外打量一番，室內昏暗，宛如魔窟一般。

「小奈，別發呆，快進來。」

深咲溫柔地催促在走廊上裹足不前的奈津江，手放在門把上，耐著性子等待奈津江基於自己的意願踏出第一步。

「……好、好的。」

在此之前她都以「嗯」回答深咲的問題，突然轉爲正經八百的態度，因爲這個房間充滿讓人繃緊神經的氣氛。

戰戰兢兢地正要走進去，奈津江想，這樣不行，沒什麼好害怕，也沒必要不好意思，反而應該抬頭挺胸、大大方方地應對。

她抬起正要低下去的頭，視線不偏不倚鎖定坐在厚重大辦公桌對面的男人，走進房間。深咲以溫暖而引以爲傲般的眼神看著她的模樣。

兩人併肩站在辦公桌前，深咲幫忙介紹：

「父親大人，這位是根津奈津江小姐。當然現在已經改名爲祭奈津江了。」

然後面向奈津江說：

「小奈，這位是妳的父親喔。」

隆利看起來比想像中年輕。雖然夾雜著大量的白髮，但頭髮依舊很茂密，也沒有中年發福的跡象。坐在椅子上看不出來，但個子應該也不矮。

有點像出現在外國老電影裡的紳士。

這是奈津江對他的第一印象。不過以奈津江的父親而言，他的年紀還是太大了。小學同學的父母多半都是四十歲左右，也有人的父親已經五十歲了。

可是六十五歲也未免……

說是祖父的年紀也不爲過吧。一思及此，身體突然變得好輕鬆。原本滿心的緊張一下子煙消雲散。大概是原本無意識爲祭隆利描繪出一幅冷酷無情如惡鬼般的人物印象，見面後發現此人意外溫和，心情自然就放鬆下來了。

「你好，我是奈津江。」

所以奈津江也不再畏畏縮縮，不卑不亢地向他問好。與或許是父親也未可知的男人見面，第一句話該說什麼才好呢……原本的煩惱就像騙人的一樣。

然而，隆利由始至終不發一語。倒也不是對奈津江視而不見，他從剛才就直勾勾地盯著奈津江看，目不轉睛地凝視她。

他的樣子非常詭異。既不是以恐懼的視線看著被當成掃把星趕出家門又回來的女兒，也不是對自己做過的事表示懺悔的眼神。當然更不是向被自己狠狠傷害的女兒乞求原諒的態度。隆利的雙眼藏著與那些情緒截然不同的感情。

「父親大人？」

深咲或許也覺得奇怪，小聲呼喚他。但隆利依舊緊盯著奈津江不放。

「父親大人，您沒事吧？」

深咲稍微提高了音量。

「——她是您的女兒喔。您的女兒奈津江終於回來了。」

「啊，對啊。」

「這孩子如今已正式成爲祭家的養女、父親大人的小孩、我的妹妹。」

「長得好像妳媽啊。」

隆利微微一笑，對深咲投以無限愛憐的眼神。

「是、是這樣嗎？」

深咲一瞬也不瞬地端詳奈津江的臉。奈津江迎著姊姊美麗的視線，突然覺得好害羞。

「肯定能長成跟妳母親如出一轍，楚楚可憐的少女吧。」

「說的也是。」

「這裡的環境也挑不出毛病來，如果有需要的話——」

「我可以當她母親。」

深咲突然語出驚人地說。她的語氣聽起來好像要堵住父親隆利所有要說的話，令奈津江感到大惑不解。

……怎麼回事？

隆利應該是想說「如果有必要的話，可以請家教」吧。深咲察覺到這一點，先發制人地表示自己願意照顧奈津江。

大概是因爲隆利聽信小寅的迷信，無情地把才呱呱落地的妹妹送養，小佐紀拚命尋找女兒的下落，最後由深咲繼承母親的遺志，費盡千辛萬苦總算找到妹妹。所以事到如今，不希望隆利再表現出父親的樣子吧。

但今天在前來此處的一路上與深咲聊了許多，感覺她很擔心奈津江無法原諒、接受親生父親。既然如此，她現在的態度不是很矛盾嗎。

「……哦，那就交給妳了。」

隆利隔了一拍才回答，樣子看起來有幾分客氣。看得出來，他顯然十分在意女兒深咲的反應。

好詭異……

雖然這分明是關乎奈津江的事，但她本人卻被排除在狀況外，總覺得很不舒服。換成平常的奈津江，早就發難「你們在說什麼」了，但室內瀰漫著一股不好當面質問的氣氛。

等會兒跟姊姊單獨相處的時候再問她好了。

後來一行人在會客椅落坐，由深咲負責說明在祭園裡的生活。奈津江有時會提出一些問題，隆利始終一言不發。

他們現在的所在地是「本館」，走進朝南的玄關後，一樓是大廳、起居室、客廳、餐廳、廚房、視聽室、學習室、遊戲室、園長室、辦公室、員工休息室、洗手間、大浴室。視聽室有小型螢幕、大電視、音響設備、包括鋼琴在內的各種樂器；學習室則有大型的水槽、昆蟲標本、人體模型、各式各樣的實驗器具等中小學校的理科教室會有的教材；遊戲室從各種電腦遊戲到桌遊，甚至還有高蹺及桌球台等等，玩具的類型相當廣泛，應有盡有。

本館的二樓是由被祭家收養的孩子們的房間及洗手間構成。三樓則是以隆利、深咲、小寅的房間為首，另有書房及起居室。順帶一提，二樓的房間都有淋浴間，三樓的房間則有浴室和洗手間，設備十分齊全。但隆利他們平常也都使用一樓的大浴室。

本館的東北方還有一座「東館」，是由穿廊與本館相連的兩層樓建築。這裡是圖書室，不只有海量的藏書，錄影帶或ＤＶＤ等影音軟體也一應俱全。位於反方向的本館西南方同樣有一座以穿廊與本館相連的兩層樓建築物「西館」，是給內平太等在祭園上班的工作人員住的地方。

「所以不能隨便闖入西館喔。就算有人找妳去，妳也要先告訴我喔。還有——」

深咲原本行雲流水地說明至此，突然閉上嘴巴。

「還有……」

她又要開口，但還是欲言又止。

「本館後面——」

聽到這裡，隆利突然替她接下去說：

「也就是本館北側，有個隆起的場所，感覺像一座小山坡。那裡有一棟平房，已經沒有人住了，與廢墟沒兩樣。很危險，所以不要輕易靠近。」

「別這樣，父親大人。」

深咲插進來說。

「小奈比一般的六歲小孩要來得聰明多了，直覺也很敏銳。我認爲與其蹩腳地隱瞞，不如一五一十地告訴她。」

「這樣啊……如果這是妳的判斷，我倒是無所謂。」

見隆利點頭同意，深咲重新打起精神說：

「好像在賣關子，但其實不是什麼重要的事。小山坡上有一棟名叫『迴家』的長方形建築物，是小佐紀母親大人祈禱的地方。」

「她在那裡祈禱啊。」

即使是與深咲交談，但是在隆利面前，奈津江的遣詞用字還是會自然而然地變得拘謹。

「也兼做讓前來問事的人過夜的地方，有好幾個房間，曾經盛況空前到天天客滿。母親大人會從迴家正中央，名爲『塔屋』的地方露臉，窩在迷你的方形塔中，從裡頭上鎖。就像只有那裡才是二樓。」

大概是她在外國小說的插圖裡看到，以前鄉下地方的學校蓋的那種鐘塔吧。奈津江想像了一下。

「母親大人在塔屋裡與白狐大人——」

「白狐？」

「嗯，白色的狐狸。是歷代長女繼承的憑依喔。」

「白狐……」

奈津江第一時間想到黑狐，心情十分複雜。既然本館北側有座小山坡，再往北邊該不會有一片黑森林吧。棲息在森林裡，不知眞實身分爲何的那傢伙該不會就是黑狐吧。

奈津江彷彿看見黑狐從黑森林裡現身的光景。

「當母親大人開始在塔屋向白狐大人祈禱——」

深咲接著說，並未察覺到奈津江的變化。

「在房間裡等待的問事者要用毛筆在和紙上寫下自己想問的事。每個房間的牆上都供奉著朝向塔屋的小神祠，所以要把和紙放進去，自己也開始祈禱。然後母親會輪流繞行每個房間，回答那個人想要問的事。」

「欸，明明沒看到紙上寫的問題……嗎？」

奈津江忍不住發問。

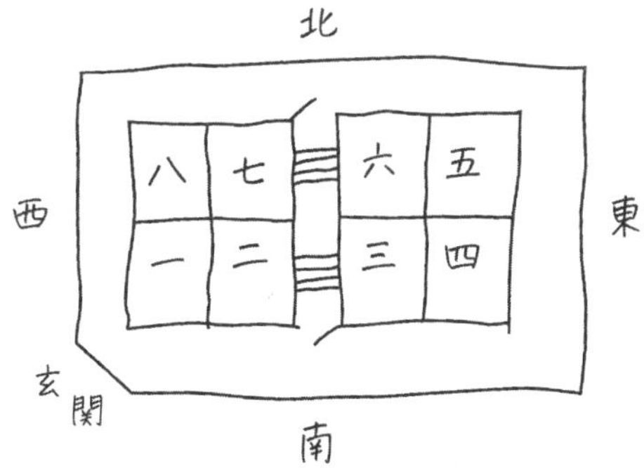

深咲描繪的迴家簡略平面圖
（走廊實際上是彎彎曲曲的，房間也不是四方形）

「母親大人不用看就知道了。」

「每個房間都是嗎？」

「那當然。」

因爲是馭狐師，這點小事根本算不了什麼嗎。

「爲什麼稱爲迴家？」

「因爲建築物的構造有點特殊。」

深咲拿起隆利桌上的便條紙，畫下簡單的平面圖。

「所有房間都像這樣相鄰，說穿了就是全部擠在一起的狀態，周圍是走廊。」

一共有八個房間，並沒有被走廊隔開。每個房間的側面或後面的牆壁都緊鄰著其他房間。也就是說，所有的房間都集中在正中央，四周則被走廊包圍。

好像學校啊。

奈津江之所以會有這種感覺，大概是因爲從外面往窗戶裡看，如果是普通的房子應該可以看見室內，但這裡只能看到走廊。

「走廊實際上是彎彎曲曲的，所以房間也不是眞的四方形，但如果要簡單地畫出迴家的構造，基本上就是這樣。」

「塔屋在八個房間上方想必有什麼用意吧。」

「居然能留意到這點，小奈好厲害啊。」

深咲發出喜悅的讚嘆，不動聲色地瞥了隆利一眼，眼裡充滿「這孩子跟尋常小孩不一樣吧」的驕傲。

「因爲一切都是爲了利用迴家的上下把母親大人與所有前來問事的人連繫起來，才蓋了這棟建築物。」

「現在已經……」

「已經沒有在用了。那裡——」

這時耳邊響起敲門的聲音。隆利應聲，有個三十五歲左右的女性探頭進來，向他們報告晚餐已經準備好了。

「剩下的再找時間告訴她吧。」

隆利結束對話，要兩人離開園長室。

三人走進餐廳，原本七嘴八舌的氛圍突然噤聲，室內靜得連一根針掉到地上都聽得見。在場的所有人都不約而同地望向奈津江。

……好討厭。

臉頰頓時變得火熱。就連幼稚園或小學的發表會上，要在一堆父母面前說話也絲毫不會讓她緊張，如今卻只想逃離現場。

「妳的座位在這裡喔。」

深咲帶她走到長方形餐桌的其中一個短邊，左側是剛才打過照面的三紀彌。

「讓各位久等了，在開始用餐以前──」

隆利開口的瞬間，所有人的視線從都奈津江身上離開。因爲他的位置在她的座位對面──也就是相當於上座的另一個短邊──所有人都得轉過頭去。

感到如釋重負也只是須臾之間，因爲有一個人還繼續盯著她看。那就是坐在隆利右手邊的老太太。

小寅祖母？

沒有其他老年人，所以奈津江猜得應該沒錯。問題是小寅爲什麼要這樣盯著她看呢。那完全不是看孫女的眼神。該怎麼說呢。就好像……就好像……

就好像在看怪物……

那是浮現出恐懼與厭惡與絕望的眼神。除了對她爲什麼要回來的恐懼，也有領悟到這一天終於來臨的顫慄與萬念俱灰。這些情緒源源不絕地從她眼底傳來，令奈津江感到如坐針氈。

但她只是身不由己地被趕出這個家，又身不由己地被帶回來而已吧。她一點錯也沒有。

我到底做了什麼？

想到這裡，她內心燃起熊熊怒火。小寅無疑還困在虛妄的迷信裡。奈津江強忍住想低頭的衝動，堅定地揚起臉，不甘示弱地迎上老太太的視線。

兩人僵持不下地互瞪了好一會兒，最後是小寅先移開視線。移開視線的瞬間，老太太眼底只剩下怯懦。似乎打從心底後悔盯著不該看的東西看……

奈津江感到筋疲力盡，靠向椅背，雙手無力地下垂。左手好像碰到什麼東西。定睛一看，三紀彌正從旁邊伸出右手，指尖夾著一張折起來的紙條。

悄悄地望向三紀彌，只見他裝作一臉專心聽隆利說話的模樣，看也不看她一眼。另一方面卻又一直用紙條的角戳她的手。

是要她快點接過去嗎？

奈津江很討厭這種偷偷摸摸的行爲。但回想發生在玄關的事，他似乎有什麼話想對自己說。而且是只想對自己說……

奈津江接過紙條，感覺得出來三紀彌鬆了一口氣。就像完成什麼重大的任務，打從心底感到欣慰。

太荒謬了。

反正紙條上寫的一定是非常幼稚、非常無聊的事。奈津江邊想邊在桌子底下攤開紙條。

晚上要小心
不能在床上睡覺
因為灰色的女人會來找妳

六　居民們

「——那麼，大家要好好相處。」

介紹完奈津江以後，隆利以這句話畫下句點。但他也只說了奈津江的名字和年齡、在東京出生長大而已，除此之外沒有任何說明。完全沒有提及她的身世。

跟其他孩子一樣呢。

奈津江沒有絲毫不滿，只感到一絲落寞。說不定隆利會說出什麼父親會說的台詞……內心深處或許還是有這樣的期待吧。

不過那不重要，眼下有更重要的問題。

三紀彌寫在紙條上的內容宛如警告。雖然奈津江也懷疑這該不會是對新人開玩笑或惡作劇吧，但他的態度看起來很認眞。說得誇張點，甚至可以視爲他不顧自己的安危，提醒自己要小心。

可是，他剛才又說這裡不是什麼不好的地方。

那是指晚上以外的時段嗎？也就是說，到了晚上，這裡可能會發生什麼驚悚的事。但是會發生什麼事呢，又不能直接在餐桌上問他。

奈津江正感到無所適從時——

「那麼換我向小奈介紹這個大家庭吧。」

這次換深咲站起來，奈津江只好暫且擱下紙條的事，努力記住所有人的長相和名字。

「首先是坐在園長旁邊的小寅祖母大人。」

果然如奈津江的猜測，這位老太太就是自己的外婆。可惜很難透過小寅想像母親小佐紀是什麼樣子。因爲小寅籠罩在一股不是用年老色衰就能說明，不知該如何形容的醜陋陰影下。

鬼婆婆……

奈津江的腦海中浮現出現在日本民間故事裡的妖怪。不知是以前就長這樣，還是因爲長年流浪的生活。抑或是當馭狐師的弊端到了這個年齡終於體現出來。原因不得而知……

即使叫到自己的名字，小寅本人也不肯把臉轉過來。一副再也不願與奈津江對視的堅決態度。

「這位是汐梨。」

深咲接著望向坐在自己面前，看起來很乖巧的美少女。從隆利的位置看過來，左手邊是深咲的座位；從小寅的位置看過來，右手邊是汐梨的座位。

「汐梨今年十三歲，已經在祭園住了很久，妳可以請教她很多事喔。」

「請多指教喔。」

汐梨向奈津江問好的姿態也流露出女人味。明明長得不像，卻彷彿在她身上看到國中時代的深咲。

「這位是學人。」

深咲溫柔地把一隻手放在坐在自己隔壁的少年肩上。那是個膚色白皙，感覺很知性的男孩。

「雖然才十一歲，但性格非常成熟，所以是很可靠的大哥哥喔。」

學人的身高與汐梨差不多，因此看起來比實際年齡大一點。

「請多指教。」

但語氣實在太冷靜了，給人稍嫌冷淡的印象。唯獨眼神帶著微微的笑意，被這樣的眼神盯著看，奈津江不免有些臉紅心跳。

坐在學人前面、汐梨旁邊的是九歲的由美香。由美香是個看起來很不服輸的女孩，萬一與她爲敵，感覺會很麻煩。

「要好好相處喔。」

不過她對奈津江說話的語氣聽起來像是單純爲自己多了一個妹妹感到開心，所以應該不會有硬碰硬的問題。

學人旁邊是名叫喜雄的七歲男孩，打從一開始就笑嘻嘻地看著奈津江。換作平常應該會覺得這是友好的證明，但不知怎地，他的樣子令奈津江有些在意，總覺得不太舒服。

這傢伙瞧不起我嗎？

笑嘻嘻的表情底下似乎藏著嗤之以鼻的態度，使奈津江感到內情並不單純。

……是我想太多嗎？

就算是幼稚地以第一印象來判斷喜不喜歡這個人，也覺得從喜雄身上感受到的什麼來自更深層的原因。

他知道我的祕密嗎？

也有這個可能，但應該不是。如果是汐梨或學人，或許有機會知道她的祕密。但他們就算知道，也絕對不會表現出來吧。

可是，這小子……

感覺他喜上眉梢的理由更幼稚、更低層次一點。

「妳應該已經認識內平太先生了，是他開車載我們到這裡。」

深咲再次鄭重其事地為她介紹坐在喜雄對面的平太，因此奈津江也再次專注於記住這些人的長相和名字。

明明不是冬天，平太卻戴著毛線帽，以喜形於色的眼神看著深咲。但只瞥了奈津江一眼，對她一點興趣也沒有。

「這位是島本和香子女士。」

然後深唉望向坐在喜雄旁邊、奈津江的右斜前方，剛才來園長室喊他們吃飯的女性。

「島本太太可以說是代替各位母親照顧你們的人，在這裡的生活如果有任何需要幫忙的地方，都可以跟她說喔。」

「很快就習慣了。」

島本太太微笑說道，但仍難掩一抹公事公辦的氣息。因爲是工作，才不得不照顧孩子們，除此之外不要對她有任何要求或許才是她的眞心話。不同於平太，但也感覺她對孩子們漠不關心。

……好奇怪啊。

祭園不是專爲孩子們成立的設施嗎？既然如此，爲什麼會雇用內平太或島本和香子這種人呢。

「這位是長谷三郎先生。」

深唉爲她介紹坐在平太隔壁、三紀彌左斜前方，年過五十、身材壯碩的男人，說他是廚師。

「不可以挑食喔。」

撇開深唉不談，這個男人給奈津江的感覺最親切。或許是因爲他感覺有點像根津屋的常客友西吧。

「可是啊，如果妳願意偷偷告訴我妳不愛吃什麼，我也可以不要放進小奈的盤子裡喔。」

露出惡作劇的表情說悄悄話的模樣，看起來完全就是小朋友會喜歡的大叔。

「妳在玄關見過三紀彌了。他跟妳一樣，都是六歲。但是比妳早來這裡半年，算是妳的前輩呢。」

兩人互看一眼，互相點頭致意。但彼此的用意有點不太一樣。三紀彌點頭的意思恐怕是說「我已經警告過妳囉」，而奈津江點頭的意思則是「晚一點要跟我說清楚喔」。

晚餐在寂靜中進行。深咲不時拋出話題，雖然每次都有人回答，但話題總是接不下去，氣氛也炒熱不起來。即使向孩子們搭話，汐梨和學人、三紀彌也都有一搭、沒一搭的。由美香和喜雄雖然很饒舌，表現出嘻嘻哈哈的樣子。但意識到其他小孩皆無意接話後，情緒自然就冷下來了。

這時也不知道爲什麼，奈津江愈來愈看不順眼喜雄的態度。他愈是喋喋不休地說話，奈津江愈是氣不打一處來。

「喜雄也終於融入祭園的生活了。」

聽見深咲對汐梨說的話，奈津江才明白他是最近才變得如此活潑。

大概是很高興來了個年紀比自己還小的新人吧。

問題是，不是已經有三紀彌了嗎？剛才說過，他在這裡生活已經過了半年。難道喜雄比三紀彌還晚入園嗎？明知不需要為這種事煩惱，但總覺得難以釋懷。

說到難以釋懷，汐梨的樣子也很不對勁。每次深咲跟她說話，她的態度都會變得很不自然。但深咲的態度及說話的內容並沒有任何不妥之處，對汐梨的態度看起來就跟對其他小孩一樣，只是更仰賴年紀最大的汐梨一點，如此而已。

汐梨姊不喜歡深咲姊姊嗎？

這又是為什麼呢？至少其他四個人都很喜歡深咲，與她沒有任何隔閡。

想太多了……

幸好晚餐十分美味，所以奈津江專心吃飯。母親去世後，她已經很久沒有好好吃一頓飯了也說不定。長谷三郎身為廚師的手藝確實不同凡響，隨時都能出去開店了。想到這裡，明明與當天晚上的菜色無關，她卻突然好想吃父親打的蕎麥麵。

吃完晚餐，汐梨立刻叫住她：

「我帶妳參觀本館。」

「真是個好主意。」

深咲也表示贊成，所以奈津江隨汐梨從一樓到三樓在館內逛一圈。當然沒有進入個人的房間，但至少知道誰住在哪個房間。

這個過程中，她做好了汐梨會問她一堆問題的覺悟，但沒想到汐梨從頭到尾沒有問任何問題。本以爲她是不好意思問問題，但顯然不是。感覺得出來，只因爲自己是年紀最大的孩子，不得不照顧新人。

這種不拖泥帶水的態度倒也很理想就是了。

參觀完本館，回到一樓，直接走進起居室，起居室裡只有小孩。

「看過妳的房間了嗎？很不賴吧。」

由美香迫不及待地向她搭話。

「嗯。大到嚇了我一跳。」

「是不是。起初我還以爲要在擺滿上下鋪的房間跟其他小孩擠在一起，所以剛來的時候還很驚訝。」

「妳是什麼時候、從哪裡來的？」

奈津江問道，由美香還來不及回答，學人便插進來打斷她們：

「有件事要先告訴妳。」

「什麼事？」

對汐梨和他說話的時候，口吻自然變得恭敬。

「這裡雖然沒有硬性規定不准問私人問題，但是就像深咲小姐只介紹大家的名字和年齡，不打聽彼此的身世已經成了住在這裡的默契。」
「尤其是關於親生父母的事嗎？」
「妳很有眼色呢。不好奇彼此的過去是住在這裡的不成文規定喔。」
見學人表示佩服，奈津江有幾分沾沾自喜。但現在可不是沾沾自喜的時候，因爲她希望學人能告訴自己關於祭園他知道多少。
「但我對這裡還不了解。」
「這點大家都一樣。」
「可是汐梨姊和學人哥不一樣吧。」
不只在祭園待了漫長的歲月，從兩人身上成熟的氛圍可以感覺得出來，他們什麼都知道。
汐梨坐在與其他人稍微有一段距離的沙發上。並沒有刻意離群索居的感覺。那裡大概是她的固定座位吧。
「這不好說。」
學人苦笑。帶了幾分諷刺意味的笑容裡似乎藏著憤怒、死心、恐懼、悲傷等各式各樣的情緒。
「什麼都可以，請告訴我。」
「可以確定的是，從父母的角度來看，這裡所有人都是有瑕疵的小孩，不能跟父母住在一起——大概是這樣吧。」
「怎麼說？」
「理由因人而異。唯有無法承認是自己的孩子，或是有什麼不願承認的苦衷這點是一樣的。」
「所以把大家寄養在祭園嗎？」
奈津江故意如此問道，學人搖頭否認。
「我們不是被寄養在祭園。我們是這裡的養子。也就是祭家的小孩。園長就是我們的父親，深咲小姐是我們的姊姊。」
由美香插嘴：
「也有人從這裡回到眞正的父母身邊不是嗎。」
「咦……」
奈津江大吃一驚，學人不以爲意地說：
「確實有些父母的情況有變，來接小孩回家。這時只要解除認養關係就行了，所以要回家也不成問題。」
「明明有可能回到爸媽身邊，爲什麼還要特地收養呢？」
「能回到父母身邊的傢伙並不多喔。」

「可是……」

「因爲親生父母就是想和小孩斷絕親子關係才會送養。」

奈津江下意識地輪番打量所有人的臉。

汐梨早已別開臉，進入自己的世界。由美香直勾勾地對學人投去受傷的眼神。喜雄和三紀彌則低著頭，一聲不吭。

「單是把孩子送到某個設施或送給認識的人，無法藏起孩子的身影，也無法抹滅孩子的存在，所以最好的方法就是從法律上斷絕親子關係。」

「爲什麼要做到這種地步？」

「所以說，這點依父母的苦衷而異。」

「……園長從什麼時候開始、爲什麼要成立祭園？」

奈津江一時半刻不曉得該怎麼稱呼隆利，決定跟大家一樣，稱隆利爲園長。

「大約從十年前吧。當時汐梨才三歲，就來到這裡了。」

汐梨微微頷首，可見她其實有在聽大家說話。

「園長從年輕時就開創許多事業。我也不是很清楚，但稀鬆平常的生意似乎滿足不了他。」

「所以就開了祭園……」

「一定有什麼原因吧。我猜可能是因爲汐梨，因爲她是園長的心肝寶貝。」

還以爲當事人會有自己的一套說詞，但汐梨一句話也沒說。

「這所祭園啊——」

學人接著說。

「專門收養有隱情的孩子，好處是可以從那孩子的父母手上收到大筆入園費和每個月的生活費。拋棄小孩的父母也能爲自己開脫不是拋棄小孩，而是把小孩過繼給祭園當養子。」

學人打開天窗說亮話，「拋棄小孩的父母」這句話顯然又傷害到由美香和喜雄、三紀彌了。

「只把孩子寄養在設施的話，不管花再多錢，依舊無法擺脫身爲父母的責任。但是只要把孩子過繼給別人，法律上就再也沒關係了。我認爲這是很聰明的生意喔。要找到這樣的客人雖然不容易，但是園長有過去的事業累積下來的人脈。再加上這種神神祕祕的事反而更容易傳開。尤其是在有錢人之間。」

「我不是很清楚……」

奈津江細聲細氣地回答。

「很正常啊，就連我也不清楚全貌。只是在祭園生活的這段期間隱隱約約地察覺到而已。」

學人臉上浮現自嘲的笑容，隨即換上嚴肅的表情說：

「我們之所以會在這裡，肯定都是因為父母的自私自利。但我們也不是完全沒有任何好處。」

明明都被親生父母拋棄了……奈津江心想。

「既然被收養了，我們也能繼承祭家的財產。」

「這樣啊。」

「因為我們就跟祭隆利的親生子女一樣呢。」

他連將來的事都考慮到啦——奈津江佩服得五體投地。同時也產生難以言喻的心情。

好可憐……

她還無法理解對方的心情，但是對學人不得不學會這種比實際年齡老成許多的處世之道，或許懷著一種憐憫之心。

「所以兄弟姊妹增加太多也很困擾呢。」

「欸？」

「因為兄弟姊妹變得太多的話，自己可以分到的份不是會減少嗎，就算祭家的財產比我們的父母多還來得多。」

只見他露出興高采烈的笑容，奈津江無從分辨他說的是真心話還是假話。

「我只能說，在這個載浮載沉的世道，比起在父母身邊生活，住在這裡肯定能過得更幸福。」

「載浮載沉的世道是什麼樣的世界？」

因爲完全無法想像，奈津江老實地反問，只見學人的笑容變得不懷好意。

「就像我剛才說的那樣，禁止提起這方面的問題喔。不過光是想像就很有趣了。就拿喜雄來說，妳不覺得他長得很像某知名的偶像嗎？由美香的母親可能是剛當上舉世聞名頂尖企業的年輕女社長。想著這些有的沒有的再來看電視的話，會變得很刺激喔。」

「至於學人像誰嘛——」

由美香正要開口。

「只不過，這種幻想請放在自己腦中就好。不要告訴別人，還講得沾沾自喜。」

學人毫不留情地打斷她。

「好奸詐！你明明就講了我和喜雄的事。」

由美香氣急敗壞地抗議。學人以平靜的口吻說：

「是小奈說她不知道，我才舉你們當例子。而且只是舉例，又不是眞的。她也知道只是舉例喔。」

由美香對她表現出「是這樣的嗎」的神情，奈津江點頭如搗蒜。

「我的提醒到此爲止。」

學人爲自己的主張畫下句點。

「別打聽彼此來這裡以前的事，最好也不要主動提起自己的事。不只是我們這些小孩，對工作人員也是。」

「像是平太……先生嗎。」

「哦，妳已經知道他的綽號啦。」

「……是深咲小姐告訴我的。」

差點就喊出深咲姊姊了，但又覺得最好跟大家一樣。

「園長會給大家亂取綽號喔。廚師長谷三郎是取姓的『長』和名的『三』，稱爲『長三』叔喔。」

「晚餐眞的好好吃啊。」

「嗯，長三叔的廚藝是一流的。來這裡以前應該是什麼店的料理長吧。」

「所以才會那麼好吃——」

「換句話說，工作人員也多半都是有隱情的人喔。」

「咦……」

奈津江大吃一驚，學人理所當然地說：

「長三叔做菜的手藝確實是一流的，而且絕不會刺探我們的過去，又很溫柔地對待我們。

可是平太和島子嘛——」

「島子？」

「哦，島本和香子啦。取姓的『島』和名的『子』，直接稱她爲『島子』。」

「大概是我小學一年級的時候吧。」

汐梨難得加入他們的對話。

「當時的廚師是一位名叫忠叔的人。不過園長說負責做飯的人怎麼可以像隻老鼠似地[4]，所以乾脆用名字『喜雄』稱呼他。忠叔也很能幹，更重要的是人很好。」

「跟我的名字一樣。」

喜雄也加入對話，但汐梨並未搭理他。

「雇用島子太太以前則是由一位姓梶的女性負責她做現在的事，梶太太非常喜歡小孩喔。寫成木字旁加動物尾巴的『梶』好像是她的本名，發音跟『家事』一樣[5]，所以好像就直接喊她家事太太了。」

4 日文忠的發音很像老鼠的「啾」聲。
5 梶和「家事」的日文都是かじ。

「明明喊起來說一樣，園長就是喜歡加上一些理由。」

學人露出傻眼的表情說。

「當時你才五歲，但應該還記得他們兩個吧。」

「記得，都是很好的人。」

這時學人把視線轉回奈津江身上。

「聽完汐梨的話，妳應該明白了吧。不管是忠叔還是家事太太，以前在祭園工作的人都對小孩很溫柔、很親切。」

「現在不是了嗎？」

「長三叔不一樣，他還是很溫柔很親切。」

「是這樣沒錯啦——」

汐梨又插進來說：

「但他也不會積極地與小孩扯上關係呢。」

「這種距離感不是剛剛好嗎？」

學人回嘴，汐梨閉上嘴巴，不再說話。

「不過，平太和島子確實稱不上喜歡小孩。」

奈津江也同意這個判斷。因爲對兩人的第一印象幾乎一模一樣。

「園長爲什麼要雇用這種人呢？」
「可以想到的理由有以下幾個。因爲要在這種深山裡過著與世隔絕的生活，很難找到優秀的人才。薪水給得再高，來應徵的多半還是一些有隱情的人。」
「……」
「更何況，這裡也不是什麼設施，只是名爲祭家的大家庭。實際上可以說是基於特殊的內情而收養一堆小孩的設施。因此工作人員也必須選擇口風比較緊的人。」
奈津江似乎也能理解他在說什麼了。
「因爲有這些條件限制，這裡能雇用的人就很有限了。妳不覺得少之又少嗎？加上妳在內，這裡有六個小孩。再加上園長、深咲小姐、小寅婆婆，總共是九個人。卻只有一個廚師、一個幫佣、一個警衛兼司機。」
這麼說倒也是。
「祭園的清潔或維修都委託外包業者處理，員工的工作還是很繁重。人數卻少得可憐。因爲不是誰來做都可以喔。平太原本是園長的私人助理，被調到這裡來幫忙。島子原本只是頻繁地來找小佐紀女士問事，不知不覺竟成了祭園的員工。可見園長只敢雇用知道來歷的人。」
奈津江心裡一跳。因爲學人對祭園的內幕未免也太瞭若指掌了，已經不是用「因爲在祭園生活了很久」這種理由就能解釋的程度。

難不成他也是……

奈津江不禁懷疑他是否也是隆利的兒子。就算隆利跟小佐紀以外的女性有小孩也不奇怪。但如果是這樣的話，深咲應該會告訴她。

「這種事對我們來說也一樣啦，正所謂半斤八兩。」

學人緊接著說了一句意味深長的話，立刻被奈津江聽出來了。

「什麼意思？」

「爲了成爲這裡的小孩，必須滿足許多條件。無論是父母還是子女……呢。當然不是只有好的一面，也有不好的條件。考慮到成爲祭園的小孩絕不是什麼光榮的事──」

「怎麼這麼說……」

「所以我們指責平太或島子或許是一件很沒良心的事。」

「我們做小孩的根本無能爲力吧。」

不只學人，奈津江也面向其他四個人。

「只是某一天突然就被帶到這裡，根本由不得我們選擇，不是嗎？」

深刻的沉默降臨在起居室。不用說也知道的事實事到如今又被指出來，說不難過是騙人的。

「說的也是。」

學人無奈地聳肩。
「所以我們必須學會自保。」
「自保？」
「就是保護自己的意思啦。妳聽過自衛隊吧。自衛隊的存在是為了保護日本。」
「那要怎麼做？」
「只能團結了。一個小孩什麼也辦不到，但如果我們能團結一心，就能產生力量。」
「小奈也是我們的伙伴喔。」
汐梨對她露出微笑，以示歡迎，但學人卻搖搖頭。
「還不行。為了成為我們的伙伴，妳必須接受考驗。」
「可是她還這麼小……」
「喜雄和三紀彌不都通過了考驗嗎。」
「男孩子跟女孩子又不一樣……」
「都一樣喔。」
眼看汐梨和學人就要吵起來。
「我該做什麼才好？」
奈津江插進去當和事佬。既然來這裡的小孩都經歷過，那她也不能逃避。

「我願意接受考驗。」

汐梨連忙想阻止她，但學人以冷靜的口吻說：

「妳必須半夜獨自進入迴家。」

七　繞行之物

……考驗膽量。

奈津江覺得好害怕。因爲要在半夜前往目前已經沒有人住，類似廢墟的迴家，不可能不害怕。

……不過稻荷神社的狐狸大人會保佑我。

明明已經離那座小小森林裡的神社千里遠，她仍有這樣的感覺。所以總覺得船到橋頭自然直。

「什麼時候要去呢？」

「這孩子挺有膽識的嘛。」

學人喜笑顏開地看著汐梨說。

「這麼一來就不太需要因爲年紀小而擔心她了。」

「可是……」

「也比喜雄那時候可靠多了。」

突然被拖出來鞭屍的喜雄紅著臉低下頭。看到他的窘態，奈津江恍然大悟。在餐廳裡看到他笑嘻嘻的時候感覺到不太對勁或許就是因爲這件事。

他一定因爲太害怕而失敗了。

因此留下心靈創傷，期待新人也遭遇相同的失敗。想必他也曾經對三紀彌露出同樣的微笑。

三紀彌成功了嗎？

奈津江望向三紀彌，只見他微微搖頭，拚命用表情告訴她應該拒絕，不要去比較好。

「倒也不是要妳今夜馬上就去。」

學人以一板一眼的口吻說。

「而且平日去的話，第二天還要上學，我們也無法見證。」

「所以是假日的前一晚嗎？」

「是吧。今天是星期三，所以快的話不是本週五就是週六晚上。如果妳需要心理建設，也可以下禮拜再去。妳可以慢慢考慮。」

「我明白了。」

「……妳不怕嗎？」

冷不防，喜雄問她。因爲奈津江實在太鎮定了，他大概有點難以置信吧。

怎麼可能不害怕。

奈津江在心裡回嘴，但仍表現出沒什麼大不了的態度。

「以前小佐紀女士使用過，但現在只是間空屋吧。」

「妳知道啊。」

學人問起，奈津江不得不坦承深咲簡單地告訴過她。喜雄又說：

「可是那裡有很可怕的東西——」

「喂！」

學人面露慍色地打斷他。

「別再說了，一直嚇她太卑鄙了。」

喜雄又垂下頭去。

「可怕的東西是指憑依嗎？」

奈津江強裝平靜地問道。

「對呀，是附身在小佐紀女士身上的狐狸喔。」

「那個還留在迴家裡嗎？」

「——也有人這麼認爲。」

學人支吾其詞地說。

「就算是這樣，那也是白狐，所以……」

「哦，深咲小姐解釋得很淸楚嘛。」

不妙……奈津江在心裡叫苦。對初來乍到的孩子說得這麼仔細確實不太自然。

「是我問她的。」

「妳對這個有興趣嗎？」

「因爲我以前的家附近有一座稻荷神社——」

「停！」

學人舉起右手，制止她再說下去。

「不是說好不提自己來祭園以前的事嗎。」

「啊……對不起。」

「看樣子妳還需要一段時間才能習慣，但還是要小心點。」

「好的，我會小心。」

得救了……奈津江放下心中大石。

「既然如此，妳也知道小佐紀女士向白狐問事的方法囉。」

深咲告訴過她，但奈津江佯裝不知。

「迴家有個名叫塔屋的部分——」

學人的說明與深咲大同小異。只有一個奇也怪哉，深咲沒有提到的內容。

「——當白狐下達神諭後，小佐紀女士會在走廊上繞行，一一拜訪問事者的房間。然而，有時候小佐紀女士明明還在塔屋裡，已經有**人**在走廊上繞行了……」

「難道是白狐？」

學人並未回答奈津江的問題。

「小佐紀女士在請示神諭的過程中會一直搖鈴。鈴聲靜止前，無論誰來敲門都絕對不能開門。聽說小佐紀女士會開宗明義這麼告誡前來問事的人。」

「如果開門呢？」

「那傢伙就會進去。」

「……」

「我猜會被附身。」

奈津江猶豫著該不該說出黑狐的事。學人他們可能還不知道，所以最好不要亂說話。

緊接著，她的猶豫彷彿被看穿了。

「據看過那傢伙在走廊上繞行的人說，好像是灰色的什麼。」

「灰色……」

既不是白色，也不是黑色。而是介於兩者間的灰色，總覺得意味深長。不禁懷疑該不會是白狐與黑狐的綜合體吧。

灰色象男……

腦海中倏地浮現出在小小森林襲擊自己的變態。灰色在她心中從此變成非常不吉利的顏色。正當她想到這裡——

啊……

奈津江險些叫出聲音來。因爲她想起吃晚餐前，三紀彌在餐廳裡遞給她一張紙條，紙條上寫的字。

灰色的女人

繞行迴家走廊的灰色東西跟紙條寫的灰色女人是同一種存在嗎？還是有什麼關係呢？

「有誰看到了？」

「是剛才也提到過，當時擔任廚師的忠叔，以及照顧我們的家事太太。」

汐梨極其自然地回答，因此奈津江又發現一件事。那就是汐梨和學人早在小佐紀在迴家從事馭狐術的祈禱時已經在祭園生活了。所以看到很多、聽到很多，說不定比現在的奈津江知道的還多。

「問事者當中有比較不聽勸的人，忍不住往走廊窺探……好像也發生過這種事呢。」

「那些人後來怎麼樣了？」

「聽說是由小佐紀女士驅逐附在他們身上的東西，也有人直接被救護車抬走喔。」

「話雖如此，我也不覺得醫院能治好他們呢。」

學人說道，汐梨點頭附和。

「相對於小佐紀女士使役的白狐，還有一種名叫黑狐的憑依——」

汐梨的說明與奈津江從深咲口中聽到的一樣。但她仍裝出第一次聽到，對此一無所知的模樣。

「灰色的東西也可能是白狐與黑狐合體的狀態。從某個角度來說，或許是更危險的存在呢。」

「因爲既不是白狐也不是黑狐嗎？」

汐梨說道，這次換學人點頭附和。

「忠叔說，小佐紀女士祈禱時，迴家內部處於非常不安定的狀態，所以才會發生那種現象。因爲他是小佐紀女士的信徒嘛。」

「原來是這樣啊。」

「只不過——」

汐梨接著又要開口，但突然噤口不言，把一隻手舉到嘴唇前面，意味著就算奈津江再怎麼好奇，自己也說太多了。

於是喜雄得意洋洋地接著說：

「即使迴家已經沒人住了，還是有人看見在走廊上繞行的灰色物體。」

「眞的嗎？」

奈津江追問，喜雄的表情更得意了。

「明明塔屋和房間裡都沒有人，卻有灰色的東西在迴家的走廊上兜圈子——」

「別多嘴。」

但是被學人一喝，喜雄像顆洩了氣的皮球，咻地沉默不語。

「不，在罵喜雄前，我也必須反省自己。一時得意忘形，不小心說太多了，抱歉。」

「就是說啊。」

汐梨不僅附和，還爲奈津江著想地說：

「不如別試膽了？」

「可是，這是考驗吧？」

「……是沒錯啦，但起初只是鬧著玩，不知不覺變成類似一種儀式，所以並沒有硬性規定——」

「來這裡的小孩都做過這件事吧？」

這時換學人回答：

「也有人雖然進入迴家，卻一直沒有動靜，所以我們前往一探究竟，發現那傢伙只是躲在玄關門後面發抖。」

大概是喜雄吧，還是三紀彌呢。又或者以上皆是呢。奈津江阻止自己想看向他們的衝動。

「既然如此，我也不能例外。」

「這孩子一定沒問題喔。」

相較於學人天真又樂觀的判斷，汐梨似乎在深思著什麼。她好幾次偷偷地觀察奈津江，大概是苦惱著眞的不用阻止她嗎。

見汐梨陷入沉思，奈津江突然感到不安。

「要在迴家裡過夜嗎？」

「怎麼可能！如果要過夜的話，就連我也不幹喔。」

學人一臉嚴肅地排除了她的擔憂。

「所謂的考驗，只是在有問題的走廊上走一圈而已。我們會事先在玄關和玄關對側的走廊牆邊放下一疊五圓硬幣。牆上釘了橫木，所以我們會在突出來的地方各放十三枚硬幣。妳只要帶著尾端打結的繩子在走廊上繞一圈，每次經過玄關和對側這兩個地方時，各拿起一枚五圓硬幣，穿過繩子[6]。拿起最後一枚硬幣時，妳應該會在玄關的對側，所以請在回來的途中爬上塔屋。」

據學人透露，迴家的玄關設置於西南方，玄關的對側即是東北方。連通這兩個點的北側與南側的走廊幾乎正中央的牆上各有一扇門。兩扇門裡面都有樓梯，爬上去就是塔屋。把兩座樓梯連起來，正好形成一個倒「V」字形，塔屋就在倒「V」字形的頂點。

「往上爬的樓梯在北側。我們也會事先在塔屋放置五圓硬幣，所以請用繩子穿過硬幣，再從對面的樓梯，也就是南側下樓。」

腦海中浮現出深咲簡單畫給她看的迴家平面圖，奈津江一面摸索自己的動線問道：

「從南側的門出去後，就可以直接走向玄關嗎？」

「因爲那樣比較近。距離大約只有走廊的六分之一。」

學人以奈津江也能理解的方式說明什麼是分數。

「只不過，這麼走就反過來了。」

「反過來了？」

「小佐紀女士在走廊上繞行時，會從玄關走向右手邊，以逆時針的方向前進。」

「那個不是她的東西……也是嗎？」

學人點頭。

「所以雖然要繞一段遠路，還是希望妳從南側的門出來後先往裡面走，繞行六分之五的走廊回到玄關。」

「我會這麼做。」

「千萬不要往反方向走喔。」

「……萬一往反方向走會怎樣？」

「我也不知道。」

或許學人眞的不知道會發生什麼事。

「我知道該怎麼做了，可是——」

奈津江略顯遲疑地說。

「只要一次把放在玄關和玄關對側的五圓硬幣都用繩子串起來再爬上塔屋，根本不用兩圈就走完啦。」

學人聞言，喜上眉梢地笑著說：

「不可以使詐喔。不過，我認爲妳絕對不會耍詐。」

「你這麼信任我嗎？」

---

6 日本的五圓硬幣中間有一個洞可以讓繩子穿過去。

「因為從剛才一路聊下來，我知道妳是個懂事的小孩。不過我也要提醒妳，請不要弄倒堆好的五圓硬幣，要由上往下一個一個拿取。」

這裡頭顯然有什麼用意，但此時此刻的奈津江幾乎已經沒有餘力再思考這個問題了。抵達祭園才幾個小時，她已經接收太多資訊，超過腦容量所能負荷了。

「妳累了吧。」

汐梨眼尖地發現她的疲憊。

「才第一天，可能丟太多訊息給她了。」

學人再次露出反省的神色，解散起居室的聚會。

「我們去洗澡吧。」

由美香立刻提出邀請。

「嗯……」

奈津江還想跟三紀彌說說話，但顯然沒有兩人獨處的機會。因為由美香完全沒有要離開的跡象。或許她其實也想加入對話，但礙於汐梨和學人的權威，所以一直忍著傾訴的欲望。

「浴室很大喔，可以三個人一起洗。」

「眞的假的。」

「深咲小姐和島子太太要晚一點才洗，所以我們可以第一個洗喔。」

由美香一副接下來將由自己照顧奈津江，誰也別想插手的神情。

「只要沒被小寅婆婆搶先一步的話。」

「啊，對耶！」

由美香對學人的提醒緊張起來。

「快走吧。」

由美香牽著奈津江的手離開起居室，在走廊上狂奔，衝上通往二樓的樓梯。

「喂！不可以在館內奔跑。」

兩人突然被厲聲叫住，她們在樓梯上停下腳步，只見平太正面無表情地抬頭看著她們。

「對不起！」

由美香道歉，但完全有口無心。

「我們不會再犯了。」

奈津江也低頭道歉，平太沒有再說什麼，逕自走開了。

「妳看到那傢伙的帽子嗎？」

由美香毫無悔意地笑著跑上樓。

「好像警察伯伯啊……」

「那是美國警官的帽子喔。在祭園裡巡邏時，他都會戴上那頂帽子。學人哥說他會選擇適合自己當時任務的帽子來戴。因爲那傢伙是個帽子收集癖來著。」

這麼說來，平太開車去接她的時候也戴了不同的帽子，吃飯時又戴了另一頂帽子。

「還有人說他其實有少年禿。」

與笑得花枝亂顫的由美香暫時別過，奈津江回到自己位於東北角的房間。她在根津屋的行李先由深唉打包送來，已經收進衣櫃及壁櫥裡。從設施帶來的包包也放在房間一隅，大概是平太幫她搬上來的。

準備好換洗衣服後，由美香來了，於是她們一起下樓，前往一樓的浴室。

「太好了！果然是第一個洗！」

由美香立刻在門口掛上「入浴中」的牌子。說是這麼一來小寅就不會進來了。

「小寅婆婆是個什麼樣的人？」

泡在浴缸裡，奈津江若無其事地問道。

「是個很古怪的老婆婆喔。聽說以前不是這樣的，可是我來的時候已經……」

「怎麼個古怪法？」

「有點恐怖……偶爾會以爲自己是小佐紀女士。」

「我也認識這種老人家。」

奈津江告訴由美香，以前住在根津屋附近，也就是所謂疑似失智症的老人。

「學人哥說，小寅婆婆跟一般的老人癡呆有點不太一樣。」
「怎麼說？」
「他說可能是長時間一直與憑依相處，結果出現弊端了。」
「小佐紀女士擔任馭狐師以前是由小寅婆婆擔任嗎？」
「好像是。」
「妳見過小佐紀女士嗎？」
「沒有。她在我來的不久之前就死了。」
而由美香約莫是兩年前來到祭園。
「小佐紀女士爲什麼會突然猝死呢？」
這麼說來，深咲還沒告訴她小佐紀的具體死因。難道是對身爲女兒的奈津江難以啟齒的死因嗎。
「嗳，妳知道什麼嗎？請告訴我。」
「可是……」
由美香顯然很想說，但是又表現出猶豫不決的模樣，大概是擔心隨便告訴她的話，會被學人罵：「別嚇唬新人啦。」
「我不會告訴任何人是妳告訴我的。」

影。

「嗯……」

只差臨門一腳就能讓她鬆口時，有人走進更衣處。隔著毛玻璃往外看，似乎是汐梨的身影。

「晚點再說。」

由美香小聲說道，開始說起東館的藏書。

汐梨走向浴池，三個人繼續討論圖書室的話題。汐梨很喜歡看書，學人也是。奈津江也很喜歡有趣的故事，但現在她只想知道關於祭園的種種。

若說有什麼是稍微試探一下就能套出口風的事，頂多只有大家什麼時候來到祭園、當時幾歲、來這裡多久了。

祭園大約十年前成立。汐梨十年前入園，當時三歲；學人五年前入園，當時六歲；由美香兩年前入園，當時七歲；喜雄一年前入園，當時六歲；三紀彌入園還不到半年。順帶一提，平太從祭園成立時就在這裡工作了，長三叔和島子則是六年前開始在這裡工作。

這段長達十年的歲月，也有幾個小孩離開祭園。通常是某天突然就說「珍重再見」。能道別還算好的，也有人突然就消失了。聽說是因爲不只園長兼養父的隆利下了封口令，本人也打算不告而別。

「考慮到留下來的我們，想必很難開口吧。」

汐梨替離開祭園的孩子們說話。

「如果是我，一定會提前跟大家道別。」

由美香不假思索地斷言道。

「小奈也會這麼做吧？」

「嗯……」

奈津江下意識點頭，但自己已經無家可歸了，不由得有些羨慕汐梨他們。但父母只因爲自己的問題就把孩子送給別人當養子，改變主意了又把孩子要回去，這眞的値得高興嗎？也有可能等了好幾年都等不到父母接自己回去。這個可能性更大吧。

果然，這種事她還是無法接受。

話雖如此，她也不覺得自己現在的境遇好過其他人。不過，本來就沒有可比性，因爲她的境遇太特殊了。

三人一起洗好澡，在洗手間刷牙時——

「哎呀，眞了不起。」

深咲探頭過來看。那種對待三歲小孩的態度令奈津江有點不爽。可是轉念一想，大概是因爲汐梨和由美香也在，她才故意這麼說。這一個月來的相處，深咲應該已經相信她是非常能幹的小孩了。

「該睡覺了呢。」

「好的。」

奈津江累到洗完澡就想馬上鑽進被窩裡躺平。再怎麼老成，她也還是個年幼的小孩。

「晚安。」

她向深咲道晚安，爬上二樓，又與汐梨和由美香在各自的房門前互道「晚安」，之後奈津江走進自己的房間。

她手腳俐落地把衣服收進衣櫃，撲向床上的被褥。

「唉……」

奈津江大大地嘆了一口氣，筋疲力盡地躺在床上。

自己怎麼會在這種地方……

難以置信的心情源源不絕地湧上心頭。有些事要等到獨處時才能深刻感受。

與其他人不同的是，這裡是我的家。

想到這裡，腦中又要掀起千層浪，奈津江有氣無力地搖頭，清空腦中的思緒，她現在只想睡覺。

……今天就到此爲止吧。

她實在太累了。眼皮和腦袋都好重，身體也軟綿綿的，彷彿就要這樣融化在床墊上……

然而躺了半天也睡不著。明明精神和肉體都渴望睡眠，但就是遲遲沒有睡意。奈津江體內似乎還有一部分處於興奮狀態，所以才無法入眠。

她不停地翻來覆去。明明已經躺在床上，卻沒有休息到的感覺，愈想快點睡去，腦袋愈是清醒。

已經習慣黑暗的瞳孔瞪著天花板。在根津屋的家裡可以看到一圈圈的漩渦狀木紋，這個房間的天花板沒有任何圖案。天花板和牆壁都是一片空白，毫無變化。

家裡的木紋其實有點恐怖呢。

從被窩裡抬頭看，總覺得隨時會有怪物或妖怪跑出來。但現在卻很懷念根津屋陰森森的天花板，甚至還有幾分溫暖的味道。

……這個房間卻不是這樣。

打理得非常乾淨整潔，這點無庸置疑，但卻令人覺得莫名寒冷。充滿了冰冷寂寥的氣氛。

這也難怪，因爲是深夜嘛。

奈津江這樣安慰自己，想快點睡覺。但好像眞的有一股冷空氣流過，身體打了一個冷顫，連忙把被子拉高到下巴底下。

起初她還以爲是自己多心，但是過了好一會兒，冷空氣明顯充滿了整個房間，身體再度打了個寒顫。

窗戶應該沒打開才對……

由於已經是十月中下旬，入夜確實有幾分寒意，再加上祭園座落在深山裡，不可能故意開窗讓冷空氣跑進來。

難不成是島子太太……

知道有新人要來，開窗換氣，結果不小心忘了關也未可知。

奈津江的房間在本館二樓的東北角，因此不只北側有一扇偌大的窗戶，東側也有一扇別緻的小窗。可能是哪一邊的窗戶沒有關緊吧。

但冷空氣既不是從床鋪右手邊的大窗，也不是從頭上的小窗，而是從左手邊流過來。

怎麼會？

奈津江慢慢地把臉從望向北側窗戶的角度轉到另一邊。只見一絲細長的微光映入眼簾。

……那是什麼？

奈津江睜大雙眼，只見細長的光束正一寸寸地擴大，變得愈來愈寬。奈津江看著看著，逐漸理解是怎麼回事。

有人正推開她的房門……

可能是深咲來看她睡得好不好——奈津江心想，但隨即推翻自己的想法。再怎麼小心翼翼地不想吵醒她，來人開門的動作也太奇怪了。不是那種躡手躡腳、輕輕推開的感覺。而是活像有什麼邪惡的東西一面花時間嘰哩、嘰哩……地撬開眼前礙事的門，打算入侵這個房間。這種感覺驚心動魄地從門的另一邊傳來。

沒多久，黝黑的闇影無聲無息地從有如撕開黑暗的微光縫隙偷溜進來。那個有如人影的東西頂著一顆歪斜的大頭……

噫……

奈津江下意識嚥下險些脫口而出的尖叫聲。

與此同時，門自動關上，**那個東西**消失在黑暗中。

那、那、那是什麼……

奈津江甚至沒想那到底是誰。因爲看在她眼中，那傢伙是某種不知是人是鬼，非常恐怖的東西。

她微微撐開雙眼，盯著門附近看。好不容易習慣黑暗的雙眼因爲一直盯著走廊上昏暗的小夜燈，已經沒有夜視能力了。但她仍目不轉睛地盯著門口，眼睛眨也不眨一下。

想當然耳，她一點也不想知道那是什麼。但不曉得那玩意兒躲在房間的哪裡更令她毛骨悚然。

過了好一會兒，開始隱約可以看見那個不聲不響地站在門邊牆壁前的身影。那個頂著一顆怪異至極的頭，上半部是三角形，下半部張著大大的鰓，脖子底下的手腳彷彿融入體內，宛如石像。

那個詭異的東西動也不動，屏氣凝神地觀察奈津江，絲毫沒有要把視線從她身上移開的意思。奈津江其實看不見，卻能幾近刺痛地感受到那個東西的視線。

……這、這玩意到底是怎麼回事？

奈津江只想大聲尖叫。不是爲了求救，而是本能地想發出悲鳴。

這傢伙到底是什麼？

然而，她又害怕一旦放聲大喊，那個東西會不顧一切地攻擊她。他應該還不知道奈津江已經發現自己了。

就這樣消失吧……

奈津江向上天祈求。毫無預兆地闖進來，那麼又毫無預兆地離開房間也不足爲奇。奈津江用這個理由說服自己，拚命祈禱。

但那個卻輕飄飄地動了起來，咻……地探出身子，眼看就要來到她的床邊。

不要！別過來！討厭！快走開！

奈津江想用力地揮舞雙手，大聲尖叫。但終究只能縮成一團，躲在被子裡。

那個東西當然也沒有停下來，緩慢而確實地向她靠近。

媽媽！爸爸！

奈津江在內心呼喚根津夫婦。儘管他們只是養育自己的父母，可是情急之下浮現腦海的卻是這兩個人的臉。

到底該怎麼辦才好？該怎麼做才能逃離眼前的困境？救救我……

就在奈津江陷入無邊無際的恐懼時，那傢伙一點一滴地浮現出清晰的身影。在已經來到房間正中央的地點，清楚地浮現出全身的輪廓。

嗚嗚……

奈津江害怕過頭，就快要哭出來，但還是忍住不哭。想閉上雙眼，卻怎麼也做不到。因爲看不見那傢伙在做什麼的感覺更恐怖。

當那傢伙更靠近她一點，奈津江發現他看起來像是扭曲頭部的部分其實是帽子。之所以看不清手腳，是因爲帽子底下好像是一件睡袍。不禁讓人聯想到幼稚園時看過的圖畫書裡小紅帽的模樣。

……是、是誰？

無論對方是誰，散發出來的氣息還是一樣可怕。而且隨著對方一步步靠近，恐怖的感覺又多了幾分。

這時，奈津江的腦海中浮現出三紀彌給她的紙條上潦草的文字。

晚上要小心

不能在床上睡覺

因為灰色的女人會來找妳

這個不知是人是鬼的傢伙或許就是他警告自己的灰色女人。不能在床上睡覺的意思，該不會就是因爲會發生這種事吧。

那麼，來找妳又是什麼意思呢？

腦子裡充滿問號的同時，那傢伙也在床邊站定。奈津江把眼睛睜開一條縫，眼前只能看見來人身上的睡袍。

與此同時，那傢伙突然倒下。還以爲是失去平衡，罩在帽子裡的頭部冷不防出現在奈津江眼前。

她的雙眼反射性地睜到最大，只見眼前是狐狸陰森森的臉，直勾勾地從漆黑的帽子裡對她投以冰冷的視線。

八　灰色女人

狐狸的臉上帶著笑容。

冷冰冰的表情絲紋不動，聽不見半點聲音，卻在伸手不見五指的黑暗中嘲笑她。

狐狸的臉上帶著笑容。

站在床邊，站在奈津江眼前，始終面無表情，但一直在嘲笑她。

狐狸的臉上帶著笑容。

執拗地嘲笑養父被落雷擊中身亡、養母被無差別殺人魔殺死的她。

奈津江一整晚都被狐狸嗤笑的表情折磨得輾轉難眠。早上醒來，慌張地四下張望，床邊沒有半個人，門也關得好好的。

……是做夢嗎？

奈津江心想，但下一瞬間就想起這無疑是發生在現實生活中的事，隨即開始發起抖來。

那個眞的出現了……

是白狐嗎？還是黑狐呢？雖說屋子裡很暗，但扁平的臉看起來白白的。至少不是黑色的。

所以是白狐？

但是從對方身上感受到無以言狀的邪惡氣息，怎麼想都是要給她帶來災禍的存在。

不僅如此……

如果是以前的她，應該能事先察覺到危險。憑藉小小森林的稻荷神社的狐狸大人的力量，肯定會有什麼預感才對。

然而自從來到祭園，她似乎失去了這樣的力量。或許坐車進入祭園的瞬間，當時的感覺就是最後一次了。

奈津江想繼續躲在被子裡，逃避這個恐怖的問題，但仍勉強自己爬起來，一口氣拉開窗簾。

刺眼的晨光立刻照射進來，令她頭昏眼花。外面看起來似乎有點冷，但陽光感覺很溫暖。更重要的是能把她拉出夜晚的黑暗。曬了一會兒太陽，她開始恢復正常。

「得先抓住三紀彌問清楚才行。」

奈津江發出聲音來激勵自己，迅速地換好衣服。三紀彌顯然知道那是什麼。不，他似乎很害怕那個東西。

在二樓的洗手間刷牙洗臉，下樓走進餐廳，島子工作的背影映入眼簾。長三叔好像正在後面的廚房張羅早餐。再走進起居室一看，深㕛正在看報紙。

「早安，昨晚睡得好嗎？」

「……還好。」

還來不及思考該不該告訴她昨晚發生的事，該怎麼說才好就先讓奈津江卡住了。

「對了。」

深咲敏銳地理解到她爲什麼欲語還休的樣子。

「只有我們兩個人的時候，妳可以像以前那樣跟我說話，可是其他人也在場時，最好不要跟我太過親密喔。」

「大家不知道園長和小佐紀女士的事嗎？」

「關於那件事，父親大人會找機會告訴大家。只不過，不只小奈，那件事對大家都是很敏感的問題。」

「怎麼說？」

「從同爲父親大人的養子這個角度來說，這裡的所有人都是平等的對吧？但是這裡頭如果有父親大人的親生女兒，大家看妳的眼神一定會不一樣。」

深咲或許是擔心她受到欺負。雖然奈津江有絕對不會輸給霸凌的自信，但是可以的話，深咲不希望園童間徒增風波也是很合理的顧慮。

「我覺得在我習慣這裡的生活，和大家打成一片之前先不要宣布那件事比較好。」

「嗯，我也贊成妳的意見。」

「決定宣布此事時，可以先告訴我一聲嗎？」

「那當然。」

深咲用力地點頭掛保證，臉上浮現苦笑。

「現在只有我們兩個，講話可以不用這麼拘謹喔。」

「可是如果不養成習慣，可能會不小心說溜嘴……」

「小奈果然設想得很周全呢。」

深咲一臉佩服地笑著說，但神情看起來似乎有些落寞。

這時，汐梨和由美香進入起居室。沒多久，學人和喜雄、三紀彌也陸續來了。

吃完早飯，大家各自回二樓房間，準備上學要用的東西。下樓後，魚貫搭上等在大門口的小型巴士。

啊，對了。

看到眼前的光景，奈津江發現自己打的如意算盤落空了。她原想一早就抓住三紀彌，向他打聽灰色女人的事。

不料只有他沒有跳上巴士，戴著司機用制服帽的平太也不等他就發車了。

他不用上小學嗎？

奈津江不動聲色地凝視三紀彌目送大家出發的側臉。雖然不知道爲什麼，但這或許是好機會。既然其他小孩都上學去了，就不用擔心受到干擾了。

「可以跟我來一下嗎？」

不料深咲先對奈津江說出她打算對三紀彌說的話。

「可、可以。」

兩人走向園長室，隆利向她說明小學的事。

是關於轉學的細節。但此時奈津江腦中只有想快點跟三紀彌單獨相處的念頭。

沒有太多時間可以讓她慢慢來了。

汐梨和學人或許會晚一點放學，但由美香和喜雄可能中午過後就回來了。不清楚每個人上學的課表，但低年級有時候很早就放學了。

尤其是由美香一回來——

恐怕直到睡前都沒有機會跟三紀彌單獨相處。由美香顯然一心想當奈津江的保母。想來原因或許是基於對深咲或汐梨的憧憬。此前由美香一直是最年幼的妹妹，如今好不容易多了奈津江這個妹妹，也不是不能理解她卯足勁的心情。

總之只能拚命祈禱隆利快點把話說完。

「只是啊——」

隆利說明轉學的事宜時，深咲語帶遲疑地說：

「小奈應該沒問題，但三紀彌才去了幾個禮拜，就說不想上學了。」

聽到這句話，奈津江頓時豎起耳朵。然而一問之下才知道，好像是三紀彌在學校被欺負了。而且聽說受到排擠的理由好像是因爲他是祭園的小孩。

「和老師商量後，老師保證不會再發生這種事，但三紀彌本人說什麼都不想再去學校。只好先由著他，觀察一下狀況再說。」

奈津江覺得這有什麼，被欺負了就反擊回去，被排擠了就自己跟自己玩。但這麼一來反而有機可乘，奈津江內心充滿歡喜。

「我也要考慮一下。」

「什麼？」

意料之外的回答似乎令深咲非常驚訝。

「……這、這樣啊。」

但隨即重整旗鼓地說：

「畢竟妳連這裡的生活都還沒有習慣嘛。嗯，那妳就利用這禮拜好好地思考吧。」

「我也想問三紀彌一些學校裡的事。」

「……也好。不過我猜他應該說不出什麼好話……」

「我心裡有數。」

「那就這麼辦吧，小奈一定能做出聰明的判斷。」

隆利也同意，所以在園長室的談話自此告一段落。

奈津江朝兩人行了一禮，轉身就開始尋找三紀彌的蹤影。先去起居室和視聽室找，再去學習室和遊戲室找，還去了洗手間、餐廳和廚房，到處都找不到他。爲求滴水不漏，也去客廳和辦公室、工作人員的休息室找，結果還是一樣。順便還去他位在二樓的房間，但是再怎麼敲門也沒有人應門。

眞是的，他到底上哪兒去了。

比起無計可施的焦躁，毋寧說更感到憤怒。這時突然有人問她：

「妳在找三紀彌嗎？」

奈津江定睛一看，島子抱著毛巾站在走廊角落。看來是上樓交換洗手間的毛巾。

「對，我在找他。」

奈津江不假思索地回答。如果妳知道他在哪裡，請告訴我。正想這樣拜託島子，話卻哽在喉嚨裡。

因爲島子正目不轉睛地盯著她看。明明昨天一眼也沒有正眼瞧過她，爲什麼今天卻一瞬也不瞬地凝視她。

雖然這才是第一次與島子太太單獨相處……

是因爲這樣嗎？難道島子也一直在等待獨處的機會嗎？等她身邊沒有隆利或深咲，也沒有其他小孩的時候。

問題是，爲什麼？

島子的眼神很不可思議。並不是瞪她，而是彷彿在確認什麼，給奈津江這種感覺。

她找我做什麼？

奈津江提高警覺，嚴防她突然說出什麼嚇死人不償命的話。

「如果妳要找三紀彌，他應該在東館喔。」

島子不以爲意地說出她想知道的答案。

「謝謝。」

無論是向她道謝，從她身旁走過時，還是開始下樓時，島子的視線始終盯著她不放。始終注視著奈津江。

如果是平常的奈津江，或許會當面質問對方：「有什麼事嗎？」但她現在只想先找到三紀彌再說。

從本館一樓東側的門走出去，眼前是通往東館的穿廊。穿廊的左右兩邊都是牆壁，也有屋頂，但寒氣還是會跑進來，所以也不能算是室內。因爲兩側的牆壁只蓋到離地三分之二的高度，與屋頂還有一段距離。

東館蓋在高台上，因此走廊呈蜿蜒曲折的上坡路，途中有三處台階不是很多的樓梯，因此並不是筆直延伸，而是彎彎曲曲的鋸齒狀，走起來很輕鬆。

由於身處山中，耳邊源源不絕地傳來鳥鳴聲。奈津江眞想乾脆走出穿廊，在祭園的腹地散步。

但現在可沒有這種閒情逸緻。

轉過最後一個角時，東館的門出現在走廊盡頭。不同於本館的玻璃門，這裡使用的建材是木頭。厚重的感覺很適合當圖書室的入口。

門其實很重。奈津江費了一番工夫才推開，走進昏暗的大廳。

前腳剛踏進去，鳥鳴聲就消失了，也完全聽不見風吹過樹梢的聲音。館內只剩下寂靜。

吱、吱、吱……每走一步就會響起刺耳的噪音。大概是因爲鞋底是橡膠做的。一想到自己的腳步聲擾亂了這片寂靜，奈津江總覺得內心浮動不安，感覺自己彷彿走錯地方了。

大廳正前方的牆壁設計成一座拱門，穿過拱門就能進入一樓的圖書室。順帶一提，大廳的右手邊是洗手間的門、左手邊則是通往二樓的樓梯。

圖書室裡除了右手邊的五分之一左右陳列著錄影帶及DVD、CD的架子以外都是書櫃。房間的中央擺放著沙發，規畫成閱讀區。然而到處都看不到三紀彌的身影。

在二樓嗎？

粗略地一眼望去，一樓的藏書幾乎都是給大人看的書，看起來很深奧難懂。給小孩看的書應該都在樓上吧。

奈津江回到大廳，開始爬樓梯。吱、吱、吱……依舊發出詭異的腳步聲。她決定下次來的時候一定要換別雙鞋子。

爬上中間只轉一次的樓梯，二樓的樓梯間牆壁與樓下相同的拱門映入眼簾。鑽進拱門就是二樓的圖書室，除了擺放在中央的桌椅之外，其餘的空間都被書櫃佔滿了。

第一眼先望向擺桌椅的學習區，其中一張桌子上有一本《夏洛克·福爾摩斯的冒險》。她也知道這本書，是以名偵探爲登場人物的推理小說。雖說是給小孩看的書，但也有很多國字。就算全部標上平假名，還是有點難。

三紀彌看得懂嗎。

奈津江不由得感到敬佩，關鍵是當事人並不在場。她還以爲他去拿別的書，在童書區找了一圈，還是找不到他。

好奇怪啊。

正當奈津江站在書櫃間百思不得其解時，突然感覺背後有什麼東西，不由得大吃一驚。腦海中活靈活現地閃過昨晚看到的狐狸臉。

難不成，不會吧……
她提心弔膽地回頭，只見三紀彌正從書櫃邊緣探出臉來。
「眞是的！別嚇我呀。」
放下一顆心的同時，怒火熊熊燃燒。
「那是我想說的話……」
沒想到被三紀彌反咬一口。
「爲什麼？我什麼都沒做喔。」
「妳不是踩著詭異的腳步聲，從一樓到二樓走來走去嗎。」
三紀彌以氣若游絲的口吻強調自己的意見。
「因爲我在找你啊。」
「這我怎麼知道。突然聽見詭異的腳步聲，還一直朝我靠近……」
說得好像奈津江故意惡作劇嚇唬他似的。還強調兩次「詭異的腳步聲」，令奈津江有些惱火。
「是這雙鞋跟這裡的地板不合。我這還是頭一次來東館，怎麼可能會注意這種事嘛。」
「一樓不是有鞋櫃嗎。」
「呃……」

「來這裡要換拖鞋。」

望向他的腳下，的確穿著拖鞋。

「我第一次來圖書室的時候就知道要換拖鞋了。當然沒有任何人告訴過我，是我自己發現的。」

「那、那又怎樣。」

奈津江感到怒火攻心，但說到底還是自己不對。本以爲三紀彌是膽小鬼，沒想到這麼聰明伶俐，搞得奈津江更亂了。

「這不重要。我有話要跟你說。」

至於是什麼事，他應該已經心裡有數了。只見他動作雖小，仍慢慢地點點頭。

「我想可能會需要不少時間——」

眼看三紀彌就要走向座位區，奈津江建議去一樓的沙發坐。因爲沙發坐起來一定比較舒服。

「既然如此，那就帶本書去吧。」

「我又沒有要看書。」

「萬一有人來了，可以假裝是在閱讀。」

換言之，兩人的對話內容不可以讓別人聽見。想到這裡，奈津江的心臟突然開始跳得好快，但仍勉強自己裝出不以爲意的表情。

「好啊。不過要拿哪本書下去呢？」

「我要拿《夏洛克．福爾摩斯的冒險》，至於妳嘛……」

三紀彌從頭到腳打量奈津江一番，從書櫃裡抽出一本書遞給她。封面上寫著《長襪皮皮》的書名。

三紀彌爲何選這本書給她呢。奈津江有些好奇，但也沒問。她拿著書、催促他下到一樓。

「灰色的女人是什麼意思？」

一坐到沙發上，奈津江立刻單刀直入地問他。

「……」

三紀彌坐在她對面，低著頭，沉默不語。

「你爲什麼要給我那張紙條？」

「……」

「而且給了紙條就沒下文，是不是有點過分？」

「那是因爲妳一直跟由美香還有汐梨姊在一起……」

「你是指我們一起洗澡嗎？」

「根本沒有機會說話吧。」

也就是說，三紀彌其實也想抓住奈津江說話。但是說的好像都是她的錯，才沒有機會單獨說話，又讓奈津江火冒三丈。

「這麼說來，你不也跟學人哥還有喜雄一起洗澡嗎。」

「才沒有，我自己洗喔。自從來到這裡，我就一直是自己一個人洗澡。」

這句話好像暗指她是不會自己洗澡的幼兒，奈津江第三次怒火中燒。

「我說你呀，我又不是——」

差點咬到舌頭，但現在不是逞口舌之快的時候。

「回到那張紙條的事，不能在床上睡覺是因爲到了晚上，灰色女人會出現嗎？」

「……」

三紀彌又保持沉默。

「你怎麼知道這件事？」

「……」

「回答我呀。」

「……」

「灰色女人其實是狐狸的憑依吧？」

原本低著頭的三紀彌突然抬起頭來。

「已、已經出現了嗎？」

「已經……已經是什麼意思。啊，原來也出現在你房裡啊！」

三紀彌「嗯、嗯、嗯」地連點三個頭。

「也是在睡覺的時候嗎？」

「對……」

「從什麼時候開始？」

「第一次出現是我剛來這裡，大概過了十天的時候。」

奈津江這邊可是來的第一天就出現了。

「也是狐狸嗎？」

三紀彌先點了點頭，又接著搖頭。

「到底是不是？」

「那個臉……我一時……」

沒勇氣看——顯然是這個意思。

「可是，你還是看到了吧？」

「……是狐狸。」

果然跟潛入奈津江房間的那個一樣。

「截至目前出現過幾次？」

「起初大約一週一次。然後變成兩、三天一次……後來幾乎每晚出現……」

「現在呢？」

「會在我差不多要忘記的時候又突然出現……」

「不像以前那麼頻繁了？」

「嗯。好像是從八月開始吧……就不太出現了。」

三紀彌大約半年前來到祭園。也就是說，至少已經看過幾十次了。

「你知道那是什麼嗎？」

「……」

「你知道吧。」

「這個嘛……」

明明除了他們沒有其他人，三紀彌卻壓低音量說：

「深咲小姐有個和她差很多歲的妹妹。」

三紀彌沒有回答奈津江的問題，喃喃自語。

「什麼……」

奈津江內心一驚。儘管如此，還是勉強做出反應。她擔心自己臉色是不是變了，幸好三紀彌沒有起疑。

「可是一生下來就馬上把那孩子丟掉了。」

不是的！我變成根津養父母的孩子了——奈津江把這句話吞回去。一方面是沒打算讓三紀彌知道，另一方面，小寅和隆利對她做的事確實與拋棄她沒兩樣。

「爲什麼？」

「因爲是被詛咒的小孩……」

「怎麼說？」

「這我就不清楚了。」

得知幾近眞實的傳言現在還廣爲流傳，奈津江大驚失色。

「後來小佐紀女士開始獨自尋找那個女孩子。因爲小孩是被小寅婆婆和園長丟掉的。」

「是噢……」

「可是都找不到。」

「女孩被丟到哪裡去了？」

「天曉得，大概是這一帶的山裡面吧。」

才不是……奈津江在內心反駁。看樣子大家都認爲她被拋棄了。

「後來小佐紀女士就變得怪怪的。」

三紀彌露出膽戰心驚的表情。

「馭狐師的工作也做不好……大家都說小佐紀女士不再使役狐狸，而是被狐所馭。」

「這還眞是……大問題啊。」

「所以迴家也關閉了，從那時候開始，灰色女人每天晚上都會出現在本館的小孩房裡……」

「欸……所以那是小佐紀女士嗎？」

「嗯，可能是來看這些小孩裡面有沒有女孩。尤其是每次有新人來的時候，會出現好幾次——」

「這不是很矛盾嗎。她找的是小嬰兒吧？年齡根本對不上，而且孩子裡應該也有男孩子喔。」

「說她變得奇怪就是指這件事。她已經神志不清了。」

深咲沒有告訴她這件事。不過也難怪她說不出口。

「也有人逃離這裡。因爲灰色女人不只出現在房間裡，還會試圖脫掉小孩的睡衣想摸小孩……」

肯定是爲了檢查左肩的胎記是不是陰狐火吧。

「園長沒有阻止嗎？」

「大家都沒有發現灰色女人就是小佐紀女士。小寅婆婆說是因爲迴家沒有人住了，才會跑出奇怪的東西。」

「例如那個灰色的東西嗎？」

「大概都是同一種東西吧。」

「可是怎麼知道灰色女人是小佐紀女士。」

「聽說自然而然，大家就知道了。」

「什麼意思？」

「大家都發現應該是人類躲在鬆垮垮的衣服底下。」

「原來如此。」

這麼一來，自然會懷疑到小佐紀頭上。

「……呃，等一下喔。」

暫時接受這套說法的奈津江突然慌張起來。

「假設當時的灰色女人眞的是小佐紀女士好了。那，你和我看到的又是誰？」

「……」

「小佐紀女士兩年前就已經去世了吧。」

「……」

「難不成……」

至此，奈津江腦中產生非常不愉快的想像。

「是小佐紀女士的鬼魂……」

九 離奇死亡

想到出現在自己房裡的**那個**是何方神聖時，奈津江的背脊掠過一陣惡寒。

「……不，不對。」

但她馬上推翻這個想法。

「帽子裡是狐狸的臉。我不確定是白狐還是黑狐，但絕對是狐狸的憑依——」

「那是面具喔。」

三紀彌說道，奈津江這才「啊……」地恍然大悟。這麼說來，那張扁平蒼白的臉確實是面具沒錯。如果是眞正的狐狸，應該更像野獸一點才對。

「……狐狸面具。」

「我之所以能看出來，是因爲那個實在出現太多次了。」

看樣子，三紀彌似乎是想安慰奈津江，只看過一次不可能發現那是張面具。換作是平常的奈津江，可能又要發火了，但她現在已經沒有發火的餘力了。

「既然如此，那個是誰？」

「大概是以前曾經是小佐紀女士的東西……我猜。」

脖子的雞皮疙瘩都站起來了……奈津江自己也覺得是這樣，可是又乾脆地推翻了，所以聽到別人也這麼說的時候，感覺更可怕。

「小、小佐紀女士發生了什麼事？」

「這是我聽汐梨姊和學人哥說的——」

三紀彌說他剛才講的一切幾乎都是那兩個人告訴他的。那兩個人當然也不是全都是自己親眼所見、親耳所聞，而是聽祭園的大人們交頭接耳的討論、和來找小佐紀問事的人聊天、想盡辦法從深咲口中套話，靠他們的方法蒐集資訊。

唯獨小佐紀的死，聽說汐梨和學人也是目擊者時，奈津江嚇得全身發抖。

「小佐紀女士在祭園中徘徊，被深咲小姐找到後帶回。這種劇情幾乎每天都上演。有一天，汐梨姊和學人哥從房間裡看到小佐紀女士進入迴家的身影。」

「兩人各自在自己位於二樓的房間裡看到嗎？」

「嗯，學人哥下樓時，深咲小姐正在找小佐紀女士。所以學人哥便告訴深咲小姐，小佐紀女士在迴家，與深咲小姐一起去找她。可是小佐紀女士並不在迴家裡。」

「不在八個房間裡嗎？」

「不在房間裡，也不在走廊上或塔屋裡。迴家裡沒有半個人……」

「他們去迴家前——」

「學人哥認爲小佐紀女士一定是在他們去迴家時離開了。後來才知道汐梨姊一直監視著迴家。」

「從小佐紀女士進去，到深咲小姐和學人哥去迴家找她，汐梨姊的視線沒有片刻離開過迴家嗎？」

「她說她一直在盯梢。」

儘管本館到迴家有段距離，而且中間樹木叢生，無法一眼望盡建築物的全貌，但如果是從二樓看過去，就能看見蓋在小山坡上的迴家玄關和一部分走廊。或許無法看清長相，但應該可以分辨有沒有人在那裡。

「那段期間，小佐紀女士在做什麼？」

「好像在走廊上繞圈子。」

「被狐狸附身了嗎。」

「大概是吧。後來她的身影消失，過了好久都沒有再出現。汐梨姊還在想她跑到哪裡去了，就看到深咲小姐和學人哥走向迴家的身影。」

「……可是迴家空無一人。」

三紀彌點頭。

「出入口呢？」

「只有玄關。從本館二樓可以看得非常清楚喔。」

「走廊上的窗戶呢？」

「全都關得好好的。好像原本就是打不開的窗戶。」

也就是所謂釘死的窗戶嗎。

「深咲小姐怎麼說？」

「跟問學人哥以前一樣，在祭園裡到處找。」

「難不成，她以爲他們說謊——」

「倒也不是，只是認爲他們看錯了。汐梨姊堅持小佐紀女士絕對在迴家裡，但學人哥檢查過裡面，確定小佐紀女士眞的不在迴家裡。兩人都認爲自己才是對的。」

「然後呢？」

「到了晚飯時間也找不到小佐紀女士。所以園長爲了愼重起見，親自去迴家檢查——」

「找到了嗎？」

「只見她倒在從這裡看過去的對側，也就是北邊的走廊上。」

「已經斷氣了嗎？」

「嗯……」

「怎麼死的？」
「好像是頸骨折斷……」
意外的死因令奈津江飽受衝擊。
「是意外嗎？」
「聽說是從塔屋摔下來。」
「從樓梯上摔下來嗎？」
「園長打開門就看到她倒在走廊上了。」
「也就是說，她一直待在塔屋……」
「怎麼可能。深咲小姐和學人哥肯定也檢查過塔屋。」
「不是有兩座樓梯嗎？」
「嗯。只要善用那兩座樓梯，就能巧妙地逃脫。可是深咲小姐也猜到小佐紀女士可能會逃走或躲起來，所以和學人哥分別從北側和南側的樓梯同時上樓。」
「這麼一來就逃不掉也無處躲藏了。」
「還有汐梨姊看著呢。」
「對於小佐紀女士消失在迴家裡，找到時已經死了，警察是怎麼看的？」
奈津江基於純粹的好奇心，想知道警方對這個匪夷所思的謎團有什麼看法。

「關於這部分，園長好像沒告訴警方。」

「咦……」

「據學人哥說，園長先找來熟識的醫生，將小佐紀女士搬回本館後才打電話報警。」

「……假裝是從本館的樓梯上摔下來嗎？」

「警察也檢查過迴家，所以應該不是。但學人哥也不知道園長和醫生怎麼跟警察說。不過小佐紀女士的死最後好像是以意外結案。」

能做出這樣的結論，想必是隆利在背後疏通了一番吧。學人肯定也是這麼想的。

「深咲小姐一定很傷心吧。」

「嗯，對呀。」

奈津江想像深咲當時的心情，不由得喃喃自語，儘管如此三紀彌卻只是心不在焉地附和。

「喂，她母親死了喔。」

「我知道啊。」

我的母親也……差點就脫口而出，奈津江慌了手腳。雖然她其實是指自己的養母。

然而三紀彌絲毫沒有留意到她的異狀。

「小佐紀女士死了以後……」

他接著說下去，似乎還有什麼內幕。

「死了以後，怎樣？」

所以奈津江也繼續讓三紀彌暢所欲言。

「灰色女人就不再出現了。」

「因爲灰色女人就是小佐紀女士。」

「然而……」

他的臉色突然變得好難看。

「卻、卻、卻開始出現在……我、我的房間裡……」

一臉隨時都要哭出來的表情。

「但現在已經不出現了不是嗎？」

「嗯、嗯……」

「這不就好了。而且我來了，再怎麼想都會出現在我這邊喔。」

「說、說的也是。」

感覺得出來，三紀彌鬆了一口氣。

「等等，你在高興什麼?可以爲我著想一下嗎。」

「所、所以我不是警告過妳了嗎。」

「只給我一張莫名其妙的紙條，別說得這麼了不起。」

「我又沒有自以爲了不起……」

眼看他就要破涕爲笑，這次又換上氣鼓鼓的臉。看到三紀彌瞬息萬變的表情，奈津江不禁莞爾。

「話說回來——」

但她用力地憋住笑意。

「你來祭園以前，那個難道沒有出現過嗎？」

「好像沒有。」

「喜雄沒見過嗎？」

「我也覺得很不可思議。可是問了好幾遍，他都說房裡沒有出現過那種東西，雖然我覺得他在說謊……」

「怎麼說？」

「……我也不知道。但我應該沒猜錯……」

會不會是想捉弄新來的園童，故意不告訴三紀彌。就像討論迴家的試膽考驗時，他對奈津江露出不懷好意的笑容那樣。

坦承自己的感想後，三紀彌歪著腦袋說：

「我來的時候，喜雄很乖巧喔。所以我想應該不是這樣。」

「唯有扯到灰色女人的時候變得怪怪的？」

「嗯。」

「只有喜雄和你是在小佐紀女士死後才來到這裡的對吧？」

「目前這些人裡面只有我和喜雄。」

「也有人離開嗎？」

「這我不清楚，但應該有。」

「那些人都沒看到嗎？」

「學人哥說，萬一看到灰色的女人，要向自己或汐梨姊求救。」

「你呢？」

「我一開始遲遲說不出口，是學人哥發現我的樣子不太對勁……」

「問你出了什麼事嗎？」

三紀彌點頭。

「於是他告訴我小佐紀女士的事。不過他說小佐紀女士已經死了，所以灰色的女人也不會再出現。我只是做了惡夢，叫我別擔心。」

「他不相信鬼魂之說嗎？」

「因爲我一直說灰色女人出現了，所以學人哥還跟我換了房間。」

「結果呢？」

「兩邊都沒出現。」

「……」

「我們換房間住了一陣子，因為那個都沒有再出現，所以又換回來，結果又出現了……」

這裡頭究竟有何玄機呢？是解開灰色女人之謎的關鍵嗎……奈津江心想，但一時半刻想不出答案來。

「你有告訴汐梨姊嗎？」

三紀彌搖頭。

「為什麼不說？」

「因為過了十三歲的生日後，她就變得怪怪的……」

「哪裡怪怪的？」

「……學人哥說她進入青春期了。」

「總之就是說不出口嘛。」

「嗯……她從以前就很安靜，變得更成熟了——另一方面，又好像反過來似的，換學人哥變得很健談……也變得懂很多……」

兩人身上究竟發生了什麼事呢，奈津江想到這裡，有股不可言說的奇妙感受，感覺來到這裡後偃兵息鼓的**某種**感覺突然又要醒來了。但除此之外就一無所知了。

總之奈津江先把話題拉回來。

「你沒找深咲小姐商量嗎？」

「……沒有。」

三紀彌回答的音量很微弱。

「她應該能幫你想辦法。」

「可是──」

三紀彌以微帶慍怒的語氣說：

「小佐紀女士是深咲小姐的媽媽吧。」

如果說出現了小佐紀女士的鬼魂，深咲一定會很傷心、很難過。三紀彌想必是不想傷她的心，所以才說不出口。

「欸，你很善良嘛。」

奈津江對三紀彌刮目相看，以讚賞的眼光盯著他看，看得他連忙撇開視線。

「或許這樣也好。」

「是、是不是？」

「考慮深咲小姐的心情，確實是這樣沒錯，而且只有你能看見的話，她可能也不太相信。」

「就是說啊……」

尤其是出自三紀彌之口，她可能只會覺得是膽小的他做惡夢了。奈津江想是這麼想，倒也沒有說出口。

「對了，喜雄不是說過嗎？」

「說過什麼……」

「有東西在迴家的走廊上繞圈圈。」

「……哦，那個啊。」

「你看過嗎？」

「看過啊。我在這裡看書，天黑了，正想要回去的時候，走到穿廊的途中，不經意地看了迴家一眼……」

「看到了？」

「看到走廊上有什麼東西在動。從左邊往右邊……因爲樹擋住我的視線，所以看得不是很清楚，還以爲消失在右邊時，過了一會兒又出現在左邊……」

「確實是在繞圈圈呢。」

「嗯。因爲是傍晚，迴家很暗，又是從樹林間看到，所以不確定那是什麼。但的確有什麼在走廊上徘徊……」

「不是灰色女人嗎？」

「……或許是吧。」

奈津江學大人把兩條胳膊環抱在胸前，露出沉思半晌的表情後。

「三紀彌，我想請你幫我一個忙。」

「什、什麼忙？」

三紀彌明顯露出充滿戒備的表情，奈津江苦笑著回答：

「由美香和喜雄快回來了吧。」

「還沒，今天要到傍晚才回來喔。只有週一和週五上半天課。」

「汐梨姊和學人哥呢？」

「他們更晚。」

「那就好。由美香和喜雄回來後，由美香一定會纏著我不放，所以我希望你想辦法支開她。」

「爲什麼？」

「因爲我想跟喜雄說話。我想問他灰色女人的事。」

「但我要怎麼跟由美香說呢？」

「這點小事你自己動腦嘛。只要幫我絆住她十幾二十分鐘就行了，應該不是很困難吧。」

「我有什麼理由非幫妳不可——」

「你不想知道灰色女人到底是何方神聖嗎？」

「又不關我的事。」

「因爲她不再出現在你的房間裡了？說不定哪天又會出現喔。」

「……已、已經不會再出現了。」

「你怎麼知道？你連灰色女人到底是誰、爲什麼會出現都不知道。」

「總之我已經提醒過妳了。」

「你的意思是說，接下來就由我自己一個人獨自面對嗎？好啊，那我就告訴學人哥，是你告訴我灰色女人的事。」

「妳說什……」

「試膽前講了不必要的話，你一定會挨罵吧。」

奈津江故意以冷若冰霜的語氣撂下狠話，把臉撇到一邊。

「這、這種小事，我才……」

他大概是想說「我才不在乎」，但三紀彌看起來顯然很傷腦筋。

兩人相對無言，圖書室頓時籠罩在寂靜裡。靜悄悄的室內莫名有一絲寒意，什麼都好，奈津江只想發出聲音。

不行喔，不可以！

她也想觀察三紀彌的反應，但還是忍住了。強迫自己撇開視線，保持沉默。

過了好一會兒，總算聽見大聲的嘆息。

「……我知道了啦。」

「眞的嗎？」

奈津江把臉轉回來。

「只要把由美香引開就好了對吧。」

「你願意幫忙嗎？感激不盡！」

三紀彌心不甘、情不願地點頭答應，奈津江笑容滿面地向他道謝，換他露出害羞的表情，把臉轉向旁邊。

吃完午餐後，三紀彌前往圖書室。奈津江也得在由美香和喜雄放學回來前先去東館的一樓。因爲三紀彌獻策說，只要在本館看不到他們，那兩個人一定會來圖書室找人。

在本館的起居室與三紀彌分開，奈津江去了一趟洗手間。正要出來時，深咲剛好從走廊上經過，所以她下意識地關上門，待深咲離去。

因爲她接下來打算獨自去迴家……

十 迴家

等深咲的背影遠去後，奈津江離開洗手間，走向通往本館北側的走廊。走到走廊盡頭的大玻璃門前，回頭看，確定沒有任何人發現後，她加快腳步走出去。

在她眼前有三條泥土路延伸，通往本館後方那片陰暗的雜木林，感覺像是腹地內打造的散步路線。

她望向正中央那條路的前方，可以從微微隆起的山林間看到悄悄探出臉的方形塔屋和建築物的一部分。

那就是迴家的塔屋……

並沒有規定試膽前不能先去踩點，只是大家都在時確實不方便去迴家，所以奈津江決定趁現在沒有其他人的時候先偷偷地去看一眼。

奈津江毫不猶豫地踏上中間那條路，看也不看彎折通往左右兩邊的岔路一眼，筆直地往前走，走沒幾步，前方出現一座小山坡。泥土路延伸到長滿茂密樹林的半山腰，再從那裡踩著木製台階往上爬。坡度十分陡峭，所以才爬到一半就已經氣喘吁吁了。

好不容易爬到山頂上，迴家異樣的全景猝不及防地撞入視線範圍。倚著山坡後面廣大黝黑的森林，異樣的木造建築物瀰漫著令人不寒而慄的氣氛。

……比想像中還大。

或許是因爲深唉畫在紙上的八個房間擠在一起的平面圖給了她先入爲主的印象，她一直以爲迴家是一棟小巧的獨棟房子。但此時出現在眼前的建築物給人龐然大物的感覺，說是社區大樓也不爲過。

基本上是往東西兩邊延伸的長方形建築物，但南面的牆壁凹凸不平，變形得很厲害。泥土路從台階頂端的地點繼續延伸到西南角的玄關處，勾勒成弧線。但奈津江故意往右手邊前進，繞迴家一圈。

這麼一來，得知不只南面，其他三面牆壁也處於相同的狀態。只是凹凸不平的位置和規模不一致，完全沒有規則可言。八個房間的大小和形狀肯定都不一樣吧，室內也不見得是方形。恐怕也是凹凸不平的異樣空間。因此本來應該是方形的走廊也變得蜿蜒曲折。奈津江做出以上的推論。

沿著外牆走一圈，感覺北邊和南邊的長度大約是東邊和西邊的兩倍。只不過，由於表面凹凸不平，要掌握正確的比例可不容易。

「眞是間詭異的房子啊。」

之所以刻意說出口，是因爲建築物的構造本身讓人覺得陰森得不得了，什麼都不說的話反而恐怖。

「房子長得這麼詭異，玄關也很奇怪呢。」

正常的玄關不是設在房子正中央，就是設置在左邊或右邊的角落，但這個家卻在西南角挖一個洞，把玄關門開在那裡。這點學人告訴過她，但實際看到還是覺得非常妙。由於外牆嚴重凹凸不平，整棟房子看上去就像融進了周圍，並沒有那麼奇怪。即便如此，她站在玄關前，果然還是有一股異樣的感覺。

奈津江悄悄地把手放在門板上，門沒鎖，輕輕一碰就開了。奈津江把門拉開，正要探入上半身，內心突然警鈴大作。

……屋內的空氣不太對勁。

原本就有一股異樣的氣息，此刻頓時靜止。她突然陷入一種原本圍著走廊繞圈圈的東西倏地停下腳步的感覺。

不會吧……

奈津江提心弔膽地往裡面看，門內沒有相當於玄關的三和土空間[7]，走廊直接往左右延伸。只是在稍微再裡面一點的地方，兩條走廊都轉彎了，所以看不到盡頭。走廊外側有幾扇玻璃窗，內側只有貼著木板的牆壁，看起來十分殺風景。

奈津江豎起耳朵，什麼也聽不見。屋內靜悄悄地，只有寂靜充滿屋子裡的每一寸空間。

……是我多心嗎？

但她總覺得屋子裡靜得不自然。總覺得直到推開門，探入上半身的前一刻，裡頭肯定有什麼東西存在。

好奇怪呀。

奈津江大惑不解，只想把門關上，轉身離開。她已經失去走進去查看的勇氣了。

可是——

考慮到要在完全未知的狀態下，半夜獨自潛入這種地方，還是想先探個虛實。只要先在光天化日下在走廊上走一遍，掌握住大致的構造，就算要在黑暗中前進，應該也與一無所知大相逕庭。

但也不必一定要趕在今天……

縱使明天晚上就要試膽，也可以利用上午的時間先來踩點。只要趁由美香和喜雄放學前先來走一遍就行了。

但，奈津江心裡很清楚，這只是在自欺欺人。這只是在逃避。而且明天早上也不見得一定

7 日本傳統建築主要出入口的過度空間，通常沒有鋪地板，地面仍維持壓實的泥土面。

能來迴家踩點。倘若隆利或深唉找她談話，或許會耗掉一整個上午的時間。就算能把試膽延到週六，還是有可能遇到相同的問題。

……看來只能趁現在了。

奈津江再次豎起兩隻耳朵，暫且觀察屋內的動靜。確定什麼聲音也沒聽見，什麼氣息也感受不到後，她踏進迴家。

反手關門的瞬間，感覺自己好像被關進一個巨大的昆蟲培育箱，想起根津屋的常客友西教過她一句「飛蛾撲火」的成語，感覺非常不舒服。

「快點看完、快點走人吧。」

奈津江故意大聲說道，按照學人叮嚀的那樣，往右手邊前進。沿著走廊右、左、左、右轉來轉去時，看見左手邊的牆壁有一扇門，門上寫著「壹」的漢字，但她看不懂，也不知道那是什麼意思。

大概是八個房間的其中之一吧。

在好奇心的驅使下，奈津江伸手去開門，不費吹灰之力便把門往內側推開。室內十分昏暗。可能是因爲只有右手邊有窗戶，再來就都是牆壁了。而且窗戶很小，外面又是走廊，所以室外的陽光也照不進來。

室內只有小巧的桌椅和衣櫃、床鋪，沒有其他裝飾。縱使如此，也不能用家徒四壁來形容，因爲被周圍凹凸不平且變化多端的牆壁包圍所致，她反而莫名地靜不下心來。要是必須在這裡住上幾天或幾週，精神可能會逐漸變得不正常，令人頭皮發麻。

環顧室內，奈津江的視線停留在左手邊牆壁上方某個奇妙的東西上。

啊，那是個小神祠。

大人也必須把手伸長才能搆到的高度供奉著一座小神祠。門看上去左右對開，所以肯定是打開那扇門，放入寫著請示神明之事的和紙。奈津江很想窺探裡頭有什麼東西，但就算拿椅子墊腳顯然也看不見。

關門回到走廊上，她繼續在蜿蜒曲折的走廊上前進。沒多久，左手邊的牆壁上出現一扇窗戶，大概是剛才那個房間的窗戶。再往前走，又有另一扇窗戶，可能已經靠近下一個房間了。走著走著，走到第二扇門前。門上寫著「貳」的漢字。奈津江還是看不懂，當然也不知道是什麼意思，不免有些惶然。

大概是房間的名字吧。

因爲有八個房間，或許需要做出區隔。雖然室內的形狀不一樣，但貳的房裡也擺著跟壹的房間相同的家具和小神祠。

繼續往前走，出現第三扇門。這扇門沒有奇異的漢字，但是有前兩扇門沒有的鑰匙孔。

啊，難不成……

打開向外推開的門，裡面一片漆黑。剛好背後也沒有窗戶，無法直接照射到外面的陽光。她戰戰兢兢地探頭進去看，是個短走廊般的空間。前方有一座很陡峭的樓梯。

通往塔屋的樓梯。

樓梯窄到不行，幾乎讓人陷入快被兩邊的牆壁壓扁的錯覺。幸虧奈津江沒有幽閉恐懼症，但也難免覺得呼吸困難。

要先上樓嗎？還是先在走廊上繞一圈——

奈津江舉棋不定時，感覺迴家某處好像有什麼東西。

咦……

她下意識停止不動，側耳傾聽。

……什麼也沒聽見。

就在她這樣想的時候，下一個瞬間，對側的走廊有什麼在蠢動……奈津江有這種感覺。而且那個什麼還在走廊上逆時針移動……

正往這邊靠近？

她連忙回到走廊，關上門，做好隨時都能衝進裡面的準備。如果感覺那個東西往自己的方向過來，就馬上繞一圈從玄關逃走。以上是奈津江的判斷，但仍嚇得魂飛魄散。

灰色女人……

是昨夜出現的那個嗎，還是由白狐與黑狐合體，不知道是什麼東西的憑依。

不管是什麼，奈津江都不想碰到對方。要是朝這邊走來，只能如脫兔般逃之夭夭。

奈津江把耳朵豎得更尖，感受到意外的動靜。

……是門嗎？

好像聽到玄關的門開開關關的聲音。

離開迴家了？

奈津江覺得奇怪，明明自己才是那個最想逃跑的人，爲什麼實際逃走的卻是對方呢。她正要奔回玄關，卻倏地停下腳步。

千萬不要往反方向走——

學人的忠告鏗鏘地迴盪在她的腦子裡。可是如果照順時針逃跑，恐怕會來不及。還沒走到玄關，對方可能已經抵達小山坡的樓梯。等她從樓梯上往下看，對方肯定已經逃進雜木林裡。

那一瞬間，奈津江飛快地動腦，衝向最近的窗戶。從那扇外牆的窗戶可以看見下樓的地方。

那傢伙再怎麼以最快的速度往外跑，頂多也只是剛離開玄關，所以絕不可能在不被她看見的情況下逃脫，自己一定能看到對方的側臉或背影。

然而，什麼也沒看見。根本沒有人從玄關的方向衝向樓梯。等了半天，過了再久，也沒有任何人跑出來。

該不會跑進後面的森林……

她只能想到對方已經逃走的可能性了，是棲息在黑森林深處的東西來迴家拜訪嗎？而且不想碰到闖入者，所以離開了嗎？

我的父親……想到這裡，奈津江連忙搖頭。那是小寅的妄想，才沒有這回事。

無論理由為何，目前這裡只剩奈津江一個人。

……眞的嗎？

奈津江趕緊推翻忍不住浮上心頭的猜疑與恐懼。沒必要自己嚇自己。趕快把屋子裡檢查一遍吧，她開始往前走。

左手邊的牆壁有窗戶，然後是寫著「參」的門，再來又是窗戶。經過第三個房間，沿著迂迴曲折的走廊前進，出現寫著「肆」的門。接下來是一片沒有窗也沒有門的牆，可見已經來到玄關對側了。

看到寫著「伍」的門時，奈津江總算反應過來，那一連串艱深的漢字應該是數字。因爲伍這個字裡有「五」這個數字。如果是普通的漢字數字，她也看得懂。

房間號碼是用以前的數字寫成啊。

這麼說來，深咲畫的簡單平面圖不也標上了一到八的房間編號嗎——奈津江回想起來時，似乎已經來到北邊的走廊了。經過窗戶、寫著「陸」的房門、窗戶後，再度站在可以爬上塔屋的門口。

小佐紀女士在這裡……

趕在驚悚的光景浮現腦海前先推開門，眼前是短走廊與陡峭的樓梯，與南側一模一樣。她用手扶著兩邊的牆壁，慢慢地在暗得伸手不見五指的狹長空間前進。

爬到樓梯頂端時，眼前出現一個圓形的小洞。如果是大人一定得彎下腰才能進去。洞裡有個圓形的昏暗小房間，地板上只鋪了一張四方形的草蓆，面積只能容納五、六個大人坐下。

這就是塔屋？

奈津江有些錯愕，把腳踩在洞的邊緣時，不小心滑了一跤，整個人往前撲倒在草蓆上，嚇了她一大跳。

因爲這麼一來就很淸楚小佐紀怎麼會從樓梯上摔下來了。奈津江再次回想起小佐紀是從自己剛才爬上來的樓梯上掉下去死掉的事實，感覺難以言喻。

幸好草蓆很厚才沒有受傷。奈津江重新打起精神站起來時，有個大大的鈴鐺映入眼簾。天花板垂下一根粗草繩，繩子前端綁著鈴鐺。鈴鐺正前方的牆上供奉著小神祠。

這個鈴鐺是小佐紀進行儀式時一直搖響的鈴鐺，那麼自己眼前的小神祠……想到這裡時，奈津江發現不只自己面前，小神祠一直往左右兩邊延伸出去。一座接著一座，在塔屋內部的牆壁上連成一圈。

小神祠上方的天花板附近有四扇採光窗。肯定東西南北各有一扇吧。但只看一眼無法判斷小神祠的數量。就算要數，想必也不一會兒就搞不清楚哪個是第一個吧。

哪個才是眞的？

也難怪奈津江會陷入混亂。一般的宗教設施基本上看不到一個地方有這麼多神祠的畫面。果然很奇怪……

對座落於根津屋附近的小小森林裡，那座稻荷神社感到恐懼的時刻只有遇到灰色象男那次。而且當時除了恐懼，也同時感受到同等的敬畏。想當然耳，她並不能理解箇中的差異。只是直覺地領悟到兩種情緒所代表的意義似是而非。所以稻荷神社給予她各種神諭時，她並不排斥。

可是**這裡**不一樣……

奈津江想快點離開塔屋，正想鑽過對面的洞時，看到左手邊牆壁上的那個東西，心頭一凜。

是狐狸大人……嗎？

狐狸張開血盆大口的臉從牆壁的下半部突出來。比狐狸面具還要立體，更像是神社可以看到的狛犬。狐狸擺出仰起頭的姿勢，彷彿瞪著懸掛的鈴鐺。

回頭看背後的洞，左右兩邊都沒有狐狸頭。爲了愼重起見她還檢查了塔屋內的牆壁每個角落，哪都沒有看到。只有南側洞口的左手邊，牆壁稍微下面的地方突出一顆異樣的狐狸頭。

……好奇怪。感覺好不舒服。

奈津江正想就這樣離開塔屋時，突然想到一件事。要是從南側的樓梯下去，必須再繞半圈才能走到北側的門。因此她決定掉頭，從爬上來的樓梯下去。

她再次回到走廊上，經過窗戶和寫著艱深漢字「漆」和「捌」的門，終於回到玄關。走出迴家，奈津江大吃一驚。自己顯然花了比預期中更多的時間踩點，太陽都快下山了。得快點回去才行。

只有下山的樓梯走得比較小心一點，剩下的路程都用跑的，進入本館時剛好聽見玄關大廳隱約傳來深唉「妳回來啦」的聲音和由美香中氣十足的回答：「我回來了！」

要死了。

奈津江想也不想地脫下鞋子，用一隻手拿著，小心不發出腳步聲地全速奔跑。即使離開本館東側的穿廊後也繼續一路狂奔。衝進東館、衝進一樓的圖書室時，不見三紀彌的身影。

咦……上哪兒去了？

還以爲他在二樓，但他們明明約好在一樓等。或許他只是上樓去拿別的書。

奈津江趕緊回到大廳，往二樓看，一面調整紊亂的呼吸。

「三紀彌！」

「我在這裡喔。」

後方傳來壓低的聲音。回頭看，他就站在沙發那邊。

「等、等等……你、你剛才人在哪裡？」

「那個書架後面。」

「你、你爲什麼……要躲起來？」

三紀彌一臉不可思議地看著上氣不接下氣的奈津江。

「因爲……有什麼東西突然衝進來——」

「那、那是我啦。」

「我怎麼知道是妳。」

「我說你呀……算了……現在不是吵這個的時候。他們回來了。」

「我是無所謂。」

三紀彌又看了她一眼。

「可是，他們一定會覺得很奇怪喔。」

三紀彌冷靜地指出奈津江的異狀。由美香他們回到家，一定會問他們都做了些什麼。如果只有奈津江氣喘如牛，三紀彌卻一派平靜的話，怎麼看都很不自然。

「那、那要怎麼辦……」

奈津江急著追問，三紀彌一臉受不了她的樣子說：

「交給我吧。」

三紀彌說著，走出圖書室，貌似打開玄關門，大概是打算去迎接由美香他們。

……沒問題吧。

奈津江不由得擔心起來，但是想起他充滿自信的態度，不免覺得有點好笑。那傢伙說不定意外地可靠。

過了一會兒，喜雄獨自出現在圖書室裡。他原本跟由美香在一起，但三紀彌說他有事找由美香，兩人一起回本館去了。

眞有一套。

奈津江對他刮目相看。仔細想想，從抵達祭園的那一刻起，他就一直想幫助自己。作法雖然笨拙，但無疑已經盡了全力。

自己是不是對他太嚴厲了……

奈津江一面自我反省，但又重新告誡自己現在先不要想這些。

「妳今天做了什麼？」

喜雄果然立刻發問。

「我和三紀彌在這裡看書。」

「哼……」

不知道爲什麼，五個人裡面只有喜雄最難親近。奈津江一開始就不喜歡他。對方似乎也一樣。

即便如此，他仍以刺探的語氣問她：

「雖然妳才剛來，但妳覺得這裡如何？」

「這裡啊，還不錯啊。」

「……不會寂寞嗎？不覺得這裡太安靜嗎？」

「嗯。確實比我以前住的地方安靜許多。但這裡是山上嘛。」

「也對。只要稍微離開建築物，就只剩下黑暗的森林。」

「充滿了大自然。」

「除此之外什麼都沒有……甚至有點恐怖呢。尤其是晚上……」

「或許吧。」

「剛來的時候，我很討厭一個人睡覺。」

「是噢。」

「一方面也是因爲還不習慣……」

「不只是這樣嗎？」

奈津江問道，喜雄反問：

「妳不會嗎？」

「我還好。」

「眞的嗎？」

「你爲什麼要懷疑我？」

「不，我沒有，我沒有要懷疑妳的意思……」

「妳其實遇到了很可怕的事吧——你是不是想問我這個？」

喜雄默不作聲，露出被戳中心事的表情。看樣子她猜對了。

「你爲什麼會這麼想？」

「妳、妳在說什麼？」

「我是說，你怎麼知道我遇到可怕的事了？」

「我又沒有這麼說——」

「灰色女人也出現在你的房間裡吧。」

喜雄瞪大雙眼，看樣子又被她猜中了。

「我沒說錯吧？」

「……」

「可是學人哥告訴你，灰色女人雖然眞有其人，但其實是小佐紀女士，而小佐紀女士已經死了。所以灰色女人應該不會再出現了。」

「……」

「然而到了晚上，她又出現了。」

或許是回想起當時的記憶，喜雄的身體撲簌簌地抖了一下。

「這時三紀彌來了。於是灰色女人不再出現在你的房間裡，而是改爲出現在他的房間裡。」

「……」

「三紀彌找你商量的時候，你爲什麼要假裝不知道？」

「……」

「是因爲怕學人哥生氣，要你別嚇唬新來的人嗎？」

至此，喜雄首次用力搖頭。

「……因爲會被帶走。」

「什麼？」

「因爲要是說出灰色女人的事，會被帶到很暗很暗的地方，再也回不來……」

十一　第二天晚上

喜雄向奈津江坦承，那個灰色女人出現在他房裡的最後一晚曾在他耳邊說：「要是你敢把我的事說出去……」所以三紀彌問他時，他才假裝什麼都不知道。

正當奈津江還想繼續追問下去時，由美香來了。三紀彌一臉得意地跟在她後面。也太快了吧。

接下來才要說到重點。喜雄好不容易開口，終於要觸及核心了說……奈津江失望至極。另一方面，三紀彌卻露出神清氣爽的表情。他該不會以爲自己完美執行了任務吧。接收到奈津江滿含抱怨的眼神，三紀彌頓時換上不安的神色。再繼續對視下去的話，很快就會露出馬腳。

結果，在那之後奈津江完全沒機會與喜雄獨處。一方面是因爲由美香太想照顧她了，幾乎寸步不離地守著她，但主要還是喜雄躲著她。大概是覺得自己透露太多了。

如今灰色女人的恐懼從喜雄傳到三紀彌，再從三紀彌傳到奈津江身上，話是這麼說，但她**說不定還會回來**……光是想像，喜雄的嘴就閉得比蚌殼還緊。

就寢前，正打算去洗手間的奈津江與三紀彌碰個正著。

「傍晚謝謝你的幫忙。」

奈津江趕在對方開口前先向他道謝。雖然事實是她希望三紀彌要是能再絆住由美香更久一點就好了。她對此感到不滿，但後來也稍微反省了一下，或許他已經盡了全力。

「……嗯、嗯。」

三紀彌似乎有些錯愕。可能是以爲自己一定會挨罵吧。想到這裡，不知怎地，竟又感到氣不打一處來。奈津江也不知道自己爲什麼這樣，頓時感到無所適從。

「結果呢，知道什麼了？」

確定走廊上沒有其他人後，三紀彌小聲地問她。

「灰色女人果然也曾經出現在喜雄的房間裡。」

「欸，眞的嗎？」

三紀彌的聲音大了起來，奈津江趕緊要他安靜：「噓──」移動到樓梯間。只要躲在這裡，就算有人從房裡出來也看不到他們。

「可是因爲你來了，那個就不再出現在喜雄的房間裡了。」

奈津江決定只對他說到這裡。想也知道要是告訴他灰色女人最後出現的那天晚上在喜雄耳邊說了什麼，他肯定會嚇得要死。

「那喜雄爲什麼不告訴我呢？」

「可能是怕你害怕吧。」

「不管怎麼說都沒人信，一直告訴我沒有那種東西，讓我感覺孤立無援才更可怕喔。」

「所以你一開始就告訴我嗎。」

三紀彌驚訝地睜大眼睛後，挺起胸膛說：

「……對、對呀。」

「願意提醒新來的人，或許你是第一個呢。」

「這、這我就不知道了。」

突然失去自信的模樣確實很符合三紀彌的風格。而且他似乎永遠想維持光明磊落的想法。

「好像也有人在還沒有新人加入以前就先離開了……話說回來，或許根本沒有機會告訴對方。」

「喜雄有的是機會。」

語聲還沒落地，奈津江就後悔了。因爲這麼一來，三紀彌又會開始思考喜雄爲何什麼都不說。所以奈津江連忙轉移話題：

「你認爲今晚還會再出現嗎？」

「我前面也說過，起初頂多一週一次。」

「那這個禮拜可以放心了。」

「只是——」

情急之下提出這個問題是爲了轉移對方的注意力，但他似乎想到什麼。

「只是什麼？」

「我覺得……那個好像以嚇唬我爲樂。」

「……」

「可是妳卻打算勇敢面對。」

「倒也沒有——」

奈津江搖頭，認爲他過於抬舉自己了，但三紀彌以認眞的表情說：

「和怕得只會發抖，什麼也做不了的我比起來，妳表現得很勇敢喔。明明是女孩子，眞了不起……我很佩服妳。」

「謝、謝謝。」

奈津江難得對同年齡層的男生產生害羞的心情。但她完全不知道他到底想說什麼。

「我接下來要說的話，聽起來可能有點像是威脅……」

「沒關係，我知道你絕對沒有惡意。」

奈津江以誠摯的口吻回應三紀彌的遲疑。

「……嗯，或許是我想太多了。」

「什麼事？」

「我的意思是說，萬一那個發現妳的態度很無所謂，會不會發生更可怕的事……我擔心的是這個。」

「無所謂——怎麼可能無所謂啦。」

「是、是嗎？」

「當然是啊。」

「可是妳在圖書室問我關於那個的事時，看起來一點也不害怕。」

「因為是早上嘛。」

「那麼，那個出現的時候……」

「我也嚇得發抖喔，你這不是廢話嗎。」

「欸——」

三紀彌不敢置信的反應令奈津江大為傻眼。

「你以為我完全無動於衷嗎？」

「……原、原來不是啊。」

他到底以為自己是什麼神力女超人啊。但現在不是氣得跳腳的時候。

「所以呢，你認爲會發生什麼事？」

「不知道……只是那個每次出現都會一面觀察我的反應，一步一步地愈來愈靠近床邊。」

昨天可不是這樣。灰色女人不知怎地從第一天就站在奈津江枕邊。

因爲我是小佐紀女士的親生女兒……

奈津江沒有透露浮現在腦海的理由，只描述昨晚的狀況。三紀彌聽完，開始闡述自己的意見：

「看吧，我就知道，果然是這樣。那個發現妳比喜雄和我成熟，所以從第一天晚上就靠得那麼近。」

「反過來說，灰色女人是耐心等你和喜雄慢慢習慣嗎。」

「咦……」

提出對方完全沒想到的另一種意見，三紀彌似乎大吃一驚。

「可、可是，這是爲什麼？」

三紀彌驚訝之餘似乎也想知道原因，便以激動的語氣問道。

「不好意思，請先回答我一個問題——」

奈津江果斷地跳過他的提問。

「當灰色女人靠近到床頭，再來會發生什麼事？」

「……」

「只是站在那裡嗎？」

「……會伸出手來摸妳。」

兩條手臂的寒毛頓時立正站好。這麼說來，他說過當生前的小佐紀還是灰色女人時，曾經試圖脫掉小孩的睡衣。

「你也被摸過嗎？」

三紀彌點點頭。

「摸肩膀嗎？」

「不是，是摸脖子……」

奈津江感覺一陣寒意拂過頸項，忍不住用雙手摩挲頸項，想像灰色女人這麼做的用意。從脖子到左肩，爲了尋找胎記嗎？

「我問妳喔。」

正當她陷入沉思，耳邊傳來三紀彌略帶責備的聲音。

「既然那個願意等我們習慣，爲什麼不肯等妳？」

「因爲你們很害怕——」

「這也太奇怪了。那傢伙明明以嚇唬小孩爲樂，卻又這麼體貼，不是很奇怪嗎？」

「你問我，我問誰。」

妳知道什麼吧——三紀彌臉上寫著這幾個大字，害奈津江內心充滿罪惡感，丟下一句「晚安」就回房了。

……抱歉。

背後感覺到他的視線，奈津江在心裡向他道歉，繼續在走廊上前行。她現在無法做出冷靜的判斷，該不該告訴他自己的出生之謎。

回到房間，奈津江先準備上床睡覺。接著她一邊提醒自己不要眞的睡著，一邊全神貫注地注視著門。總覺得背脊涼颼颼的，這麼一來倒也不用擔心自己會不小心睡著。有點冷空氣的話，肯定比較不容易睡著。

然而不知不覺間還是輸給睡意，開始打起瞌睡來……然後又驀地猛然驚醒。如此周而復始的過程中，好像眞的不小心睡著了。

……反應過來是在一陣惡寒傳遍全身後。

奈津江急忙微微睜開雙眼，**那個東西**就站在門邊。灰色女人穿著附有帽子，宛如睡袍般的衣服，就站在那裡。

果然出現了……

三紀彌說，起初大約一週只出現一次。看樣子，這個法則不適用於奈津江。

灰色女人一動也不動地站在門邊。房間裡很暗，再加上五官藏在帽子底下，看不眞切，但總覺得她正目不轉睛地凝視床上。總之看在奈津江眼中，女人不動如山地觀察自己的反應。

被女人盯著看，奈津江開始感到不安。因爲她眞的一動也不動，不免讓人懷疑浮現在黑暗中的人影該不會只是幻影。該不會自以爲淸醒，其實還在做夢，那個影子只是惡夢中的**假象**。

正當奈津江開始疑神疑鬼時──

咻……感覺**那個東西**似乎稍微動了一下，下一瞬間開始無聲無息地往床邊逼近。

還以爲是幻覺，可是當灰色女人眞的動起來，奈津江感到心膽俱寒的恐懼與壓倒性的戰慄。

是、是眞的……

身體不聽使喚地發起抖來。奈津江想冷靜下來，但身體卻自顧自地抖得很厲害。

稻荷大人，請保佑我。

她下意識地向供奉在小小森林裡的稻荷神社中的狐狸大人祈禱。或許是自己的祈禱上達天聽，身體不再顫抖。

與此同時，灰色女人也剛好站在床邊。

再次靜止不動的身影看起來有如西洋的幽靈或死神。因爲就站在床邊，活像站在將死之人的枕邊。

……我嗎？

不吉利的想像頓時在腦海中泛起漣漪。明明只是想像，卻感到一股彷彿隨時都要喪命的恐懼。

咻咻咻……鬆垮的衣服開始飄盪。一部分的布往前突出，簡直像有生命一樣。從裡頭突出白色的手臂，伸向床上的棉被。抓住棉被一角，靜靜地掀開。

啊……

奈津江在心中尖叫。只見一寸一寸被掀開的被子突然停止動靜，下一瞬間，直放的長方形枕頭和大皮包從一口氣被掀開的被子底下露出來。那是奈津江回房後，事先準備好用來代替自己的替身——

灰色女人茫然佇立。至少看起來是這樣。

不一會兒，灰色女人慢條斯理地環顧室內，突然往床底看，遲遲沒有抬頭，可能是太暗了，看不清楚。

被她猜對了。那裡並不是最安全的地方。

猜是猜對了，但也高興不了太久，灰色女人執拗地檢查床底下的模樣可怕得無以復加，令她逐漸轉爲絕望的心情。

過了好一會兒，灰色女人慢吞吞地站起來，走到衣櫃前，雙手放在左右對開的櫃門上，慢條斯理地往外拉開。完全把門打開後，開始檢查裡面。

床之後是衣櫃嗎。

又被她猜中了。第三個恐怕是——奈津江思考的同時，灰色女人探頭看桌子底下。

是那裡啊。

奈津江預期的是衣櫃或書櫃上。因爲小孩可以躲在紙箱或紙袋裡，躺在衣櫃或書櫃上。

或許是想到一塊兒去了，灰色的女人再次起身，視線頻頻望向室內的上方。甚至盯著天花板看，大概是懷疑她躲在天花板上。

然後灰色女人移動到最初的場所——也就是門邊——開始目光如炬地審視室內。她先從右端掃到左端，再從天花板掃到地板，然後再從右端……不急不徐、滴水不漏地持續以目光掃射。

……與奈津江對上眼。

沒有，只是感覺對上眼。**那個東西**眼看著就要咻咻咻地逼近她藏身的地方了。要是來到附近，她肯定馬上就會找到自己。然後……想到這裡的瞬間，一把冷汗順著背脊往下流。

……不要……別過來。

奈津江情不自禁祈求上蒼，突然反應過來。在這種情況下發出強烈的意念，反而會被發現也說不定。這時更應該保持無心無我的狀態，拚了命地消除自己的氣息才對不是嗎。

奈津江放棄偷看對方的念頭，緊緊地閉上雙眼。再次睜開眼時，那個的臉該不會就在眼前吧……想到這裡，奈津江急忙在心中搖頭。

不會的。

總之什麼都不要想，靜靜地待著就好。老實說，這種毫無防備的狀態實在太可怕了。但又不能害怕，因爲灰色女人肯定會嗅到她散發出來的恐懼氣味。

沒事的……別害怕……沒什麼大不了的……

……走了。

到底過了多久呢。不經意察覺到空氣的搖晃，奈津江睜開雙眼，門正好關上。

奈津江從窗簾後面探出身子，跳下出窗。以藏身處來說，那裡實在太狹窄了，而且雖然穿著開襟毛衣，但背後抵著窗戶，所以有點冷。正因爲如此，才能形成盲點吧。

只遲疑了一瞬間，奈津江立刻奔向門口。途中還撞倒椅子，可見她實在是太激動了。這也難怪，因爲她正打算反過來跟蹤灰色女人——

自從預測灰色女人今晚會再來找她，奈津江便下定決心，要搞清楚她的歸處，揭穿她的眞面目。

推開門，奈津江往走廊上窺探，在小夜燈昏暗的照明下，灰色女人的背影正要消失在樓梯間。

奈津江提起鞋子追上去，在走廊盡頭停下腳步。停在那邊，觀察一下情況，感覺那個正往一樓下去。

奈津江一時有些迷惘，是不是該向汐梨求助。汐梨的房間就在樓梯間那邊，只要衝進去向她說明來龍去脈——還在思考時，灰色女人已逐漸遠離。

沒頭沒腦地說這些，汐梨也不會相信吧。

做出這個判斷的下一秒鐘，奈津江慌不擇路地衝下樓。接著她在一樓的地板穿上鞋子，豎起耳朵，感覺那個在走廊上移動，聽起來似乎正往北方前進。

——往迴家的方向。

一點也不意外。說是理所當然也不爲過。但這種再自然不過的狀況反而令她害怕得不得了。

……我想回房間……我不想去……我想上床睡覺……我不想知道了……

奈津江拚命鼓勵想放棄的自己，盡可能躡手躡腳、一步一步地在走廊上前進。就在她走到距離通往北側大玻璃門的走廊轉角只剩一步之遙的地點時……

腳步突然變得好沉重。一旦轉過那裡就再也不能回頭了，就必須從走廊盡頭的門投向伸手不見五指的黑暗中。

……現在還能回頭。

可是都已經跟到這裡了……

猶豫不決的過程其實是在祈願也說不定。希望那個東西從北邊的門出去，趕快從自己面前消失。

奈津江深呼吸，然後躡手躡腳地一走到轉角，便鼓起勇氣望向通往北邊那扇門的走廊，險些啊地叫出來。

灰色女人背對自己，站在那裡。

那個東西佇立在走廊中間，面向北邊的門，簡直像是在等奈津江追上來。

……怎麼辦。

灰色女人該不會一骨碌地轉身追過來吧。萬一事情變成那樣，自己該往哪裡逃……

「小奈？」

背後傳來聲音，她差一點就要嚇得跳起來了。

「妳在做什麼？」

奈津江回頭，眼前是深咲詫異的表情。

「睡不著嗎？」

「……對、對呀。」

奈津江不假思索地回答，完全無法說明自己爲什麼會出現在這個地方。

「我看到那邊——」

深咲打奈津江旁邊走過，走向通往北邊的走廊。
「有誰在那裡嗎？」
深咲不疑有他地從轉角往那個方向看。
啊……
奈津江在心中發出的悲鳴轉化爲眞正的尖叫聲，從深咲口中迸發……奈津江做好心理準備，但什麼也沒發生。
「沒有人啊。」
奈津江慌慌張張地從轉角把臉探出去看，冷清的走廊上空無一人，一路延伸到盡頭的門，灰色女人的身影消失無蹤。
趁她跟深咲講話時，從北邊的門回迴家了……
奈津江凝視著門外面一望無際的黑暗，推測那個的去向。深咲走到走廊盡頭，又走回來。
「門上了鎖，可以確定沒有人出去喔。」
「欸……」
怎麼可能……這句話差點就要脫口而出。
既然如此，灰色女人究竟消失到哪裡去了？
她們目前所在的走廊剛好是一個「T」字形。上面那一橫的左手邊是東側，也是灰色女人、奈津江、深咲她們來的方向。所以那一橫的右手邊當然是西側。直豎的下面是北邊，盡頭有一扇大玻璃門。順帶一提，直豎的走廊貫穿本館中間，所以連一扇窗戶也沒有。

倘若灰色女人不是從北邊的門出去，那麼只能先回到直豎的走廊，再往橫向的西邊逃走。而且只有一個機會能這麼做，那就是奈津江背對西邊的走廊與深咲說話時。

但那樣一定會被深咲發現。而且奈津江也一定會察覺到背後有人經過的動靜。換句話說，不可能在兩個人都沒注意到的情況下從直豎進入橫向的走廊。無論是東西兩邊的哪一邊都不可能。

可是北邊的門上了鎖……

而且北邊的走廊也沒有窗戶……

儘管如此，灰色女人卻在連一分鐘都不到的空檔消失在無處可逃的走廊上。

十二　消失之物

那果眞是小佐紀女士的幽靈嗎……

還是出現在迴家的灰色物體……

直到深咲溫柔地催促她時，奈津江都全身發抖、目不轉睛地盯著座落在北邊的門前方那棟奇妙的建築物看。

「去起居室吧。」

深咲說道，把手放在奈津江的背後，奈津江這才好不容易取回身體的主導權。只是儘管在走廊上前進，依舊沒有太多的眞實感。這種詭異的感覺有點像是做了一個知道自己正在做夢的夢。

「等一下喔，我弄熱牛奶給妳喝。」

讓奈津江坐在起居室的沙發上，深咲立刻去泡牛奶。

「灰色女人……」

不只昨夜，今晚也出現了。奈津江心裡早有預感，聽了三紀彌和喜雄說的話，認爲那個再出現的可能性很高，所以事先做好準備。光是擔驚受怕解決不了任何問題，視情況可能會發生無可挽回的憾事也說不定。

所以奈津江早在今晚就寢前就下定決心，或許是因爲內心深處有些許懷疑。懷疑灰色女人是否眞的存在——不對，是懷疑灰色女人的眞實身分。

三天兩頭出現在三紀彌和喜雄的房間裡，害兩人嚇得六神無主想必是事實吧。但是冷靜下來仔細想想，灰色女人幾乎什麼也沒做。假如是爲了確認左肩有沒有胎記，只要出現一次就好了。沒必要一而再、再而三地出現。就算對方是鬼魂，也是同樣的道理。

那個好像以嚇唬我爲樂……

三紀彌這句話令奈津江耿耿於懷。以嚇唬別人爲樂明明是人類才會做的事。從喜雄到三紀彌、再從三紀彌到奈津江，灰色女人總是出現在新人房間裡。而且出現的頻率會隨對方的反應而異。

灰色女人該不會是誰在惡作劇吧。

或許是爲了欺負新來的小孩。

這裡是個非常特殊的地方，但說穿了終究是給孩子們住的宿舍。既然如此，就算有人惡作劇或欺負新人，也沒什麼好奇怪的。

問題是，究竟是誰幹的好事？

想到這裡，奈津江的思緒打結了。

首先是汐梨，她看起來是最不會做這種惡作劇的人。毋寧說她會出言阻止，要惡作劇的人別這麼做。相反地，學人可能很喜歡這種惡作劇。雖然他具有人小鬼大的知性面，但同時也具有那個年紀應有的稚氣。

可是他糾正過喜雄。

當喜雄想告訴奈津江小佐紀死後，迴家不再有人住以後，有個不知道是什麼東西的灰色之物在那裡徬徨時，學人還生氣地打斷他。倘若學人惡作劇的目的是爲了嚇唬新來的園童，應該會跟喜雄一起嚇唬她才對吧。

而且如果學人就是灰色女人，他散發出來的氣息未免也太可怕了。奈津江在灰色女人身上感受到明顯的惡意，絕不是用單純的惡作劇能一語帶過的惡意。

至於由美香嘛，宗旨跟汐梨不一樣，但也同樣不可能。因爲不管從好的方面還是壞的方面來說，由美香的性格都更單純且直接一點。假如她是灰色的女人，汐梨或學人肯定會注意到吧。

……不是小孩子惡作劇？

奈津江在腦海中浮現出一張又一張大人的臉。

先說隆利，他會故意嚇唬自己收養的孩子嗎？奈津江認爲長三叔也沒有嫌疑。深咲當然也沒有。問題是平太和島子。

到底所為何來？

完全想不透他們這麼做的動機，做這種事對他們有什麼好處呢？奈津江想到這裡時，發現自己漏掉一個人。

……小寅祖母大人。

奈津江想起洗澡時，由美香說過的話。

偶爾會以為自己是小佐紀女士。

假如灰色女人其實是小寅扮的，一切就說得通了不是嗎。這個發現令奈津江興奮不已，決定抓住對方的狐狸尾巴。所以爬到狹窄的出窗上，從窗簾的縫隙間觀察室內的狀況。

然而，她明明跟著灰色女人，後者卻消失在北邊的走廊。既不像是從大門走出去，也沒有回到走廊上。彷彿沿著細長延伸的走廊走著走著，忽然就走進另一個空間，消失無蹤。

那傢伙果然不是人……

直到深咲從北邊走廊帶她走進起居室，奈津江的腦中都在思考這些問題，如漩渦般轉個不停。

「抱歉，讓妳久等了。」

這時，深咲回來了。托盤上有兩個杯子。

「來吧，這個給妳喝。」

奈津江接過杯子，杯身的溫度稍微將她拉回現實世界。她喝下一口，感覺溫熱又甜蜜的牛奶逐漸讓自己清醒過來。

「好好喝……」

「是不是甜甜的。因爲我加了一點蜂蜜。雖然已經刷過牙了，但今天就別管這麼多了。」

和深咲「呼……呼……」地一面吹涼熱牛奶，一口一口慢慢啜飲時，奈津江總算冷靜下來。原本像是被囚禁在惡夢的世界裡，感覺自己終於擺脫惡夢，平安無事地回到現實世界。

或許是確定她冷靜下來了，深咲若無其事地問道：

「剛才發生什麼事了？」

奈津江不曉得該不該說實話。就算據實以告，又該說到哪裡呢。這是個很傷腦筋的問題。

「妳跟誰在一起嗎？」

答案既是肯定，也是否定。

「不可以告訴我嗎？」

奈津江無法判斷，到底該不該告訴本身也是相關人員的深咲。

「那，只要告訴我一件事就好了。小奈現在是不是很困擾？」

要是那個明晚以後繼續出現，無疑是一件非常困擾的事。就算繼續躲在出窗，遲早也一定會被發現。而且在那之前可能就會先因爲睡眠不足昏倒了。

「……是。」

深咲一直在等她回答，奈津江好不容易擠出這個字。

「妳能自己解決那個問題嗎？」

奈津江想也不想地搖頭。

「換作是我，可以解決嗎？」

這個嘛——奈津江陷入沉思。雖說狐火的胎記很淡，深咲依舊具有馭狐師的力量不是嗎。不管灰色女人是小佐紀的鬼魂，還是什麼不知道是人是鬼的東西，如果是深咲，或許都能應付。

她的期待似乎寫在臉上了。

「如果有我幫得上忙的地方，我什麼都願意做。」

「……」

「也可以先讓我幫忙，最後再由小奈解決。」

深咲既尊重奈津江的自主性，又想伸出援手。

「……聽我說。」

奈津江決定先告訴她出現在自己房裡的那個東西。沒說是灰色的女人，只說是不知是圓是扁的存在，昨晚第一次看到，今夜又出現了，所以自己才跟蹤對方。

深咲靜靜地聽她說。

「有人告訴妳灰色女人的事了？」

等她說完，深咲凝視奈津江的臉說道，語氣與其說是詢問，不如說是已經百分百確定了。

……穿幫了。

奈津江也老實點頭承認。想當然耳，深咲口中的「灰色女人」是指生前的小佐紀。

「這樣啊……這也沒辦法。」

深咲輕聲嘆息。

「我本來就打算遲早要告訴妳的，只是沒必要這麼早知道。」

「……那個是小佐紀女士嗎？」

「嗯，是的。」

深咲肯定的同時也提醒她：

「絕對不可以在父親大人面前提起這個話題喔。小佐紀母親大人的事也是，可以的話盡量不要提起，千萬別忘了。」

「好，我知道了。」

深咲沉思半晌。看樣子是在揀選字句，想著要怎麼說才好。

「妳來這裡以前……」

半晌後，深咲以盡量不要刺激到奈津江的表情說：

「我告訴過妳，妳出生時的事對吧？我想妳一定大受打擊，但妳仍勇敢地接受這個事實。只是啊，就算是這樣，也不表示妳完全不在意。即使沒有自覺，或許也會無意識地——我是指在內心深處——思考這件事。」

奈津江猜到她想說什麼了，不知怎地有股不好的預感。

「在這種狀態下，偏偏又聽到灰色女人的傳聞，就算是大人，或許也會受到影響。」

深咲慎重地挑選字句，對出現在奈津江房裡的灰色女人做出極爲合理的解釋。深咲的意思是說，這一切都是奈津江做的惡夢，又或者是幻覺。雖然語氣不強硬，但的確是這樣的結論。

如果是做夢或幻覺，不知道有多好……

遺憾的是，本人比誰都清楚，事情沒這麼簡單。自欺欺人解決不了任何問題。

若只有昨晚的體驗，奈津江肯定能接受深咲的說明吧。因爲自己是躲在被窩裡，眼睛睜開一條縫，顫抖地看著那傢伙。但今夜她不只在房裡親眼目睹那傢伙的行動，還跟在對方後面。

……灰色女人眞的存在。

深咲似乎也意識到奈津江認爲那既不是惡夢，也不是幻覺。隔了半拍又問她：

「……妳親眼看到了？」

「嗯。」

「妳跟在那個後面，走到北邊的走廊上。」

「對。」

「我來之前，那個就站在走廊上。」

「可是再抬頭看，那個已經消失了……」

「不可能回到走廊上。因爲如果回到走廊上，我一定會看見。」

「所以可能是從門口出去了……」

「起初我也是這麼想的。有人闖進妳的房間——可能是爲了惡作劇——結果被妳反將一軍，所以逃走了。可是我檢查過門，鑰匙鎖得好好的。也就是說——」

「不是做夢也不是幻覺……」

「嗯，妳比同年齡的孩子還要成熟許多。而且眞的很聰明。但妳畢竟還是個小女孩。還是有分不清現實與夢境的部分。剛才我也說過，就算是大人也會產生幻覺。更何況是感受力豐富的小孩，就算分不清現實與夢境也不奇怪。」

奈津江一瞬也不瞬地凝視深咲的臉。

「昨天晚上……可能是做夢也說不定。但今晚那個是眞的。因爲我清清楚楚地看見那個從我房間走向北邊走廊的背影。」

「妳應該不會看錯呢。」

深咲再度陷入長考，奈津江鼓起勇氣說：

「那個是……小佐紀女士的……」

「欸，母親大人的什麼？」

「鬼魂……有沒有這個可能？」

「原來如此。」

深唉似乎很佩服。

「灰色女人確實存在，可是卻消失在走廊盡頭。所以妳認爲不是人類。」

「嗯。」

「到這裡還算合理，但妳怎麼會認爲是小佐紀母親大人？」

「……因爲那個好像往迴家去了。」

「所以小奈從灰色女人的傳聞聯想到小佐紀母親大人。但母親大人已經去世了。所以妳認爲那個可能是鬼魂。聽起來很合理。」

深唉聽完奈津江的說詞，一針見血地指出這點。

「話雖如此，可是突然扯到母親大人的鬼魂，想法有點太荒唐了。是不是有什麼理由讓妳這麼想？」

「那是因爲……」

奈津江又陷入迷茫。不知道該不該說出三紀彌和喜雄的體驗。

「例如……也出現在其他小孩的房間裡。」

深咲繼續一針見血地戳破窗戶紙。

結果不只三紀彌和喜雄的體驗，還包括她與汐梨及學人的對話在內，奈津江雖然語帶保留，但幾乎是一五一十地告訴深咲了。當然也是因爲她判斷這些內容並不算打小報告。

唯獨保留試膽這件事沒說。那是存在於祭園的孩子之間，硬要說的話，比較像是孩子之間的傳統儀式。說是一種成年禮也不爲過。她認爲不可以告訴大人，就算對方是深咲也不例外。因爲一旦說出口，深咲一定會阻止他們。

萬一遭到深咲制止，他們一定會笑奈津江是因爲害怕才藉故脫逃。

灰色女人突然出現又突然消失，還要舉行試膽大會，或許是一件非常愚蠢的事。更別說舞台還是那個迴家。

可是，這是兩件事……

最重要的是，奈津江的自尊心不允許她逃避。而且也不只是自尊心的問題。在迴家舉行試膽大會，或許會發生什麼不測。就算引來灰色女人也不足爲奇。在她的內心深處，其實也隱隱期待這種狀況發生。

當然她一點也不想遇到可怕的事。但是更不願意逃避。無論那是什麼，肯定與自己有關。

既然如此，只能勇敢面對。如此強烈的希冀在她心中明確地萌芽。

「發生過這樣的事啊。」

深咲表情複雜地說。

「除了灰色的東西出現在迴家的傳聞，又聽到三紀彌和喜雄的經驗談，因此看到灰色女人的幻覺就更合情合理了，我是這麼想的。只不過——」

深咲搶在奈津江否定前又說：

「三紀彌和喜雄恐怕也不知道灰色女人的事吧。至少就妳剛才說的話聽下來，學人應該不會事先告訴他們。即便如此，他們兩個都看到灰色女人了。灰色女人去找他們了。」

「……」

「也就是說，或許每天晚上都**有什麼**在祭園裡徘徊。」

一把冷汗順著奈津江的背脊往下流。明明自己也親眼看到了，可是聽到深咲這麼說，身體又開始不聽使喚地發起抖來。

「可以再忍耐一段時間嗎？」

「……」

「我也會調查一下發生什麼事。」

「這件事——」

「我當然不會告訴任何人。小奈也要保密喔。」

「沒問題。」

奈津江與要把杯子端回廚房的深咲在起居室門口道別，先回房了。

時間已經很晚了。奈津江眞的睏了。明天早上——已經是今天了——起得來嗎，奈津江不免有些擔心，上樓時在二樓的樓梯間感應到某種氣息。

奈津江三步併成兩步地衝上樓，探出臉看——

某個房間的門正緩緩地、靜靜地關上。

十三　試膽大會

「那是誰的房間？」

聽奈津江說完昨夜的體驗後，三紀彌迫不及待地追問。

週五早上，兩人送大家出門後，火速前往東館一樓。由美香和喜雄中午過後就回來了，所以只有上午有機會與三紀彌討論這件事。

雖然答應深咲要對昨晚發生的事三緘其口，唯有三紀彌不在此限。雖說只有一張語焉不詳的紙條，但三紀彌確實想幫助她。後來雖然力有未逮，但他也確實試圖幫忙。如果把他蒙在鼓裡，等於是在利用對方不是嗎。奈津江無法不這麼想。

不過出生的祕密另當別論。等到時機成熟……想是這麼想，但或許只是還沒做好心理準備。

「喂，到底是誰的房間？」

三紀彌再問一遍，奈津江回答：

「汐梨姊。」

「怎麼可能……」

「我沒騙你。」

「也、也就是說，汐梨姊是……灰色女人……」

見三紀彌為之愕然，奈津江搖搖頭。

「欸，不是嗎？可是妳剛才……」

「剛好關上門的確實是汐梨姊的房間沒錯，但我上樓的時候並沒有看到她。」

「什麼意思？」

「如果我站在樓下時，汐梨姊已經爬到樓梯中間，門確實有可能剛好在那個時間點關上也說不定。」

「原來是這個意思啊。可是如果她比妳先上樓，剛好去上廁所呢？」

「如果是那樣的話，我應該能分辨有人剛從廁所出來喔。」

「妳先察覺二樓的樓梯間有人，上樓一探究竟，汐梨姊的房門剛好關上——」

「嗯。」

「既然如此，她是從哪裡……」

「只有可能是三樓吧。」

雖然可以做出這樣的結論，但兩人對汐梨為何半夜要上三樓依舊毫無頭緒。

「我猜應該不是汐梨姊。」

但三紀彌仍露出鬆了一口氣的表情。

「是嗎。」

「仔細想想，倘若汐梨姊是灰色女人，妳和深咲小姐在起居室時，她有的是機會回自己房間。」

「或許又跑去迴家了。」

「從北邊走廊上鎖的門出去嗎？」

「……說的也是。這麼一來，誰都不是灰色女人。灰色女人不是人類。」

三紀彌原本如釋重負的表情又蒙上一層陰影。

「還是取消比較好。」

「取消什麼？」

「試膽啊。只要妳不同意，大家一定不會逼妳。」

「可是你和喜雄都試過，我也不應該例外。」

「因爲妳是女生——」

「這種理由太奇怪了吧。」

「才、才不會……」

或許是從奈津江的音色裡察覺到不服氣，三紀彌噤若寒蟬。

「更何況，我想搞清楚灰色女人的眞面目。這不正是個好機會嗎。」

「……」

三紀彌顯然完全不能理解奈津江的思考迴路，瞠目結舌地說：

「妳、妳在說什麼呀。妳怎麼可能搞清楚灰色女人的眞面目。」

「爲什麼不可能？」

看到目瞪口呆的三紀彌，奈津江其實也很困惑。話說得很有氣勢，但她只是毫無根據地想像自己能搞清楚灰色女人的眞面目，沒有任何具體的想法。不如說她根本是走一步算一步。幸好在跟三紀彌討論的過程中，她想到應該先做好什麼準備了。

「我打算今晚就去試膽。」

「……」

「等學人哥回來，我就跟他說。」

「既然妳已經決定了，我也阻止不了妳……」

「嗯。所以說，我有個請求。」

「又來了。」

三紀彌立刻露出充滿戒心的表情。

「我想請你幫我確認一件事，我進入迴家的時候，大家是不是都待在房間裡。」

「這是爲什爲？」

「萬一我碰上灰色女人，只要你幫我確認，不就知道誰有不在場證明、誰沒有了嗎。」

「妳是指所有人嗎？」

「沒錯，祭園裡的每個人。」

「這不是很奇怪嗎。灰色女人不是人類吧？」

「恐怕不是……可是也不能百分之百斷定。」

「妳好疑神疑鬼啊。」

或許眞是疑心病太重了，但是昨天晚上出現在奈津江房裡的那個就是有讓人深信她是人類的存在感。不是鬼魂，而是活生生的人類……這點令奈津江無比在意。

「你願意幫忙嗎？」

「所有人啊——」

「你願意幫忙嗎？」

「——這件事很困難耶。」

「你願意幫忙吧？」

「……好啦。」

聽得出來三紀彌心裡有千百個不願意，但他還是答應了，隨即突然換上嚴肅的口吻說：

「那妳也要答應我一件事。」

「什麼事？」

「絕對不可以逞強。如果覺得大事不妙，一定要馬上逃走。」

「嗯，我答應你。」

「不能只是隨便答應，妳要發誓。」

他到底看了什麼電影啊，只見他舉起右手，手肘彎曲，攤開掌心，奈津江也有樣學樣地照做。

「我向三紀彌發誓，絕對不會逞強。一旦感受到危險，就要馬上逃走。」

後來兩人討論要怎麼檢查所有人的不在場證明。奈津江請三紀彌幫忙，不管對方是在房裡睡覺，還是在房裡聽音樂，都要在不被對方發現的情況下親眼看到當事人的人影。這個任務容不容易達成，端看對方的狀況而定，因此就算想事先擬訂對策也不知從何下手。

結果只能偷看每個人的房間，萬一被發現時，只能隨便編個藉口矇混過去。至於要怎麼說，當然是三紀彌自己要想的事了。

然後在三紀彌的協助下查字典，研究寫在迴家房門上的「壹」是什麼意思。得知與數字「一」是相同的意思。「貳」是「二」的意思。看來奈津江猜得沒錯，門上寫了一到八的編號。

下午加上放學回來的由美香和喜雄，四個人一起玩。奈津江不動聲色地觀察喜雄的反應，沒有任何不對勁的地方。不過由美香在騎單輪車、喜雄要踩高蹺，所以也沒空仔細觀察。因爲奈津江既沒騎過單輪車，也沒踩過高蹺。

「只要掌握到訣竅就很簡單喔。」

兩人教三紀彌怎麼玩的時候，三紀彌說道，點燃奈津江不服輸的好勝心。她全心投入這項挑戰，直到傍晚，汐梨和學人放學回家。

奈津江告訴學人試膽的事。

「妳確定？」

「妳是第一個躍躍欲試的人喔。眞是有膽識的孩子，我果然沒看走眼。」

擔心她的汐梨和敬佩她的學人，兩人的反應南轅北轍。或許是察覺到奈津江心意已決，汐梨也不再阻止。

吃完晚飯，聽從學人的建議，奈津江先小睡片刻，其他人也各自回房休息。原本還擔心大人會不會起疑，但就算起居室或學習室、遊戲室裡沒有半個人，也沒人會管他們上哪兒去了。基本上完全是放牛吃草。

這麼早就上床睡覺，奈津江擔心自己會不會睡不著。三紀彌和學人都認爲她非常勇敢。但她怎麼可能不害怕。在試膽前做點別的事，或許還能轉移注意力。可是當她獨自躺在床上睡覺，內心反而充滿不必要的雜念。另一方面又覺得至少要稍微休息一下才行……愈是給自己壓力，頭腦反而愈清醒。

……好像開始緊張起來了。

事實上，平常幾乎聽不見的心跳聲如今噗通噗通地吵死人了。

吵成這樣，睡得著才有鬼。

幸好沒多久她就睡著了。因爲第一天晚上出現了灰色的女人，第二天還跟蹤對方，根本沒有睡飽。因此她的擔心完全是杞人憂天，一下子就睡得又香又甜。

「……小奈，該起來囉。」

有人搖晃她的肩膀，奈津江睜開雙眼，只見由美香站在枕畔。

「……時間到了？」

上床之後，感覺只過了十幾分鐘。

「快十二點了。」

這種時間還醒著的經驗大概只有除夕夜了。而且印象中當時還睏得不得了。

「等一下，我馬上換衣服。」

然而此時此刻她卻清醒得不得了。恐怕是因爲雖然只有四小時左右，但她睡得很熟。

「下面最好穿牛仔褲喔，比較好活動。外面很冷，也別忘了帶件外套。」

聽從由美香的建議，奈津江迅速地選好要穿的衣服。

「讓妳久等了。」

換好衣服後，兩人來到走廊上，躡手躡腳地走到樓梯間，不聲不響地下樓，直接走向北邊的走廊。

好像昨天做過的事。

奈津江感到很不可思議。但是看到大家在北側門前等她的表情時，不可思議的心情就煙消雲散了。

「睡得好嗎？」

「很好。」

「妳的心臟果然很大顆。」

與學人的對話逗笑了由美香。汐梨也微微一笑。唯有三紀彌臉上寫滿不安。

「咦，喜雄呢？」

這時奈津江才後知後覺地發現少了一個人。自己果然還是很緊張吧。

「別提了，那小子……」

學人臉上的笑容變成苦笑。

「又不是自己要去試膽，那小子卻突然害怕起來。」

「什麼？」
「我叫過他了，但他死活不肯離開被窩。」
聽到一半，奈津江便有了不祥的預感。他肯定出了什麼事……但下午一起玩的時候並沒有任何不妥之處。
難不成……
難不成是晚飯後，小睡片刻時，灰色女人出現在喜雄房裡。三紀彌來祭園後，灰色女人最後一次出現時，曾經在喜雄耳邊威脅他，要是他敢說出灰色女人的事，就會被帶去又黑又暗的地方，再也回不來。
所以灰色女人或許又出現在他面前了……
「怎麼啦？果然還是怕了嗎？」
思考喜雄出了什麼事的表情似乎被解讀成害怕試膽了，只見學人以半是擔憂、半是看好戲的眼神望向奈津江。
「不是。我在想別的事——」
「呵，妳還眞是老神在在啊。」
說是這麼說，但學人的態度與其說是佩服，更像是有些狐疑。汐梨和由美香也好不到哪裡去，表情十分複雜，唯有三紀彌依舊滿臉不安。

「喜雄沒事吧。」

「反過來了吧，妳有空擔心他的話，不如先擔心妳自己。」

學人聳肩說。

「沒辦法，原本該由汐梨姊負責監視，這次就交給喜雄了。」

「從二樓監視迴家嗎？」

「因爲從這裡根本看不到玄關。」

感覺跟小佐紀在迴家消失的狀況有異曲同工之妙，奈津江覺得很不對勁。

萬一我回不來……

萬一發現我死在迴家裡，不就跟小佐紀一模一樣了。

「那好，我再講一次規則。」

學人渾然未覺奈津江的疑懼，以重整旗鼓的語氣開口。

「玄關和玄關對側的走廊牆邊已經事先擺好五圓硬幣了。妳拿這條繩子——」

他給奈津江一條尾端繫著鈴鐺的繩索。

「進入迴家後，先拿起一枚放在玄關的五圓硬幣，穿過去。然後再往右走，也就是以逆時針的方向開始在走廊上前進。走到玄關對側後，同樣拿起一枚五圓硬幣，然後重複以上的路線，在走廊上繞圈圈。當妳在走廊上穿過最後一枚硬幣時，妳應該會在玄關的對側。從那裡走向玄關的途中，從北側的樓梯爬上塔屋，拿起放在其中一個小神祠的五圓硬幣，從南側下樓。再以逆時針的方向繞完六分之五圈，回到玄關，離開迴家。」

學人一邊指著他們所在的北門內側。

「帶著穿過所有五圓硬幣的繩子，回到這裡，將繩子交給我，試膽就完成了。聽懂了嗎？」

他側著頭向奈津江確認，奈津江以點頭回答，在腦海中規畫具體的步驟時，逐漸取回冷靜。

「只有最後的塔屋有點複雜，再來只要別忘記繞回走廊上，拿起五圓硬幣就沒問題了。不過在那之前——」

學人不肯把話說完，一臉賣關子的表情。

「進入迴家後，請先從門的內側上鎖。」

那扇門有鎖嗎——奈津江險些就要問出口，趕緊把話吞回去。沒必要主動招認自己提前去迴家勘查過的事實。只要天眞地反問爲什麼要鎖門就行了。

「爲什麼要鎖門？」

「在這種深山裡，基本上不會有流浪漢跑進去。」

「……對呀。」

「祭園的人也不會三更半夜去那種地方。」

「……沒錯。」

「話雖如此，還是把門鎖上比較好。」

「……」

「由美香去叫妳起床的稍早之前，五圓硬幣已經放好了。當時爲了小心起見，還檢查過一遍迴家有沒有危險。等妳過來的這段期間沒有半個人靠近。當然也沒有人進去。因爲喜雄一直在監視。萬一有人想靠近或偷溜進去，喜雄一定會發現。」

聽學人說明的同時，去踩點時遇到的**那個**氣息杯弓蛇影地在奈津江耳邊甦醒。

說不定**那個**又會入侵……

從後面幽深黑暗的森林裡出現，在迴家的走廊上徘徊。說不定早就每個夜晚都在那裡徘徊了。

「明白了，我會鎖門。」

「很好，還有什麼問題嗎？」

「……沒有。」

「那好，這個給妳——」

學人給她一條繫著鈴鐺的繩索和手電筒。奈津江這才發現自己什麼都沒帶。

假裝得很平靜，其實一點也不。

明明是再自然不過的反應，卻令她大受打擊。然而事到如今，也沒辦法再多做什麼了。不要緊，只要有手電筒……

一時半刻也想不到還需要什麼其他的東西。她決定告訴自己，最有效的還是事先去踩點的努力。

「那我去去就回。」

奈津江輪流打量每個人的臉說道。

「萬事小心。」

「加油，我為妳祈禱。」

「祝妳好運。」

汐梨、由美香、學人都為她加油打氣，只有三紀彌始終默不作聲，以非常有力量的眼神目送她出發。

奈津江推開門，走出去，頓時被沁涼如水的冷空氣包圍。雖然不覺得冷，卻也不是舒服的感覺。抬頭仰望天空，滿天烏雲。既沒有月亮，也無法指望星光。

完全沒想到天氣的事。

她腦海中閃過後悔的念頭。心情急不可耐，但最重要的前置作業完全都沒做。

向眼前延伸的小徑前方零零星星地立著一盞盞路燈。就連右手邊的雜木林裡也設置了路燈，影影綽綽地照亮本館北側沉入黑暗中的綠地。周圍沒有任何光源，既沒有社區大樓或民宅的室外燈，也沒有商店或自動販賣機的燈光，導致路燈的光線看上去非常微弱。彷彿隨時都要被黑暗吞沒，消失不見。

既然如此，還不如全黑算了……

走了幾公尺後，奈津江驀然回首，玻璃門對面的光線看起來格外溫暖。甩掉下意識想回頭的心情，直接將視線移到二樓，看到窗邊的人影，心臟怦然一跳。

……是喜雄嗎？

那的確是他的房間。奈津江鬆了一口氣的同時也在意起他到底在做什麼。

那個灰色的女人果然……

就快想到那裡去了，奈津江連忙搖頭。

打開手電筒，她走向北側的小山坡，頭也不回地在泥土路上前進。手電筒只用來照亮腳邊，因爲她不想照亮周圍的黑暗，看到不想看的東西。

跟白天來的時候差太多了……

她知道晚上一定會很暗，但是做夢也想不到會被如此排山倒海的黑暗包圍。本館後面是無邊無際的黑暗，密度高到遠遠超乎她的想像。

沒多久就走到小山坡下。她小心翼翼地一階階往上爬，感覺包圍小山坡的黑暗愈來愈濃密。愈往上走，周圍的黑暗也愈來愈深、愈來愈濃。

只是自己的錯覺……

認爲這只不過是錯覺時，奈津江已經爬到階梯上，盤踞在一片漆黑的山頂上的房屋朦朦朧朧地映在她的眼眸。

……迴家。

小山坡上連一盞路燈也沒有。只有無邊無際的黑暗。之所以爬得愈高，感覺黑暗的濃度愈來愈高就是因爲這樣。黑暗的濃度在小山坡上和小山坡下截然不同。

意識到這一點時，膝蓋開始不聽使喚地顫抖，完全不受控制。就像裝了什麼機關，自顧自地動起來。

與白天的想像已經完全不一樣了，完全不在同一個水準上。眼前的景色跟來踩點時看到的景色截然不同。有如打翻了墨水的詭異黑暗中，隱隱約約地勾勒出更黑更暗、更令人心驚膽寒的迴家輪廓。

不是這樣的……

一步也邁不出去了。不僅如此，她只想立刻轉身下去。奈津江下意識回頭。這幾乎是在本能的驅使下。

然而就在回頭的瞬間，看到本館的一部分，奈津江猛然想起。

的她。

……喜雄在看。

如果是從本館的二樓監視，可能用了望遠鏡。或許就連這一瞬間也緊迫盯人地盯著想逃跑的她。

想到這裡，奈津江不服輸的心情又熊熊地燃燒起來。喜雄和三紀彌再不濟都進到迴家裡。自己怎能只是站在山上就夾著尾巴落荒而逃。

她背對台階，仰賴手電筒的微光往前走，一面感受靠近出現在電影裡的鬼屋、住著怪物的廢墟、殺人魔住處的感覺，努力地往前走。

她邊走邊望向南面的窗戶。只可惜塗滿了漆黑的夜色，根本看不見屋裡的樣子。就算看得見，頂多也只能看到走廊吧。話雖如此，窗戶本身漆黑一片的光景就像家中被伸手不見五指的黑暗填滿。令人毛骨悚然。

站在玄關前也好不到哪裡去。感覺一開門，沉澱在走廊上的濃密黑暗就會一口氣湧出來追上她，屆時肯定會被黑暗吞噬，再不然就是被迴家吃掉。

這時推了她一把的，是意識到喜雄正在看她。說不定對他或三紀彌而言，也是因爲想到有人——極有可能是汐梨——正從本館的二樓看著自己，才能鼓起所有的勇氣推開這扇門。

這麼一來，我不也跟那兩個人一樣嗎。

奈津江無法忍受自己與那兩個膽小鬼相提並論。儘管遲疑了片刻才伸手握住門把，仍義無反顧地打開，幾乎是一頭栽進去。

……時間差不多了。

從本館北側的門出來到現在，感覺已經過了很久，但實際上恐怕只過了十幾分鐘。

奈津江反手關門，遵守與學人的約定，從內側上鎖。又大又堅固的鎖在寂靜的黑暗中發出刺耳的噪音，「卡嚓」一聲鎖上了。

就在這一刻，有股奇異的感覺。

奈津江的動作戛然而止。

……剛、剛才那是什麼感覺？

奈津江動也不動地側耳傾聽。已經什麼也聽不見、什麼也感覺不到了。但是在上鎖的瞬間，屋裡確實有某種變化。

簡直像是迴家本身在呼吸……

十四　再闖迴家

迴家裡面好冷。而且不是沁涼如水的冷空氣。屋內籠罩著不同於自然空氣的某種氣氛。跟白天相反。

來踩點時，推開門的那一剎那，原本存在於屋子裡的氣氛突然消失無蹤。但這次卻在鎖門的瞬間察覺到不尋常的氣氛，這其間的差異到底是什麼呢。

……是我多心嗎？

上次來的時候也這麼想。但是沒多久，那個什麼就移動到走廊北側，從玄關出去了。這次也會發生相同的現象嗎。

問題是，門已經鎖上了……

要出去大概得花點工夫。屆時只要衝到玄關，或許就能看到那個的眞面目。

可是……

學人他們應該已經檢查過，這裡沒有任何異狀不是嗎。

來踩點時發生的事可能是她來迴家以前，已經有人在裡面了，發現除了自己以外，還有別的入侵者，嚇得落荒而逃——只要這麼想，一切就說得通了。因爲不管來者何人，這裡都能自由進出。

但這次不一樣。

學人他們不僅事先檢查過，之後也一直監視著，就連現在也還在繼續監視，誰也進不來。將手電筒的光線朝向門裡面，牆壁正中央往左右兩側延伸的長形木板浮現在光線中，凸出來的部分確實堆著五圓硬幣。沒有才奇怪，但親眼目睹，還是覺得眼前的光景很奇妙。

奈津江用手指拈起一枚放在最上面的硬幣，穿過從外套口袋拿出來的繩子。

……叮鈴。

繩子前端的鈴鐺發出聲音，嚇了她一跳。與此同時，奈津江想起學人說過的話。

小佐紀女士在請示神諭的過程中會一直搖鈴。鈴聲靜止前，無論誰來敲門都絕對不能開門。

他是這麼說的。在繩子前端綁上鈴鐺，或許是爲了在試膽的過程中不讓不知是人是鬼的灰色物體靠近。就像爬山的人會故意發出聲響，以免熊靠近那樣。

她把手電筒拿在右手，刻意搖晃左手的鈴鐺，踏上右手邊的走廊。

起初打算用最快的速度繞過走廊，回收所有的五圓硬幣後，趕快離開迴家。但是在伸手不見五指的黑暗中、在狹窄又蜿蜒曲折的走廊上前進遠比想像中還要困難。即使用手電筒照亮前方，也只看到牆壁和窗戶。即使筆直地在走廊上前進，也很快就要左轉或右轉。

手電筒昏暗的光線每次照亮走廊的轉角時，都感覺前方彷彿有什麼東西就要探出臉來，嚇得她魂都要飛了。每次轉彎的瞬間，心臟都會揪緊。

……叮鈴……叮鈴。

也因此原本應該要發揮除魔作用的鈴聲也變得愈來愈可怕。但是如果把繩子收回外套的口袋，安靜得連一根針掉地上都聽得見的屋內又會變得陰森詭異。在這種鴉雀無聲的情況下前進，感覺好像有什麼東西隨時都要從走廊的對側朝自己追來。奈津江急忙拿出繩索，又開始搖鈴。

如此這般，終於抵達第二個五圓硬幣回收點。是玄關的對側。途中雖然沒看清楚，但好像經過寫著壹到肆的房門和通往塔屋的南側樓梯門。奈津江拿起一枚五圓硬幣，穿過繩子。

……叮鈴、叮鈴。

硬幣互相撞擊的音色與鈴聲綿延不絕地響起。金屬碰撞的聲響很少有這麼陰森的，她的身體立刻僵住了。

才走到第一圈的一半……

話說回來，獨自一人三更半夜進入這種場所本身就很詭異了，應該馬上離開才對吧。在大家面前表現得無所畏懼的態度早已煙消雲散，奈津江不得不承認自己還只是個軟弱無力的小孩。

無奈身體動彈不得。因爲太害怕了，陷入前進不得、後退不能的局面。

怎麼辦……

奈津江內心充滿絕望，再次感覺迴家好像在呼吸，有一股令人發毛的氣息。

……這、這是什麼？

奈津江全身緊繃，屏氣凝神地豎起耳朵，但氣息已然消散，只能聽見夜風「沙沙」地拂過背後黑森林的細微聲響。

這也變成一種衝擊療法，奈津江的腳再次動起來。對從伍到捌的房間與通往北側樓梯的門視若無睹，悶著頭在走廊上前進。好不容易回到玄關，將五圓硬幣穿過繩索。即使覺得硬幣互相撞擊的音色很恐怖，仍開始繞起第二圈。

她並沒有走得很急。因爲要是太著急會更害怕。而且在加快腳步的過程中，可能會不知不覺地跑起來。這種行爲將令人更加恐懼。一旦陷入這種狀態，距離驚慌失措就只剩下一步之遙。一旦在又窄又細又黑又暗的走廊上陷入驚慌失措的狀態，事情可就大條了，一定會受傷吧。

恢復冷靜的奈津江或許是本能地領悟到可能會降臨在自己身上的危險。

幸好自從走完第三圈後，她終於開始掌握到如何以接近無我的境界在走廊上繞行的訣竅。想當然耳，她依然很害怕黑暗和轉角。但也盡可能不要意識到自己所處的狀態，總之把注意力集中在繼續以逆時針的方向前進，一枚一枚地蒐集五圓硬幣。排除任何無謂的思考，專心一意地回收硬幣。

她的努力奏效了，進入第四圈後，腳步逐漸變得穩健。只要保持下去，應該就能順利地把所有的五圓硬幣穿過繩子。

然而，在玄關拿起第九枚五圓硬幣時，感覺迴家第三次呼出一口氣。

又來了？

而且這次當奈津江倏地停下腳步，耳邊彷彿可以聽見難以形容的奇妙聲響。

……滋。

從剛才經過的北側走廊傳來細微的聲響。

……滋……滋。

好像有什麼東西在鋪著木板的走廊上滑行的聲音。

……滋……滋……滋。

不，是**那個**拖著腳步走路的聲音。而且正逐漸朝她靠近。

灰色女人……

大概是那個出來了。要是出現了，這次一定要揪出她的真面目。奈津江下定決心，但這個決心不一會兒就消失得無影無蹤。

過、過來了！

……滋……滋……滋……的聲響聽得愈來愈清楚，似乎已經來到捌的門前。

那一瞬間，奈津江想解開玄關的門鎖，逃出迴家，雖然是這樣，她卻繼續在迴家展開第五圈繞行，究竟是爲什麼呢？大概是因爲內心深處仍渴望與灰色女人對決吧。

奈津江忍不住拔腿就跑，但身體沒兩下就撞到窗戶或牆壁。她想盡可能與從後方逼近的那個東西拉開安全距離。因爲滿腦子都是這個念頭，不顧一切地橫衝直撞，才會撞到窗戶或牆壁。

不可以跑。

奈津江告誡自己，但雙腳不聽使喚。身爲人的感性所感受到的恐懼在這一刻遠大於她比一般小孩還要成熟的理性。

話雖如此，體力依舊有其極限，撞到的手臂和肩膀、腰和腳逐漸痛起來。

再這樣下去可能會昏倒。

動作自然而然地變遲鈍時，人也抵達玄關的對側。之所以能反射性地拿起五圓硬幣，穿過繩子，多虧了繞行前三圈時對自己的暗示。

……叮鈴、叮鈴。

諷刺的是起初覺得毛骨悚然的鈴聲卻在此時此刻讓她能勉強保持神志清醒。必須停止漫無目的地抱頭鼠竄才行。奈津江一面觀察對方的反應，保持在對方追不上來的距離。

能如此冷靜思考的時間也轉瞬即逝。

……滋……滋……滋。

聽到在地板上拖行的可怕聲響，奈津江內心充滿了想逃跑的衝動。她打從心底後悔沒有從玄關門逃走。

只剩下半圈——

就能回到玄關，這次一定要逃出去。這已經不是試膽的程度了。就算喜雄在監視，也沒有任何實質作用。因爲不是有人從外部入侵，**那個**是從家裡出現的。

奈津江邊走邊留意背後的氣息。對方幾乎保持一定間隔前進……滋……滋……滋……的聲音不絕於耳，既沒有加速，只是一直從背後傳來令人頭皮發麻的聲音。

腳步聲？

本館的房間和走廊不曾傳出這種奇妙的聲響。也就是說，不是灰色女人嗎。

由白狐與黑狐融合而成，不曉得是人是鬼的灰色傢伙。

還是來自後面的黑森林，不知是何方神聖的可怕東西。

想到這裡，脖子不寒而慄地冒出雞皮疙瘩。

灰色的女人固然恐怖，就算她其實是小佐紀的鬼魂也很恐怖，但至少比完全不知道是什麼東西的神祕存在好一點也說不定。雖然只有一點點……

感覺至玄關的最後半圈漫長得不可思議。明明已經轉了好幾個彎，堆在左邊牆上的五圓硬幣和右側的玄關門卻遲遲不肯出現在手電筒的燈光下。只要對照寫在房門上的數字就行了，但她連這點餘力都沒有。光是要在走廊上前進，又不要撞來撞去就已經耗盡全力了。

儘管如此，她還是奮力前進，終於回到玄關。奈津江反射性地將五圓硬幣穿過繩子，尋找那個步步逼近的氣息。

……滋……滋……滋。

那個東西以一如既往的速度，幾乎是一板一眼地追上奈津江。

……爲什麼？

難道對方只是在走廊上繞圈子嗎？假如她只是夜夜在走廊上以逆時針的方向繞圈圈——那麼根本沒必要逃跑。對方是拖著腳在地板上移動，所以說不定根本跑不快。既然如此，壓根兒不用擔心被對方追上。

左思右想的過程中，奈津江感覺那個東西已經走到捌的房門口。短短幾秒間，她的視線在玄關門與走廊前方來回掃視了好幾遍。

意識到這點，奈津江選擇進入第六圈，而非逃離迴家。

但她還是稍微加快了前進的腳步。爲求慎重起見，她想和那個東西拉開至少半圈的距離。

兩人自此展開相當詭異的行動。在迴家九彎十八拐的走廊上，兩人同時前進，但相差約莫半圈。奈津江與那個東西幾乎是同一時間分別在走廊的對角線兩端移動。

……滋……滋……滋。

因此只能聽見極爲細微，在地板上拖著走的腳步聲。但也不會因此就習慣了。有個不知道是圓是扁的東西與自己在同一棟建築物裡，往同一個方向移動，光是知道這點，兩條手臂的寒毛就全部站起來了。

幸好接下來只要小心別讓那個從背後追上自己，也不要反過頭來趕上對方就行了。彼此不干涉對方，只鎖定自己的目的即可。奈津江感覺兩人之間極其自然地形成以上的關係。

終於繞完第七圈，五圓硬幣也蒐集了一半以上。開始第八圈時，奈津江相信再這樣下去，應該可以堅持到最後一刻。只是很遺憾無法向學人他們證明那個東西的存在。

他們一定不會相信。

反而會笑她是膽小鬼吧。她其實鼓起所有勇氣，非但沒有逃走，還繼續試膽。要是這點沒有獲得認可，她會很不甘心。

話說回來，走廊對側的那個……

到底是什麼？得知不會對自己造成威脅後，奈津江開始在意起來，在意極了，迫切地想知道那個的眞面目。

沒有來找我麻煩，是因爲並非灰色女人嗎？

除了奇妙的腳步聲，再加上這兩天晚上的經驗，倘若對方是灰色女人，早就聲響大作地追上來。至少會試圖靠近她吧。昨夜確實有逃走的跡象，但今晚等於是在對方的地盤，應該會想抓住自己吧。

還是那個灰色的什麼東西……

正在走廊的對側移動嗎？想到這裡，第一天晚上與學人他們聊天的隻字片語接二連三地浮現腦海。

有時候小佐紀女士明明還在塔屋裡，已經有人在走廊上繞行了……

無論誰來敲門都絕對不能開門。

據看過那傢伙在走廊上繞行的人說，好像是灰色的東西。

也有人直接被救護車抬走喔。

話雖如此，我也不覺得醫院能治好他們呢。

灰色的東西也可能是白狐與黑狐合體的狀態。

從某個角度來說，或許是更危險的存在呢。

因爲既不是白狐也不是黑狐嗎。

即使迴家已經沒人住了，還是有人看見在走廊上繞行的灰色物體。

明明塔屋和房間裡都沒有人，卻有灰色的東西在迴家的走廊上兜圈子——

感覺愈來愈害怕。察覺到那個的氣息時湧上心頭的不寒而慄又開始一點一滴回來了。不知不覺間，全新的恐懼與戰慄牢牢地包圍住奈津江。她已經沒有信心能安然無恙地完成試膽了。

可、可是……

只要與那個保持一定的距離，不就什麼問題也沒有嗎？想是這麼想，卻發現聽不見拖著腳走路的聲音了。

咦？

奈津江在寫著伍的房門前停下腳步，側耳傾聽。沒有半點聲音。迴家靜悄悄的，只有滿溢的寂靜與黑暗。

……消失了？

出現時很突然，所以就算悄無聲息地消失也不足為奇。奈津江心想，但原本震耳欲聾的腳步聲突然消失，回到靜得連一根針掉在地上都聽得見的狀態也令人毛骨悚然。那個聲音本身固然可怕，但突然聽不見的話，又令她陷入孤立無援的錯覺。

奈津江內心充滿難以言喻的感覺。

……雖然喜聞樂見那個東西消失。

正因爲不明所以，心情反而更加不安。儘管如此，她仍緩步向前，一面豎起耳朵，慢吞吞地往前走。

抵達玄關，將五圓硬幣穿過繩子，進入第九圈。她每一步都踩得格外慎重，在黑漆漆的走廊上前進。這時，腦海中突然閃過一個不祥的預感。

那個的腳步聲戛然而止，是因爲在哪裡停下腳步吧。也就是說，那個東西該不會是在等奈津江自投羅網吧。屏氣凝神地躲在前方的某個轉角守株待兔，當她經過那個轉角的瞬間，冷不防從黑暗中衝出來攻擊她。要是那個打著這種如意算盤……

這個念頭導致她怕得不敢靠近走廊的轉角。光是想像躲在轉角後面的東西，肚子就隱隱作痛，頻頻用手電筒上上下下地照亮轉角。不管那個從哪裡探出頭來，都能第一時間發現。最可怕的莫過於轉彎的瞬間。奈津江盡可能貼著右側的牆壁和窗戶走，戰戰兢兢地望向走廊前方。

也因爲如此小心翼翼，花了好長一段時間才又回到玄關。奈津江簡直累壞了。拿著手電筒的右手痠死了，左手的繩索也變得好重。或許是掛了太多枚五圓硬幣，鈴鐺在這一圈始終響個不停。雖然就算搖鈴，那個也會出現，但總比沒有好。

好像眞的消失了……

自從察覺不到氣息後，幾乎又繞了一圈半。那個大概是已經達成每晚要繞的圈數，所以自動消失了。當然誰也不曉得眞正的理由，但奈津江接受這種猜測。

踏上第十圈時，原本縈繞心頭的緊張感開始一點一滴地散去。雙眼依舊無法習慣黑暗，但知道只有自己一個人後，一切都可以忍耐了。那個東西的出現可以說是帶來意想不到的效果。

她在玄關的對側拿起五圓硬幣。只差三枚硬幣了。最後還得爬上塔屋，但走到這一步，接下來應該沒問題了。因爲威脅她的東西已經離開了。

嗯，我一定能完成任務——奈津江對這點深信不移。

然而，經過伍的房間，看到寫著陸的房門，又轉過幾個轉角時，前方的走廊上突然多出一堵牆。

這、這是……什麼？

奈津江不由得停下腳步，目瞪口呆地站在那面牆壁前。

加上來踩點那次，她至少在迴家的走廊上走了十趟以上，從未見過這堵牆。再說了，要是途中有道牆，根本無法在走廊上繞行。

這是怎麼回事？

奈津江從最初的驚愕中回過神來，開始用手電筒照亮牆壁，總算發現那不是牆壁。

那是一扇門。走廊上不知道爲什麼有一扇門。

……可是，爲什麼？

只是牆壁換成門，問題還是沒有解決。謎樣的障礙物依舊擋在眼前。

啊……

奈津江把朝向門把的燈光移向左邊，那一瞬間，她恍然大悟。因爲那裡有個方形的大洞。

這是北側的……

好像是通往塔屋的門被打開到將近九十度。八個房間的門都是往內開，只有南北兩座樓梯的門往外開。因此當通往樓梯的門在走廊上打開九十度，恰好密密實實地堵住迴家的走廊，儼然出現一堵牆的狀態。

明白這扇門是怎麼回事後，奈津江鬆了一口氣，但心中大石放下不到兩秒。

門爲什麼會打開？

就像在等她產生這樣的疑問，左手邊的洞裡伸手不見五指的黑暗中開始傳來非常陰森詭異的聲音。

……滋……滋……滋。

那個東西彷彿正一步一步地從設置於樓梯底下，宛如短走廊的黑暗空間裡往這邊走來。

沒多久，灰色女人就出現在奈津江面前。

噫……

她看不見拉得低低的帽子裡那張臉，但衣服好像跟昨天一樣。那個東西現身的瞬間，她下意識地避開了手電筒的光線，所以無法確定，但應該沒錯。

奈津江的背部「咚」的一聲撞上牆壁。

咦……

看來自己似乎不自覺地往後退，從那裡摸著牆壁，拚命地往左手邊逃命。

灰色女人完全來到走廊上後，一骨碌地重新面向她，站在距離奈津江只有幾公尺的前方。

……滋……滋……滋。

然後開始拖著腳往前走，一步步地朝她逼近。

要是她一口氣朝自己衝來，或許奈津江也能有如脫兔般地逃跑。但因爲她以說是非常緩慢也不爲過的動作拉近距離，也同時封印了奈津江的動作。害奈津江只能一寸……一寸……地往左邊移動，怎麼也無法拔腿就跑。

……滋……滋……滋。

灰色女人從黑暗中逐漸靠近。

……一寸……一寸……又一寸。

奈津江像隻螃蟹似地橫著走，做好隨時都能逃之夭夭的準備。

但兩人之間的距離肉眼可見地一寸寸縮短。對方正紮紮實實地靠近她，她的身體卻完全不聽使喚。灰色女人的身影比剛出現時看起來大了好幾號，足以證明兩人眞的已經非常靠近了。

……再這樣下去會被抓住。

儘管心急如焚，動作卻快不起來。愈是意識到灰色女人的存在，身體愈僵硬，動作也愈發遲鈍。

……滋……滋……滋。

眼看灰色女人已經逼近到眼前了，再走幾步就會抵達只要伸手就能碰到她的距離。

……得、得快點逃走才行。

可是身體依舊毫無反應。背部壓向後方牆壁的力量遠比橫向移動的力量強大多了。橫向移動的距離也始終在原地踏步。奈津江理智很清楚再這樣不行，卻無計可施。

……滋……滋……滋。

灰色女人一面朝她靠近，右側部分開始搖來搖去地蠢動，冷不防伸出右手。

……不、不要啊。

奈津江全身緊繃的瞬間，左手摸到牆角。

是轉角！

在千鈞一髮之際逃離灰色女人的魔爪後，奈津江有如狡兔般在走廊上狂奔。雖然也擔心這時如果不是逆時針的方向，萬一走反了怎麼辦，但現在可不是在意這點的時候。而且怪事早就出現了，現在才來照規則走又有什麼意義呢。

奈津江起初一股作氣衝向玄關。她已經不想繼續試膽，也不想揭穿灰色女人的眞面目了。就算被打上膽小鬼的烙印也無所謂。她只想離開這裡。

儘管如此，跑到肆的房門前時，奈津江猛然停下腳步。因爲腦海中突然閃過一個非常恐怖的可能性。

萬一灰色女人埋伏在南側的走廊上……

只要從北往南經過塔屋，就能繞到自己前面。從對方緩慢的行爲實在看不出能採取如此敏捷的動作，但對方可是妖怪，不能掉以輕心。

奈津江把串起五圓硬幣的繩子收進外套口袋裡，雙手捧著手電筒，小心翼翼地在走廊上前進。

每轉過一個轉角，就擔心那個東西是不是站在那裡。再也沒有比這種想像更可怕的事了。或許也是因爲這樣，嘴裡變得口乾舌燥，心跳得異常快，險些沒從胸腔裡跳出來。

經過參的門前，緊張持續升溫。通往塔屋的南側樓梯門再不久就要出現了。如果要埋伏堵她，應該會選在那裡吧。

奈津江躡手躡腳地前進，每次走到轉角就第一時間往前張望。如此周而復始。可以的話，希望能趕在對方發現自己前先發現對方。

一旦發現灰色女人，要做的事只有一件。那就是用最快的速度回到走廊上。萬一那個東西追過來，就能直接拉開距離。如果能再次搶先一步繞到北側的樓梯門，就能比對方更早穿過那扇門。總之她的計畫是先繞過六分之五圈走廊，從玄關逃出去。

不知能否成功，但除此之外也想不到其他能得救的方法。再說了，到底是走通往塔屋的陡峭樓梯比較快，還是彎彎曲曲的走廊比較快，她完全沒有概念。但仍認爲倘若雙方都跑起來，應該還是自己比較有勝算。

一定能贏。

奈津江在心中反覆默念時，走廊盡頭多出一道牆。跟剛才一樣，南側的樓梯門打開九十度，堵住走廊的去路。與北側不同的是，門前方沒有通往樓梯的洞。因爲門往右側開，通道在門的另一邊。

奈津江慢慢地把門關上，灰色女人站在走廊上的身影也慢慢地映入眼簾。

我就知道——奈津江在心中喃喃自語，下一秒鐘立刻轉身，以最快的速度衝出去。無奈在九彎十八拐的走廊上無法使盡全力。但哪怕如此，她仍無畏身體撞上牆壁和窗戶，不管三七二十一地往前跑。

感覺比預計的時間更早經過玄關對側的地點。手臂和腳都撞出一堆瘀青，卻幾乎感覺不到痛。比起疼痛，如果不能先抵達北側的樓梯門口，不只疼痛，還會發生更可怕的事。

她從東邊進入北側的走廊。沒有餘力確認，但應該沒錯。再繼續往前跑，就能抵達那扇門前。

上天保佑！

但願自己能比對方先到達的念頭沒多久就變成祈求。

突然，北側的門出現在眼前。跟剛才一樣，門開著，完全擋住走廊的去路。

奈津江第一時間用手電筒照亮左手邊的走廊，不見那個東西的蹤影。

贏了！

喜悅的同時，奈津江腦海中閃過一個可能性。灰色女人該不會就在門的另一邊吧？該不會正屏氣凝神地等她關門，打算繼續在走廊上前進的瞬間一口氣撲上來吧？

但事到如今已經不能回頭了。因爲她已經衝向那扇門了。她伸出左手握住門把，形同打開出現在走廊中間的門——其實是關上樓梯門——一溜煙地滑向左側。

看到門對面的剎那，奈津江忍不住想閉上雙眼。明知這個行爲跟自殺沒兩樣，但仍反射性地想閉上眼睛。

不行！

奈津江擠出所剩無幾的勇氣凝視前方，伸手不見五指的黑暗映入眼簾，原本充滿在迴家走廊上的黑暗也延伸到這裡。

果然是我比較快！

忍住想要跳起來歡呼的衝動，總之先跑再說。因爲灰色女人隨時都會從後面的門出現也說不定，現在可不能浪費時間。奈津江朝玄關展開最後衝刺。

她跑過北側走廊的後半段，進入西邊的走廊。絕對不會錯，只差一步就能抵達玄關了，就在這一刻——

……啪噠啪噠啪噠。

有什麼東西正朝自己靠近。而且還是從前方靠近……

十五　逃出生天

……慢了一步嗎？

難不成是預料到奈津江認為灰色女人可能會從南側的樓梯經過塔屋，移動到北側，所以選擇在走廊上倒著走嗎？

怎麼可能……

不，眼下還有個更棘手的問題。那就是灰色女人的動作加快了，可以說是以正常的速度移動。

會來不及！

感覺對方已經抵達玄關。再這樣下去，馬上就要狹路相逢了。

奈津江停下腳步，轉身以最快的速度回到走廊上，邊趕路邊拚命思考，怎麼做才能逃離迴家。可惜已經沒有時間讓她慢慢想了。

……啪噠啪噠啪噠。

那個東西已經從背後的走廊上追來了，與原本滋……滋……滋……拖著腳走路的方式截然不同，毛骨悚然的氣息已經逼近到背後了。

右手邊的北側樓梯門浮現在手電筒的燈光下，奈津江不假思索地抓住門把，往自己的方向拉開，奮力擠進去讓門大大地敞開，同時在走廊上狂奔，衝上眼前的樓梯。

底下傳來巨大的聲響。可能是那個一頭撞上她刻意打開的門。

太好了！

但是還高興不到兩秒，噠、噠、噠……那個東西發出震天價響的腳步聲，一口氣爬上樓梯，緊追不放。

救命吶！

奈津江在心裡尖叫，正想鑽進出現在眼前的塔屋圓形入口，腳卻在入口邊緣滑了一下，與前來踩點時犯下一模一樣的錯誤。

她下意識想抓住綁著鈴鐺的繩子，右手在空中徬徨，「咚」地一聲倒在地板鋪的草蓆上。

「嗚嗚……」

她不由得痛喊出聲。不料那個已經逼近到背後了，彷彿隨時都會衝進塔屋裡。

奈津江立刻在草蓆上爬行，從另一邊的入口爬到南側的樓梯，開始連滾帶爬地下樓。

擔心自己像小佐紀那樣從樓梯上摔下去死掉的恐懼在腦海中一閃而過。但是萬一被那個抓住，天曉得會有什麼下場。光是想像會發生什麼事，全身立刻冒出雞皮疙瘩。

啪噠啪噠啪噠……夾雜著驚心動魄的腳步聲，頭上再度傳來震天價響的噪音。難道灰色女人也跟她一樣踩空了嗎。如果是這樣的話，現在無疑是逃離迴家最好的機會。

好不容易奈津江毫髮無傷地下樓，一口氣衝過短邊的走廊，從敞開的門跑到走廊上，再以脫兔般的速度衝向玄關，背後已經沒有窮追不捨的氣息了。她頭也不回地在走廊上狂奔，基本上幾乎不用擔心灰色女人會從反方向繞到她前面。但對方可不是普通人，總之只要自己能比對方更早抵達玄關就行了

上天保佑！

奈津江再次祈求。已經分不清向誰祈求了，可能是神佛，可能是不在人世的養父母，也可能是狐狸大人。總之她邊祈禱邊跑，終於看到玄關了。

她衝到門邊，一面開鎖，一面望向走廊的另一邊。眼前只有無邊無際的黑暗，但總感覺灰色女人隨時會猝不及防地從黑暗中現身。門鎖只發出「卡嚓卡嚓」的噪音，怎麼也打不開。因爲左手抖得實在太厲害了，奈津江連忙換隻手拿手電筒，改用右手插入鑰匙。

開門衝出去的瞬間，皮膚接觸到沁涼的冷空氣。來這裡的途中並不覺得舒服，現在只想謝天謝地。

……得救了。

進入迴家時，空氣寒徹骨。在走廊上繞行時——抑或自灰色女人出現後——空氣似乎完全

停滯不動。

奈津江沒有回頭，繼續奔向小山坡的階梯。然後才提心弔膽地回頭看，大大地鬆了一口氣。因爲放眼望去都沒有那個東西的蹤影。

爲了體恤已經變得硬邦邦的兩條腿，奈津江慢慢地往下走。要是繼續用跑的下樓，萬一踩空台階，可能會滾下去。她無論是肉體或精神上都已經瀕臨極限了。

奈津江搖搖晃晃地回到本館北面的入口，學人一臉驚訝地迎上前來。

「出了什麼事？」

在學人的攙扶下從門口進到走廊上後，奈津江整個人滑坐在地板上。

「沒事吧？」

「有沒有受傷？」

由美香和汐梨接連問道，奈津江先是點頭，隨後又搖搖頭。三紀彌沒有說話，表情十分擔憂。

「去起居室吧。」

奈津江再次由學人扶著和大家一起走向起居室。途中只有汐梨消失了一下，不一會兒便端著托盤回來，托盤上有一杯熱牛奶。

「妳先喝點這個。」

不同於深咲為她泡的牛奶，是沒有甜味的普通牛奶，但是對此刻的奈津江而言，感覺比什麼飲料都好喝。

「所以呢，到底發生什麼事了？」

見她緩過一口氣來，學人再次追問。奈津江鉅細靡遺地說出自己在迴家體驗到的一切。

「……嗯。」

學人念念有詞，望向汐梨。他的樣子看起來像是走投無路了，想詢問汐梨的意見。

「竟有這種事……」

汐梨本人也一副丈二金剛摸不著頭腦的樣子，答不上來。兩人明顯都很困惑，不知該不該相信奈津江說的話。

「好可怕的遭遇啊。」

由美香倒是很捧場。

「所以灰色的女人呢？」

「……我不知道。」

「我想也是。」

過程中，學人與汐梨始終面面相覷，貌似正以眼神無言地交流該怎麼面對眼前的狀況。

「總之妳沒受傷吧？」

汐梨又問了一遍，奈津江也再次點頭。其實全身上下都痛得要命。肯定撞到很多地方。但只要好好休息，應該就無大礙。

問題在於出現在迴家裡的那個東西。

「你們不相信我說的話嗎？」

奈津江目光眞摯地凝視學人，只見他露出不知所措的表情，偷看汐梨。

「我當然不認爲妳在說謊。但可能是妳在迴家的走廊上繞行，蒐集五圓硬幣時感到害怕，才會這麼說吧。」

奈津江從外套的口袋裡掏出串在繩子上的五圓硬幣，遞給他看。

「妳蒐集到這麼多硬幣啊。」

學人似乎眞的很佩服她。

「那就沒必要說謊了。」

「所以你相信……」

但他依舊搖頭。

「……」

「任憑妳再怎麼勇敢，半夜要在迴家的走廊上繞行，會害怕也是人之常情喔。」

「聽到聲音，察覺到什麼氣息，導致妳這麼想也非常合理。一點都不丟臉——」

「才不是。我眞的看到了。」

這時，三紀彌喃喃自語似地問道：

「妳清楚看見了？」

「雖然很暗，但是有手電筒的光線……」

「確定眞的有東西存在嗎？」

「嗯，絕對有什麼東西在那裡。」

語聲未落，三紀彌立刻以興奮的表情望向學人。大概是認爲這麼一來，自己原本可能不被相信的體驗也得到印證了。

奈津江第一時間想到乾脆也告訴他們，灰色女人連續兩個晚上出現在自己的房間裡。有這麼多的目擊證詞，應該能稍微減輕學人和汐梨的疑心吧。但她已經答應深唉不告訴任何人了。

「……那個。」

只見三紀彌欲言又止，奈津江領悟到。他該不會是想說——妳爲什麼不說出發生在自己房裡的事吧。

不知該如何是好，奈津江心急如焚。

「我明白了。」

學人打算做出結論了。

「總之今晚就到此為止吧。明天再去迴家調查。」

奈津江心想，不現在去就沒有意義了，但也沒有作聲。因為她已經沒有精神和體力再重回迴家了。

「關於試膽的方法，最好再重新思考一下呢。」

汐梨說的話不帶絲毫責難的味道，但學人還是低頭不語。大概認為是自己的責任吧。

「已經很晚了，各自回房吧。」

或許是為了安慰他，汐梨催大家回房。

奈津江想和三紀彌討論這件事，但今晚顯然已經沒有兩人獨處的機會。眾人一口一聲地對她說「晚安」、「明天睡晚一點也沒關係喔」、「好好休息」，她只能回答「好的，大家晚安」，一邊不著痕跡地暗示三紀彌「明天見」。

回房後躺在床上，不一會兒就睡著了。看來是真的累壞了。

醒來時有一股奇妙的感覺。為什麼會醒來呢……奈津江迷迷糊糊地想。下一瞬間，發現床邊好像有什麼東西，全身的寒毛都豎起來了。

「噫……」

而且那個東西還隔著蓋在她身上的棉被摸向她。

走開！別碰我！

奈津江拚命在內心吶喊，隨即彷彿聽見什麼聲音。她戰戰兢兢地掀開棉被一角偷看，原來是三紀彌正低頭看著自己。

「……呼。」

奈津江大大地鬆了一口氣，立刻坐起來抗議：

「你來做什麼啦！」

下意識地壓低聲音罵他。坐起來的瞬間，全身上下都痛到不行，但她仍忍耐著不讓對方看出來。

「因爲妳昨天晚上不是說『明天見』嗎。我還以爲妳想趁大家起床前先跟我討論……」

「是、是這樣沒錯……但是溜進女生的房間——而且還是趁女生睡著的時候——」

「我沒有偷襲妳喔。」

「你可以等我去找你啊。」

「我擔心妳爬不起來。」

「我說你呀——」

「因爲妳看起來累壞了……」

「……嗯，這倒是。」

看到三紀彌沮喪的模樣，奈津江也覺得自己不該對他發脾氣。

「我要換衣服，你先轉過去。」

儘管如此，奈津江還是以同樣的口氣指著門的方向，一骨碌跳下床，急急地走向衣櫃。

「所以呢，大家都有不在場證明嗎？」

奈津江迅速地選好衣服，雖然不想浪費時間，但因爲全身痠痛，還是花了很多時間換衣服。

「先說結論，所有人都待在房間裡喔。」

三紀彌先假裝要去上廁所，去了西館一趟。不是從外側的窗戶隔著窗簾窺探房間裡面，就是悄悄地開門，偷看室內的樣子，尋找那三個工作人員。結果發現長三叔——也就是廚師長谷三郎已經就寢；平太——也就是打雜的內平太在喝酒；島子——也就是幫傭島本和香子則似乎在祈禱什麼。

「島子太太嗎？」

「嗯，聽不太清楚，但她好像提到小佐紀大人……」

她是小佐紀忠誠的信徒。也就是說，直到現在仍對曾爲馭狐師的小佐紀非常崇敬嗎。

奈津江問三紀彌，三紀彌一無所知地搖頭。

「但是這跟灰色女人有什麼關係呢？」

「……說的也是。現在討論的是所有人的不在場證明。」

奈津江雖然感到有些在意，仍決定先聽他把話說完。

接著三紀彌說他有點冷，要去拿外套，前往本館的二樓與三樓。

「哦，眞有你的。」

「眞的很冷嘛。」

奈津江難得稱讚他，三紀彌卻相當老實地招認。

只不過，這次他不再從窗戶偷窺。而且三樓的房間都有自己的浴室和寢室，所以似乎令他費了好大一番工夫。

結果發現喜雄從頭上蓋著毯子，從自己房間的窗邊監視迴家，小寅在床上呼呼大睡，園長隆利也待在寢室裡，可惜沒能親眼看到他的身影，但人確實在房間裡，深咲則在起居室看書。

想當然耳，汐梨等三人應該都沒有離開過北側的走廊。基本上也不太可能趁三紀彌去西館或本館的樓上調查時假裝上廁所，其實是去迴家再回來。因爲不能從北側的門出去，只能從其他入口出去。而且考慮到另外兩個人的目光，也不能走奈津江去小山坡的那條路。加上還有喜雄在監視，一定得繞一大圈才能過去。

不對，基本上根本不可能有任何人闖入回家。因爲奈津江一進玄關就從內側把門鎖上了。

「那果然不是人類……」

同樣的想法已經出現過無數次了，可怕的是終於被證實了。

「要是又出現在這個房間裡怎麼辦……」
「欸……」
「因爲灰色女人好像非常喜歡妳。」
三紀彌的這句話令奈津江悚然一驚。不用他說，自己也很清楚，但聽到別人說出口，還是感到驚慌失措。
「這個嘛……」
是因爲自己是小佐紀的親生女兒，而灰色女人其實是她的鬼魂嗎。
「喂。」
奈津江立刻就察覺到他想說什麼了。
「妳是不是有什麼事瞞著我？」
「……」
「你要我幫忙，我幫了。妳卻不讓我知道的話就太可惡囉。」
奈津江也覺得他說的沒錯。
「我一定會告訴你的，請再給我一點時間。」
「眞的嗎？」
「眞的，我答應你。」

「妳答應的事一件都做不到呢。」

「你說什麼？」

奈津江氣呼呼地反問，三紀彌以受不了的表情說：

「妳明明發誓試膽時絕不會逞強，卻沒有逃走。」

「哪有？我不是逃回來了嗎！」

「妳是被灰色女人追著跑，才不得不逃跑吧。」

「要是那個東西沒有出現，我根本用不著逃跑。」

「一開始覺得不對勁的時候就應該馬上回頭了。」

「我說你呀，三紀彌。」

「怎、怎樣啦？」

「學人哥說的那個雖然進迴家試膽，但是進入玄關後，一步也跨不出去的人該不會是你吧？」

「……又、又不是只有我這樣。喜雄也是……」

這兩個人果然半斤八兩。但奈津江不覺得他們是膽小鬼。至少三紀彌給她的第一印象就不是膽小鬼。

這時，走廊上傳來道早安的聲音。其他人好像起床了。

「啊，剩下的晚點再說。」

奈津江說道，確定走廊上沒有其他人後，叮囑三紀彌快點回自己房間，火速離開。獨留反應不過來的三紀彌在室內——

洗完臉，前往餐廳，除了三紀彌和喜雄以外，所有人都在。汐梨和學人還有由美香都一臉愛睏的樣子。尤其是學人，看起來很憔悴。想必是受到昨晚試膽的結果影響吧。

過了一會兒，三紀彌也出現了。或許因爲他是所有小孩裡最早起床的那個，睡眼惺忪，一副隨時都要睡著的樣子。

「喜雄呢？」

深咲沒有特定對象地問道。

「不知道……」

學人回答，神情看起來不太自然。

「還在睡嗎？」

深咲似乎沒留意到他的異狀，站起來，走出餐廳。學人以視線追逐她的背影，順著望向汐梨。她還是老樣子，寡言少語，但是看起來似乎不像平常那麼冷靜。

究竟是怎麼回事？

奈津江察覺到，看來不只是因爲自己的體驗。

「好奇怪呀。」

深咲沒多久就回來了。

「喜雄不在房裡。也不在洗手間，到底上哪兒去了。有人知道嗎？」

包括學人在內，五個小孩都搖搖頭。奈津江雖然也搖頭，腦中卻迴盪著喜雄說過的那句話，萬一透露灰色女人的事會有什麼下場。

會被帶到很暗很暗的地方，再也回不來……

十六　被帶走了……

「他以前從來沒有不吃早飯吧。」

隆利露出詫異的表情說道。就連幾乎不干涉孩子們的園長，似乎也很困惑喜雄怎麼沒有出現在餐桌上。

「對呀，這是第一次。」

深咲以憂心忡忡的語氣回答，平太立刻站起來說：

「我去找他。」

「也麻煩島子太太。我們三個人一起分頭找吧。」

深咲決定好誰去哪裡找之後，與內平太及島本和香子一起離開餐廳。

眾人目送他們的背影離去時，只有一個人的視線望向別的方向，那個人就是小寅。她直勾勾地盯著奈津江看。

「……開始了。」

然後她慢悠悠地開口。

什麼？

奈津江當然無從知曉這句話是什麼意思。其他人似乎都沒注意到小寅的異狀，除了她以外，沒有人有反應。

「災厄要降臨了……」

這時隆利終於把臉轉向老太太。

「妳在說什麼？」

「因爲那孩子回來了……」

老太太以帶著口音的腔調接著說道。

「什麼？」

「那孩子會給我們帶來災禍！」

所有人皆以不解的眼神望向小寅，順便也瞥了奈津江一眼。因爲老太太正以凌厲的目光狠狠地瞪著她。

「岳、岳母大人……」

「我早就說了，不能小看**那個**。」

奈津江聽得出來，她口中的那個指的是自己。雖然自己眼中的那個是指包括灰色女人在內，所有莫名其妙的東西。

隆利一臉不知所措地看著門口，大概是想向深咲求救吧。

這時，長三彷彿什麼事也沒發生地說：

「先別說了，趁熱吃吧。早餐吃飽吃好，才能度過有活力的一天。喜雄的份等他回來我再幫他加熱，大家不用擔心。」

「說、說的也是。」

隆利順著廚師長谷三郎的話說。

「大家先吃飯。吃飽了再幫忙找喜雄也來得及。」

很明顯地，就連隆利本人也不知道什麼東西來得及。但是沒有人反駁，眾人開始默默地在幾乎有幾分陰森詭異的氣氛下吃早餐。小寅也不例外。說不定本人早就忘記自己剛才說了什麼。

幾乎所有人都吃完早餐時，深咲他們回來了。但是不用問，光看他們的表情就知道結果。

「到處都找不到他嗎？」

隆利問道，深咲有無氣力地點點頭。

「等一下哦，我馬上幫各位重新熱過。」

長三正要將他們的早餐拿回廚房時。

「我——」

或許是察覺到深咲想說她不吃早餐了，長三語氣溫和地勸告：

「這時候更應該好好吃飯。」

他迅速地重新準備好三人份的早餐。

深咲他們邊吃邊輪流報告找人的過程。本來只需向隆利報告即可，但她大概是認爲事到如今，不能不讓孩子們知道。

三人找遍了祭園的每個角落。儘管如此仍到處都找不到喜雄。除非他是基於自己的意志躲起來，否則他顯然已經不在祭園裡了。

「又不是玩躲貓貓，自己躲起來未免也太奇怪了。」

「所以我才擔心。」

隆利說得合情合理，深咲向他強調事情的嚴重性。

「就算他真的躲起來了，三個人分頭找，應該也能找到不是嗎。」

「不。如果他跑到北側的森林裡，想找也找不到吧。」

「說的也是。」

隆利稍微想了一下，輪流打量每個孩子問道：

「喜雄平常說過想離開祭園的話嗎？」

「父親大人，這我晚一點再——」

深咲委婉地阻止隆利再問下去時，三個人也吃完早飯了。

在那之後，隆利和長三、平太分頭再次在祭園中搜索。深咲則負責在起居室問孩子們話。

衆人離席前，小寅又說了駭人聽聞的話，所以請島子照顧老太太。

汐梨、學人、由美香依照年齡順序被叫到起居室。然後是三紀彌，最後才是奈津江。

「我聽說試膽的事了。」

等奈津江在沙發上落座，深咲立刻切入正題。

「是學人哥說的嗎？」

「還沒輪到他，汐梨就告訴我了。只不過，細節還是得問他才行。」

「這跟喜雄——」

「小奈，妳爲什麼瞞著我？」

語氣很平靜，但深咲好像生氣了。

「妳是指試膽的事嗎？」

「聽說妳是被逼的，昨天爲什麼不跟我商量？」

「是我自己決定要去的。」

「他是不是對妳說——因爲大家都試過了，所以妳也必須照做？」

「眞要拒絕的話還是可以拒絕。」

「眞的嗎？」

「眞的。」

深咲一臉疑神疑鬼地說：

「——好吧。我當然尊重妳的想法。只不過，如果有自己處理不來的問題和認爲自己無能爲力的問題，一定要跟我商量喔。」

「我會的。」

奈津江答應她，深咲微微一笑，隨即回到喜雄的話題。

「聽說他在自己的房間監視迴家。」

「我從本館北側的門前往後面的小山坡時，喜雄確實站在窗邊。」

奈津江也據實說出自己看到的一切。

「學人好像還借他望遠鏡，所以他一定也看到小奈走向後面的山坡。」

果然用到望遠鏡。也就是說，他或許也看到自己心驚膽戰地前進的模樣。

「當時已經過了午夜十二點嗎？」

深咲問道，沒留意到奈津江莫名變得頹喪的表情。

「……是、是的。好像是十二點十分左右。」

「看樣子，妳可能是最後一個看到他的人。」

啊……奈津江暗自心驚。三紀彌並沒有告訴深咲，他調查了所有人的不在場證明。口風緊成這樣，奈津江對他有點刮目相看。但同時也不由得傻眼，都這個節骨眼了，他居然還能守口如瓶。

「那個……不瞞妳說——」

喜雄都下落不明了，不能再瞞著深咲。奈津江向她坦承一切後，這次換深咲大吃一驚。

「妳去試膽的時候，三紀彌還有這樣的任務啊。」

「所以最後一個看到喜雄的人或許是三紀彌才對。」

「有道理。妳問過他是什麼時候嗎？」

「我猜他大概也不知道幾點。」

不過從昨晚發生的各種狀況來判斷，可以推測三紀彌應該是十二點二十分到四十分之間去西館，回本館調查大家的不在場證明則是十二點五十分到一點二十分左右。

「你們居然能撐到那麼晚。」

「因爲吃完晚飯後，大家都小睡了一下。」

深咲露出苦笑，但她的苦笑隨即淡去。

「據學人說，妳從迴家回來的時間是一點半左右。」

「我在那裡待了那、那麼久嗎……」

試膽時確實覺得時間無比地漫長。結束後又覺得彷彿只過了十幾分鐘，感覺非常不可思議。

「你們在起居室聊了一下，解散時大概是兩點，然後學人就去喜雄的房間了。只有被子掉在窗邊，到處都不見喜雄的身影。」

「什麼……」

奈津江還以爲喜雄是今天一早才不見人影。但現在看來似乎昨晚就失蹤了。

這時，她腦海中突然浮現出一個無比驚悚的畫面。

在迴家追著自己跑的那個跟著她跑出來，一直線地往本館二樓前進的光景。

喜雄爲什麼要告訴我那個的事呢……

背部感到一陣惡寒，兩條手臂爬滿雞皮疙瘩。但深咲低著頭，貌似一直在想什麼，並未發現奈津江的異狀。

「這麼一來，也有可能是被誰帶走了。那不是喜雄敢一個人出門的時間，他應該知道學人很快就會去找他。」

深咲揚起臉說。

「但我實在不認爲誰能從外面偷溜進來。祭園四周的圍籬隨時都有保全系統開著。晚上就連門也會開啟保全系統。可是這麼一來——」

深咲說到這裡，欲語還休，以若有深意的眼神凝視奈津江。

「就會變成是祭園內部的人……」

「……」

「然而昨天晚上，雖說是巧合，但三紀彌確實目擊到這裡所有人的動靜。」

「大家都有不在場證明——是這個意思嗎？」

「但也不能說是滴水不漏。因爲三紀彌檢查過所有人的房間後，到喜雄不見的凌晨兩點之間，當時西館的三個人至少有一個小時以上、人在本館的我們則有四、五十分鐘左右的空檔。」

「有人利用這段時間帶走喜雄嗎？」

「可能性不是沒有，不過我總覺得非常不自然。三紀彌在當偵探，其他人在忙試膽大會，喜雄也負責監視迴家。就算從以前就想帶走喜雄，也沒必要在這種情況下採取行動吧。」

奈津江也直覺地理解到深咲的言下之意。

「或許是有什麼原因非得昨晚動手不可，但我不認爲這裡有人不惜冒這麼大的險也要帶走喜雄。」

奈津江也輪流回想每個人的臉，陷入沉思。結果就在快要認同深咲的說法時，想到了一個人。

「小寅祖母……」

「欸，祖母大人？」

不小心脫口而出的名字並沒有逃過深咲的耳朵。

「怎麼可能，小寅祖母大人——」

「我聽說，她有時候會認爲自己是小佐紀女士。說不定是半夜突然醒來……」

「……」

「灰色女人該不會就是小寅祖母吧。我曾經這麼想過。」

「她爲什麼要帶走喜雄？」

「……這我就不知道了。」

奈津江其實很想說「因爲她腦筋不正常」，但著實不敢說出口。對方是深咲的外婆，也是自己的外婆，但她們才認識三天，還來不及培養骨肉親情。更何況小寅……

「有道理。」

還以爲深咲會嗤之以鼻，沒想到她會同意自己的猜測。

「認爲自己是小佐紀母親大人，原本在找襁褓中的妳，不知怎地誤以爲喜雄就是自己要找的人，把他帶到哪裡去了——也不是不可能。」

「果然……」

「但如果是那樣的話，應該會留下什麼痕跡才對吧？因爲本人又不是在理性，也就是頭腦清楚的狀態下，知道自己在做什麼。」

「說的也是。」

「最大的問題是，我也不覺得喜雄會乖乖地跟她走。」

「啊，這倒是。」

反而會因爲太害怕，整個人動彈不得吧。小寅也不可能抱著全身僵硬的喜雄離開。

再說了，如果灰色女人是小寅祖母，那出現在迴家的那個又是什麼？

可以確定的是，那並不是小寅祖母。因爲她有不在場證明。三紀彌看到她在床上睡覺的時候，那個已經在迴家追著奈津江跑了。

「怎麼了？」

見奈津江完全陷入沉思，深唉溫柔地問她。

「難道妳還有什麼事沒告訴我。」

她的語氣雖然很平靜，但依舊不依不撓。

「嗯。試膽的時候——」

她打從一開始就沒有要隱瞞的意思，所以立刻告訴深唉自己在迴家的遭遇。

「……原來如此。原來出了這種事啊。」

深唉頻頻點頭，感覺像是把兩件事串起來了。但又猛然回神似地說：

「三紀彌調查大家的不在場證明固然幫了大忙……反而讓事情更撲朔迷離呢。結果只知道誰都不是灰色女人。」

「怎麼會這樣呢？」

深咲露出有些迷惘的表情，語帶保留地說：

「一路聽妳說下來——再加上喜雄和三紀彌的體驗——只知道這裡有個超越人類智慧的存在……啊，意思是說不是人類的東西。只知道果然有個不是人類的東西存在。」

「妳是指……灰色女人嗎？」

「因爲妳到看到她了……對吧。她到底是小佐紀母親大人的鬼魂，還是什麼不知道是何方神聖的灰色傢伙，我已經搞不清楚了。」

「喜雄他……」

「可能是被那個帶走了。」

「……」

「抱歉哪，我明明說要稍微調查一下這裡發生過什麼事，結果什麼忙也幫不上——」

「別這麼說。」

奈津江連忙搖頭，好奇心突然冒出頭。深咲到底打算怎麼調查這件離奇的事呢？利用馭狐師的力量嗎？

奈津江上次就這麼想了。期待如果是她，肯定會有辦法。

「那個……請問妳打算怎麼調查？」

「嗯……」

深咲臉上浮現有些爲難的表情，隨即換上苦笑說：

「辦公室裡應該有小寅祖母大人和小佐紀母親大人年輕時的照片。包括認識父親大人以前的照片。」

看在奈津江眼中，無疑是上一個時代的東西了。順帶一提，辦公室的櫃子裡保管、整理了各式各樣與祭園有關的資料。

「印象中，裡頭好像也有拍到類似灰色女人穿的衣服。」

「穿的人是小佐紀女士嗎？」

「大概是……好像是祈禱或儀式時特別的裝束。所謂裝束就是服裝的意思。我想找出那張照片給小奈看，雖然無法證明什麼就是了。」

即便如此，灰色女人就是小佐紀或小寅的可能性還是出現了。雖然活生生的人類與鬼魂相差十萬八千里就是了。

他們不只上午，下午也繼續尋找喜雄的下落。學人也想幫忙，但是被深咲婉拒了。雖說已經決定好搜索的範圍，萬一找得太投入，不小心闖進北方的黑森林，迷路就糟了。建築物內部的每一個角落都已經找遍了，所以隆利等人下午開始去森林搜索。

意外的是，學人想去找的地方竟是迴家。他在吃午飯的時候提到這點，所以奈津江前腳剛踏出餐廳，後腳就抓住學人追問：

「為什麼是迴家？」

「這是因為……」

學人難得欲言又止，然後貌似千百個不願意地說：

「因為妳那天晚上在那裡遇到奇怪的東西啊。」

「你相信我說的話嗎？」

「喜雄消失了。而且沒有任何預兆、沒有任何理由，突然就消失了。如果說有什麼理由，只能想到試膽大會了。既然如此，就不能忽略妳的親身經驗。」

學人一向採取合理的思考邏輯，居然開始想要討論怪力亂神的存在了，可見喜雄的失蹤有多麼不可思議。

「出現在迴家裡想抓住我的那個，後來又出現在喜雄的房間，帶走他嗎？」

「……或許吧。」

「帶去哪裡？」

「現在就是要調查這個啊。」

話雖如此，但他隨即竊竊私語地說：

「但我不認爲一下子就能弄明白……」

「咦？」

「大人們已經去迴家檢查了。」

「好像是。這有什麼問題嗎？」

「他們的檢查很單純，就只是確認喜雄在不在那裡而已。」

「……不然還能做什麼？」

「如果只是單純地搜索我們存在的世界恐怕沒用。」

「……」

「萬一喜雄被灰色女人帶到另一個空間、另一個世界呢？」

會被帶到很暗很暗的地方，再也回不來……

奈津江又想起喜雄說過的話了，不只頭皮發麻，感覺也非常不舒服。因爲她開始具體地想像**那個地方**。

「因、因爲在那種地方……所以怎麼找也找不到嗎？」

「……或許吧。」

之所以沒有斷定，或許是因爲學人的想法也還在搖擺吧。

「我只能說，那裡可能會有什麼線索。」

「在迴家裡……」

「比起找到喜雄，更應該調查那棟房子。但就算這麼跟大人說，大人肯定也不會同意吧。」

奈津江也有同感。

「就算想偷溜進去，今天也別想了。」

「難不成你打算半夜過去？」

「噓！」

學人急壞了，頻頻張望走廊前後。

「別突然那麼大聲。」

「對不起……可是我勸你最好打消這個念頭。」

「妳在說什麼呀。妳不也半夜去過嗎？」

「所以我才勸你別這麼做啊……」

「因爲會遇到灰色女人嗎？」

「你不是相信我說的話了嗎。」

「這倒是。」

學人點點頭，表情十分複雜。既然說出另一個空間和另一個世界這種話來，似乎也承認眞的有灰色女人了。但是當面被指出來，還是不太願意承認吧。

奈津江決定不再多嘴。想來如果是學人的話，一定沒問題吧。

「小心點。」

「嗯，我會的。謝謝妳。」

但隔天吃早餐時卻不見學人的身影。他也跟喜雄一樣，忽然消失了。

十七　消失的孩子們

到處都找不到喜雄，深唉考慮打電話報警，但隆利不同意。因爲以前也有孩子不告而別，他似乎認爲至少應該先觀察一下情況再說。

那天吃完晚餐後，深唉對聚集在客廳的奈津江等人說：

「確實這也不見得是警方能處理的事……」

大家都露出惶惶不安的表情，所以她連忙轉移話題。奈津江其實也有同感，說不定三紀彌也這麼想。

一夜無眠的隔天早上，大家都坐下來吃早餐時，不知怎地只有學人沒出現。他一向是所有孩子裡最早坐在餐桌前的人，唯獨今天早上遲遲不見人影。

大家開始沉不住氣。深唉急如星火地站起來，但不到幾分鐘就回來了。

「他不在房間裡，床鋪甚至沒有睡過的痕跡。」

深唉不知所措地望向隆利。

「有人聽他說過什麼嗎……」

隆利看著所有人問道，但所有人都搖頭。

「園長，還是報警吧——」

「妳先冷靜點。學人是很有責任感的孩子，可能是自己一個人跑去找喜雄了。」

結果跟喜雄的時候一樣，大家分頭搜索。汐梨也加入搜索的行列，由美香和三紀彌、奈津江依舊被排除在外。小寅當然也是。跟昨天一樣，由島子負責照顧老太太。

大人們草草吃完早餐，前往自各負責搜索的場所。

「我們也去遊戲室等吧。」

剩下三個小孩後，由美香提議。大概是認爲自己有必要照顧其餘兩個年紀比自己小的孩子吧。

「你們先過去。我去上廁所，順便拿外套。」

奈津江倒水似地說完，不給由美香開口的機會就衝出餐廳。臨走前偷偷瞥了三紀彌一眼，只見三紀彌露出「妳這個騙子……」的表情，不覺莞爾。

奈津江一面在本館中徘徊，一面尋找深咲的身影，結果剛好看到她從北側走廊的門出去的背影。

她跟在深咲後面，但是並沒有追上去，而是拉開一段距離。看樣子，深咲應該是負責搜查迴家。等她爬上小山坡的階梯，站在玄關門前，奈津江才一口氣衝上去。

「呼……總算追上妳了。」

奈津江假裝上氣不接下氣地說，但似乎沒必要對嚇一跳的深咲演這齣爛戲。

「怎麼了？我不是說不可以一個人來這種地方嗎。」

「抱歉。可是學人哥——」

奈津江向深咲報告昨天吃完午餐後自己與學人的對話，深咲聽得臉色大變。

「另一個空間……另一個世界……」

「對，他是這麼說的。」

「太不像他了。」

深咲果然也這麼想。

「那是指狐狸大人的世界吧。」

「不，或許是——」

深咲說到這裡，噤口不言。

「或、或許是什麼？」

奈津江提心弔膽地追問，深咲支支吾吾地回答：

「或許是眞的只剩下黑暗的幽深世界。」

「……」

「好了，快回去吧。」

深咲重新打起精神，望向本館。

「好。」

奈津江乖巧地回答，在玄關門前與深咲道別。確定深咲走進右手邊的走廊後，她走向小山坡的階梯。

走到一半回頭看，深咲果然正隔著走廊的窗戶看著她。奈津江也以極其自然的態度向她揮手。深咲也朝她揮手後，轉身走進寫著壹的房間。

與此同時，奈津江轉身衝向迴家後面。她希望至少能趕在深咲從房裡出來前經過玄關。

繞到後面，北方一望無際的黑森林突然以磅礴的氣勢映入眼簾。前來踩點時也曾經隔著走廊的窗戶看到。當時著實無法充分感受其昏暗與深邃，如今當森林近在眼前，她才恍然明白。

……喜雄和學人才不會進入這種地方呢。

就算有想逃出祭園的理由好了，正常小孩也不會想穿過這座森林吧。

奈津江之所以來，也是認爲來踩點時在迴家遇到的那個傢伙逃進後面的森林裡，所以想近距離看一眼，但馬上就後悔了。

果然還是只有魔物才能進出這座森林。

光是能了解到這點就夠了。正當奈津江想趁深咲尚未發現前趕快回本館時……

……咦？

她在眼前的草叢中看到一條奇妙的痕跡。她戰戰兢兢地靠近觀察，發現那好像是人通過的痕跡。

可是，會形成這樣的小徑……

不是有好幾個人都曾經走過這條路，就是一個人來來回回地走過好幾次。

這條路通到哪裡。

她內心充滿好奇。喜雄和學人該不會就在這條路前方吧？說不定能找到與灰色女人有關的線索，諸如此類的想法虜獲奈津江的意志。

……再多觀察一下吧。

奈津江下定決心，四下張望時，深咲出現在迴家後面的走廊上。大概是一邊檢查每個房間，來到北側的走廊上了。

啊，會被發現！

奈津江情急之下躲進羊腸小徑裡。當然不是害怕深咲，只是不想讓她擔心。

草叢裡的小徑在稍微往前一點的地方轉向左邊，奈津江一面留心自己背後的動靜一面前進。現在還能馬上折回迴家後面。她安慰自己，繼續往前走一段路後，小徑變成下坡路。貌似接到小山坡的斜坡了。但小徑仍繼續往左手邊延伸。

如果是通往山下……

奈津江認爲跟著走也沒關係，所以踩著愼重的腳步，開始往下走。

整段下坡路她一直看著腳邊。所以發現時已經太遲了。當她抵達平地時，才發現自己完全被森林吞沒了。

……不要啊。

感覺到恐懼的同時，雙腳打結，往前撲倒。奈津江趕緊起身，驚慌失措地想回頭時，頭上傳來沙沙……的聲響。

深咲姊姊——

奈津江內心充滿期待，但深咲不可能這麼快就檢查完迴家，所以她應該還在塔屋才對。倘若採取逆時針的走法，還得更花時間。

沙沙沙……

這時彷彿**有什麼東西**正沿著下坡前經過的羊腸小徑而來。簡直像是跟在她的後面。

……一定是園長或平太。他們要來森林中搜索。

奈津江想冷靜地思考。可是當**那個東西**的氣息完全進入森林的那一瞬間，奈津江已經放棄回頭，改爲慌不擇路地前進。她可不想在這種地方與那個不曉得是什麼東西的傢伙打照面。

眼前的路只有一條，卻壓根兒不知道通往哪裡。該不會通往非常糟糕的地方吧。想到這裡，奈津江嚇得魂不附體。

沙沙沙……

可是確實有什麼東西正從背後靠近。爲了逃離那個東西，只能沿著這條宛如獸道的小徑前進。

走著走著逐漸失去方向感。起初是往左轉，因此奈津江猜自己應該尚未離開小山坡太遠，認爲迴家就在自己的左後方。

然而不一會兒她就迷失方向。兩側長滿了鬱鬱蒼蒼，生得比自己還高的草木，什麼也看不見。

……難不成我正一路走進森林深處嗎？

腳步自然開始放慢下來。周圍是不是比剛才更暗了。自己是不是愈走愈進去了。再這樣繼續前進，會不會再也無法回到祭園。腦海中陸續浮現出這種驚恐的念頭。

沙沙。

這時，**那個東西**的腳步聲已經接近到難以想像的距離了。

「噫！」

奈津江下意識用雙手摀住脫口而出的悲鳴，拔腿就跑。總之得逃離背後的那個什麼才行。不是出現岔路，拉開彼此之間的距離，就是逃到別的地方躲起來，什麼都好，直到找到得救的方法前，奈津江只能拚命逃跑。

然而跑了又跑，眼前還是只有一條路。而且不知是否聽見自己剛才的悲鳴，背後的氣息突然改變了。

不再是沙沙沙……而是咻咻咻……以迅雷不及掩耳的速度一口氣追上來。

救命吶！

就連奈津江也已經無從分辨，自己到底是眞的喊出聲音來，還是只有在心裡驚聲尖叫。只能在這種狀態下，拚了命地往前跑。周圍的草木打在臉上，痛死了，但她仍一面用雙手揮開，一心一意地逃跑。

哈、哈、哈……

話雖如此，但也無法永遠火力全開。她的雙腳逐漸變得沉重，速度也慢下來。快不行了。遲早會愈跑愈慢吧。儘管如此，背後的那個東西卻完全沒有要放慢速度的跡象。

咻咻咻、咻咻咻……

始終窮追不捨地跟在她背後。不只，還確實地一步步靠近。不知不覺間已經大幅縮短了距離。

不要啊！

奈津江使出吃奶的力氣全速狂奔，這同時也是一個賭注。就算用盡全力逃離眼前的困境，也不表示一定能得救，或許只是延緩被當場抓住的宿命而已……

可是——

奈津江深信，就算只有一絲希望，倘若稍微前進即有可能得救的話，就應該賭一把。所以擠出所剩無幾的力氣，如風般奔馳。

看來是賭對了，轉眼間，那個的氣息就離自已好遠。雖然只有一瞬間，但她確實看見希望的光芒。只可惜沒多久她的速度就開始慢下來。

我不行了……

腳已經不聽使喚了。光是要邁開腳步就已經用盡她全身的力量，再也跑不動了。只能拖著蹣跚的腳步快步走。

沙沙……咻、咻、咻……咻咻咻咻……

背後的聲音再度加速，不一會兒便追了上來。這次眞的會被追上。再也無路可逃。

啊，森林裡……

只要撥開左右兩邊茂密的草木，進入森林，是不是就能順利躲開從後面追來的那個東西。

……可是，好討厭哪。

她不想進入那片森林。雖說已經闖進去了，至少現在走的是前人走過的路。她的身體本能地拒絕脫離這條路，進入森林深處。

咻咻咻咻……

卡在那個已逼近背後的恐懼與對黑森林的恐懼夾縫中，奈津江實打實地動彈不得，只能茫然佇立在那條羊腸小徑上。

咻咻咻咻……

那個東西已經靠近到正後方了。到底會出現什麼呢？奈津江不敢正面與其對峙，但是背對著對方更可怕。

……過來。

這時，右手邊的樹叢中傳來聲音……好像有這種感覺。

來我這邊……

有什麼正從黑森林深處呼喚她。

過來……過來……

感覺就像在對她招手。

如果能冷靜下來好好思考，躲在左手邊茂密的草木中恐怕是最理想的選擇吧。這樣既能不被來自後面的那個東西發現，也能與要她進入森林深處的那個保持距離。

可惜此時此刻的奈津江想不到這麼多。被窮追不捨的她只有三個選擇，看是要放棄掙扎停在原地，或是不管三七二十一地進入森林，又或是明知可能會白費工夫仍繼續往前跑。必須在短短數秒內做出選擇。

就在她往背後與右手邊與前方各看一眼的瞬間，似乎在前方的草木縫隙間看到什麼。

……那是什麼？

下一瞬間，奈津江下定決心。使出最後的力氣，踩著沉重的腳步，拚了命地繼續往前走。硬是撐住沒有當場倒下，踉踉蹌蹌地前進。

如此一來，眼前突然豁然開朗。前方是似曾相識的建築物，看樣子好像繞到後面了。再稍微靠近一點，終於反應過來。眼前的建築物是西館。不曾從後面看過，所以一時半刻沒認出來。

……得救了。

她走向玄關的同時，背後傳來聲響。

沙沙沙……

回頭看，樹叢微微搖曳。**有什麼東西**正從鬱鬱蒼蒼的草木中直勾勾地盯著她看，感覺全身的寒毛都豎起來了。

沒多久，沙沙沙……的聲響開始逐漸遠離，慢慢地沿著她從迴家後面走來的羊腸小徑往回走。

「呼……」

忍不住嘆了一口如釋重負的大氣，奈津江好想一屁股坐在地上，但還是忍住了，一繞到正面就從穿廊衝向本館。只想盡可能遠離**那座**森林。

話說回來——

從西館後面延伸出去的羊腸小徑怎會穿過黑森林，通到迴家的後面呢？到底是誰踏出那條路，又是為了什麼呢？

與筋疲力盡的身體各自為政，奈津江的腦筋開始飛快地轉動起來。她彙整自己的想法與學人和三紀彌對她說過的話，加上自身奇妙的體驗，腦海中浮現出一個人。

島子是小佐紀忠實的信徒。

島子在自己位於西館的房間不曉得在祈求什麼。

島子在本館的走廊上不知為什麼凝視著奈津江的臉。

會不會自己去迴家踩點的時候，幫傭島本和香子已經在那裡了。也就是說，說不定她一有空就去迴家。或許是去緬懷已逝的小佐紀，或許是因為想接收狐狸大人的神諭，理由不得而知。但假如她一直在迴家進進出出——

之所以目不轉睛地看著我的臉……

可能是在奈津江臉上看到小佐紀的影子。當然她再怎樣也不可能知道奈津江是小佐紀的親生女兒。隆利再怎麼相信自己的員工，應該也不會連奈津江出生的秘密都告訴他們。再說了，他可是拋棄女兒的父親，更不可能口無遮攔地講出自己的醜事。

雖然奈津江來祭園的時日尚淺，但隆利也的確對她不理不睬，全部丟給深唉張羅。

這倒是無所謂。

發現自己內心有些許不滿——亦即希望隆利表現出父親的樣子——奈津江大吃一驚的同時也備受打擊。明明她的父親應該只有根津屋的養父才對。

那不重要，現在應該要先思考島子的問題。奈津江搖搖頭。因爲不只喜雄和學人，她和三紀彌可能也無法倖免於難。

島子太太就是灰色女人嗎？

太過於崇拜小佐紀，爲了繼承她的遺志，變成灰色女人嗎？甚至跟她在世時一樣，出現在新來的孩子房間裡嗎？如果是這樣的話，那一切就說得通了。

可是……

第二天晚上，她要怎麼從無處可逃的北側走廊消失。

試膽大會那夜，她有待在自己房裡的不在場證明，又要怎麼出現在迴家。

這些問題完全無法解釋。所以島子不是灰色女人嗎？只有踩點時看到的灰色女人是她，其他皆與她無關嗎？事實上，要把其他現象視爲人類幹的好事確實也很牽強。

話雖如此，當奈津江回到本館，還是第一時間尋找島子的身影。總之先確認剛才那個是不是她吧。

島子在起居室裡。不只她和小寅，由美香和三紀彌也在。三個人看似專心地聽老太太說話，說穿了更像是勉強自己聽小寅單方面滔滔不絕。

奈津江躡手躡腳地走進起居室，小心不被小寅發現地坐在三紀彌坐的長沙發旁邊。老太太似乎陶醉在自己發表的高見裡，完全沒注意到她。

「喂，妳到底上哪兒去了。」

才一落座，由美香立刻小聲發難。

「我肚子痛……」

奈津江情急之下只好假裝肚子痛。

「還好妳沒被小寅婆婆逮到。」

由美香不疑有他地相信她的說詞，奈津江鬆了一口氣。但三紀彌可沒這麼好打發。

妳又做了什麼危險的事吧。

偷看奈津江的臉上寫著這幾個大字。

「——才沒有這回事。只是啊，就像白狐與黑狐同時出現那樣，萬一——」

小寅似乎在講什麼馭狐師的事蹟。但不知是內容太專業了，還是只顧著自己高談闊論，又或者是口音太重聽不清楚，總之很難理解她在講什麼。況且奈津江是從一半才開始聽，自然更難理解。

從另外三個人的表情可以看出，不管是島子，還是由美香和三紀彌，其實也幾乎都是有聽沒有懂。

「——雖然是這樣，但也不用擔心。因爲老身已經排除掉最糟糕的情況了。也就是說，接下來要小心的是活下來的孩子——」

小寅說到這裡，突然噤口不言。老太太的視線牢牢鎖定奈津江，儼然這時才意識到她的存在。

然而另一方面，奈津江也動彈不得。即使小寅說的話依舊難以理解，但是她剛才意味深長的發言令人無法不在意。

活下來的孩子——

奈津江不就是活下來的孩子嗎。小寅看到她，突然停止高談闊論，除了意識到她的存在以外，不也因爲那個活下來的孩子就在自己面前嗎。

活下來……這句話是什麼意思？

奈津江想當場質問她，但此時此刻的氣氛又令她問不出口。更重要的是，她不認爲小寅會認眞回答。直勾勾地盯著奈津江不放的眼神裡充滿了瘋狂的光芒，想也知道不會好好回答她的問題。

說到盯著自己不放，島子也是，與上次一樣，一瞬也不瞬地凝視她的臉。

難不成，島子太太知道小寅祖母在說什麼……

所以才會好奇地盯著活下來的孩子，也就是奈津江。不是上次那種只是覺得奈津江長得很像小佐紀的程度，假如她正逐漸逼近奈津江出生的祕密。

「回房休息吧。」

島子站起來，溫柔地對小寅說，小寅也沒有異議，撇開視線，彷彿刻意不看奈津江。

目送兩人離開起居室的背影，奈津江想到一件事。回到小寅位於三樓的房間，島子恐怕會請她繼續把話說完吧。

「總算結束了！」

由美香靠在沙發上，伸了個大大的懶腰。

「從餐廳去遊戲室時被小寅婆婆逮住，硬被帶來這裡。小奈，妳能逃走真是太幸運了。啊，妳肚子痛吧，已經好了嗎？」

「嗯，我去上過廁所了。所以妳們一直和小寅婆婆還有島子太太在這裡嗎？」

「對呀。我們一直待在這裡，直到小奈回來。」

也就是說，在黑森林裡追著她跑的那傢伙並不是島子。

「話說回來，小寅婆婆說的故事真的好可怕。」

「怎麼個可怕法？」

由美香難得露出猶豫的表情說：

「我也聽得不是很懂，她說有個惡魔般的女孩子，因爲那個女生回到祭園，祭園才會發生這麼多恐怖的事。」

「……」

「那個女生就是——」

見由美香欲言又止，奈津江立刻接下去說：

「就是我吧。」

「……她沒有說得這麼明啦。不過，從她說的話聽下來，的確會聯想到妳。對不對？」

由美香詢求三紀彌的同意，三紀彌無可奈何地點點頭。

後來三個人一起玩到那天傍晚，但三個人都心不在焉。唯一的共通點肯定是掛念喜雄和學人的心情吧。在不知兩人是否安好的狀態下，要玩也提不起勁來。再來就是各有各的理由了。看樣子由美香完全被小寅說的話影響了。貌似已經放棄當一個很會照顧人的姊姊，反過來與奈津江稍微保持距離。

感覺得出來三紀彌很不耐煩這樣的由美香。因爲有她在，奈津江才不能說出自己的祕密——他顯然是這樣想的。

奈津江本人則是有太多事要思考了，頭好痛。她很想單獨行動，但此情此景由不得她。不能讓由美香繼續懷疑她，也不能丟下三紀彌。

差不多該把一切告訴他了。

下次兩人單獨相處的時候就讓他知道自己出生的祕密，徵詢三紀彌的意見吧。奈津江下定決心。但眼下有個問題，這麼一來，他可能又會纏著自己不放了，那由美香怎麼辦。

奈津江的煩惱最後以杞人憂天告終。因爲那天晚飯前，繼喜雄和學人之後，由美香也消失了。

十八　一張照片

「由美香不是跟你們一起玩嗎？」

因爲她一直不來吃飯，深唉不安地問奈津江和三紀彌。

「六點前，三紀彌說他要去圖書室，所以我們就原地解散了。」

奈津江代爲說明，三紀彌點頭附和。三紀彌說他想去挑選就寢前躺在床上看的書，這可是兩人單獨相處的好機會，奈津江心中竊喜。

奈津江先回房一趟，小心不被由美香發現地前往東館。但是眞到要坦承身世時，又遲遲無法下定決心，內心充滿不安，也對自己的沒用感到焦躁不已。或許是矛盾的心情都表現在臉上，搞得三紀彌也有點坐立不安起來。

結果她只讓三紀彌幫自己選了一本書，除此之外啥也沒說。題外話，三紀彌爲她選的書是路易斯・卡洛爾的《愛麗絲夢遊仙境》。

「你們在圖書室的時候，由美香在自己的房間裡嗎？」

「我想應該是的。」

「有人看到她嗎？」

深咲問道，所有人都搖頭。

「園長……」

隆利的表情十分僵硬。被深咲點到名，臉色益發凝重。

「得快點找到她才行——」

「嗯，就這麼辦。」

這次也請島子留下來陪小寅，其他大人再加上汐梨，五個人在祭園中搜索。獨留奈津江和三紀彌還坐在餐桌前，以及島子和小寅，吃著索然無味的晚餐。

飯後，奈津江叫上三紀彌想離開餐廳，可是被島子制止了。島子要他們待在這裡等園長他們回來。不只小寅，她可能認爲自己也有責任照顧好這兩個小孩。奈津江沒得選擇，只好留下來等待。

不一會兒，分頭去找由美香的人一一回到餐廳。結論是到處都找不到由美香。所有人都回來後，隆利和深咲關在園長室，大概是要討論今後的方針吧。

平太和島子看來都很鎭定。對他們而言，不管是尋找失蹤的孩子，還是照顧剩下的孩子，都只是爲了完成園長或深咲交付的任務。看得出來他們分得很清楚，只有長三眞心擔心失蹤的孩子們是否平安。但顯然是不想多生事端，所以幾乎一句話也沒說。

那天晚上，隆利和深咲沒有再出現過。大概是深咲主張應該要報警，但隆利死活不肯答應吧。兩人肯定一直各執己見，僵持不下……奈津江心想。

長三洗碗善後、平太在館內巡邏、島子送小寅回她位於三樓的房間，只剩下三個小孩往起居室移動。倒也沒什麼特別的目的，只是因為平常吃完晚餐，一向習慣齊聚在起居室裡。

三個人都一言不發。仔細想想，汐梨和三紀彌、還有自己都不是健談的類型，如果奈津江主動打破沉默，情況或許會有所不同，但到底該說些什麼呢。這時，汐梨開始翻雜誌，三紀彌一句話也沒說就離開起居室。

等等，你要去哪裡。

奈津江慌了手腳。如果走的人是汐梨，或許可以利用這個機會與三紀彌討論發生在祭園的離奇怪事。但如果是籠罩在神祕面紗裡的汐梨，可以開誠布公說到什麼地步，老實說，奈津江無從判斷。

居然在這個節骨眼拋下我一個人……

對三紀彌的埋怨幾乎就要脫口而出。會有這種感覺，足以證明自己早在不知不覺間對他相當依賴了，但她並沒有察覺到這個事實。

三紀彌很快就回來了，手裡拿著書，看樣子他只是回房取書。什麼嘛。

奈津江鬆了一口氣。但如果只是要回去拿書，先說一聲會死嗎。奈津江又在心裡大肆埋怨，想也知道，三紀彌本人渾然未覺，很快就開始專心看起《夏洛克・福爾摩斯的冒險》。

我也去拿本書來看吧。

看到汐梨看雜誌、三紀彌看書的模樣，奈津江也想比照辦理。但之所以沒有採取行動，無非是因爲想到消失的孩子們。

週五試膽大會那夜，喜雄失蹤了；週六半夜，學人失蹤了；到了週日傍晚，換由美香失蹤了。正確地說，喜雄是在週六的凌晨一點半到兩點失蹤，但三個人在三天內消失無蹤是無庸置疑的事實。

是灰色女人幹的好事嗎……

奈津江認爲他們被帶走了，但不只受到警告的喜雄，連學人和由美香也消失了。因爲那兩個人也向誰透露了灰色女人的事嗎？但學人明明否定了灰色女人的存在。

這是怎麼回事？

還是學人的態度惹火了灰色女人，所以把他也帶走了。如果是這樣的話，爲什麼連由美香也被帶走。她愈認眞思考，愈想不通三個人接二連三消失的理由。

不是灰色女人所爲嗎？

但除此之外還有誰呢？在迴家徬徨的灰色之物嗎？還是棲息在黑森林，不知是何方神聖的東西？無論如何，肯定都是超越人類智慧，令人心驚膽戰的存在。如果是這種存在的話，打從一開始他們就不可能知道孩子們被帶走的原因。

那，又是被帶到哪裡去了？

想到這裡，奈津江腦海中輪廓分明地浮現出氣氛令人悚然心驚的迴家，與充滿詭異陰森氣息的黑森林。

學人說過，迴家很可疑……

奈津江兩個地方都去過，根據她的感覺來形容，她覺得後面那座陰暗幽深的黑森林更可疑。再說了，深咲他們應該已經徹底地檢查過迴家。就算是小孩子，那棟建築物應該也不足以藏起三個人。

如果只是單純搜索我們存在的世界恐怕沒用。

她再次想起學人說過的話。在他的想像裡——喜雄可能是被灰色女人帶到不同的空間、不同的世界……

或許是眞的只剩下黑暗的幽深世界。

連帶著她也猛然想起深咲喃喃自語說的話。告訴她學人的想法時，她下意識脫口而出這句話。

這句話是什麼意思？

由於與迴家及灰色女人有關，深哄就算知道什麼也不奇怪。奇怪的是，她爲什麼不告訴大家。難道有什麼不能告訴任何人的隱情嗎？她和隆利此時此刻其實正在討論這個問題吧。

奈津江渾然忘我地陷入沉思時，有人拍拍她的肩膀，害她嚇得差點跳起來。她大吃一驚抬頭看，只見三紀彌正露出憂心忡忡的表情。

「什麼事？」

「這是我的台詞吧。妳在發什麼呆？」

「我、我才沒有發呆。我是——」

「汐梨姊叫了妳好幾聲，妳都沒聽見不是嗎。」

「欸……」

汐梨好像是邀她一起去洗澡。但她始終沒反應，所以三紀彌才拍她的肩膀。

明顯是奈津江不好，但事到如今也不能退縮。又要跟三紀彌吵起來時，汐梨委婉地阻止他們。

「……對不起。」

三紀彌馬上乖乖道歉，望向奈津江說：

「妳就跟汐梨姊一起去洗澡吧。」

他臉上浮現出「因爲妳還是無法自己洗澡的小孩子」的表情。

「好，就這麼辦。」

奈津江立刻不甘示弱地反擊。

「那你呢？你要請島子太太幫你洗澡？還是請深咲小姐幫忙？」

三紀彌當下變得面紅耳赤，感覺舌頭都要打結了。

「我、我、我會自、自己洗澡。」

「耳朵後面、腳底、腋下都要洗乾淨喔。」

「我、我自己會搞定。」

「哦，眞的嗎。」

「自從我來到這裡，既沒有麻煩過島子太太或深咲小姐，也不需要學人哥幫忙——」

「就是說啊。」

汐梨以溫柔的語氣插進來打圓場。

「三紀彌從一開始就什麼都能自己來呢。」

「……對、對呀。」

「小奈也跟你一樣喔。只是啊，女生喜歡一起洗澡。」

奈津江正想否認，卻又把話吞了回去。汐梨好不容易平息她與三紀彌之間的戰火，她不想辜負汐梨的好意。

「我、我認為——」

三紀彌偷偷地瞥了她一眼。

「小奈……非常努力。」

「沒錯。」

汐梨嫣然一笑，這次換奈津江一口氣脹紅了臉。

你在胡說八道什麼啦。

奈津江在汐梨的催促下走出起居室，所以只能看到三紀彌撇向一邊的側臉。

兩人回到二樓的房間，各自準備好換洗衣物，前往一樓的浴室。奈津江猜測汐梨是不是有話跟她說。如果是第一天就算了，她不覺得汐梨今時今日還會照顧她洗澡。

直到泡進浴缸裡，汐梨什麼都沒說。等到身體逐漸暖和起來，心情自然放鬆下來後，汐梨終於緩緩開口：

「最好不要一直待在這裡喔。」

「……什、什麼意思？」

「此地不宜久留。」

「是因為……喜雄、學人、由美香一個接著一個不見嗎？」

奈津江看著汐梨的臉問道，汐梨面向奈津江的正面回答：

「我不清楚他們身上發生了什麼事。」

「妳知道灰色女人的事嗎？」

「我知道，但不知道跟他們的失蹤有沒有關係……」

「不然還有什麼嗎？」

汐梨搖頭。

「他們爲什麼會消失，我眞的毫無頭緒。但我不認爲出現在喜雄和三紀彌房裡的灰色女人跟他們的失蹤有關……」

妳怎麼知道。

「那個也出現在小奈的房間裡吧。」

「咦……」

汐梨知道啊？她怎麼會知道？奈津江只跟三紀彌和深咲講過自己的體驗。三紀彌和深咲應該都不會告訴汐梨才對。

……難道汐梨就是灰色女人？

奈津江突然覺得害怕起來，自己正毫無防備、一絲不掛地與汐梨泡在同一個浴缸裡。汐梨仍面向前方，看也不看奈津江。萬一那張臉一寸一寸地轉向她……想到這裡，即使泡在浴缸裡，仍感到一陣惡寒。

不，應該不是她。

在過去的辯證中已經能充分釐清汐梨不是灰色女人。最重要的是，如果她是灰色女人，應該不會給出這麼明顯的暗示吧。也不會近乎警告地提醒奈津江此地不宜久留。

既然如此，她爲什麼要這麼說？

冷不防，奈津江意識到，不同於從灰色女人身上察覺到壓倒性的恐懼，她也開始在汐梨身上感到一股筆墨難以形容的戰慄。

好、好像有點恐怖……

光是浸泡在同一個浴缸裡，就好像源源不絕地感受到她身上釋放出一股難以言說的氣息，令人感覺心膽俱寒。奈津江悄悄地在浴缸裡一點一點地拉開身體的距離。她其實很想出去，但又不敢輕舉妄動，擔心站起來的瞬間可能會發生什麼嚇死人的事。

她偷偷地看了汐梨一眼，汐梨並沒有任何顯著的變化，反而用平淡的語氣，彷彿在履行某種義務般，繼續對奈津江說：

「如果妳也看到了，那我想妳應該知道，那個並沒有要加害孩子們的意思。」

「是、是這樣的嗎。」

奈津江確實從那個身上感受到貨眞價實的惡意。退一萬步說，就算無意加害他們，也絕對不是什麼友好的存在。

話說回來，爲什麼汐梨……

知道那傢伙在想什麼呢？是因爲知道那傢伙的眞面目嗎？只有這個可能性了。問題是，她爲什麼……奈津江左思右想，腦筋纏成一團亂麻。

「我不是要妳現在就離開喔。」

「……」

「我雖然說此地不宜久留，但也不是要妳馬上離開這裡的意思。」

奈津江聽不懂她想表達什麼。

「灰色女人……」

「跟我說的這些無關。」

看來她的意思是說，無論那個存不存在，奈津江都應該離開祭園。

……好奇怪。

汐梨知道灰色女人是誰，所以才說跟學人他們的失蹤無關，但不知道三個人消失的理由，另一方面又建議奈津江離開祭園。而這件事又與灰色女人和三個人下落不明的事沒有任何關係。

聽起來有點道理，實則亂七八糟，毫無章法可言。

「可以的話，最好在小學畢業前離開這裡。」

「……」

奈津江大吃一驚，她講的是五年後的事。

「不過當然是愈快愈好。」

「爲什麼？爲什麼一定要在小學畢業前離開這裡呢？」

「……」

「三紀彌也是嗎？」

「他的話不要緊喔。」

奈津江愈發不理解了。

「而且他似乎有很強大的後盾撐腰。就連園長，好像也沒能掌握到全貌……」

從本人身上看不出三紀彌的父母——或是其中一方——有這麼大的勢力，但沙梨肯定是這個意思吧。

「只有我……嗎？」

「事到如今確實只剩下妳了。」

因爲學人和由美香和喜雄都不在了嗎？還是說，那三個人裡也有人跟三紀彌一樣，就算留下來也沒問題嗎？

這時，奈津江後知後覺地覺察到另一件事。

「汐、汐梨姊呢？」

「……」

「妳繼續住在這裡不要緊嗎？」

「……不要緊。」

「爲什麼？」

汐梨轉過臉來，一瞬也不瞬地盯著奈津江看。

「……因爲我已經走不掉了。」

全身的寒毛都豎起來了。下一瞬間，奈津江在浴缸裡撲簌簌地發起抖來。

走、走不掉了……

這句話是什麼意思？她說跟灰色女人無關，是因爲她已經被灰色女人抓住，想逃也逃不了嗎？

「請問……」

奈津江正要繼續追問，汐梨已經從浴缸裡站起來，不洗頭也沒洗身體，直接走去穿衣服。

她之所以約奈津江一起洗澡，就是爲了說這件事吧。

奈津江洗完澡出來，往起居室窺探，三紀彌還在看書。

「汐梨姊呢？」

「沒回來。她跟妳說了什麼?」

看來他似乎也預料到汐梨有話跟她說了。奈津江猶豫半晌,決定一五一十地據實以告。唯獨跳過他父母的事。

「嗯哼,她這麼說啊——」

三紀彌陷入沉思,表情看起來意外可靠,令她大吃一驚。只是知道他的父母不是普通人,對他的看法就有如此大的轉變,這點也令她暗自心驚。但似乎不只這樣而已,他這幾天確實肉眼可見地成長了,在他臉上幾乎已經看不到初次見面的稚嫩。

難不成我也是?

不管自己再怎麼成熟、再怎麼老成持重,畢竟還是小孩。以她來祭園後體驗到的這些可怕遭遇而言,每一個單獨拎出來都足以令她落荒而逃。光是灰色女人的存在就足以令人想夾著尾巴逃跑。但她不只留下來了,還想正面迎戰。

奈津江不經意地說出自己的感覺,向三紀彌確認。

「有嗎?」

三紀彌目不轉睛地打量她。

「小奈與其說是成長,不如說打從一開始就太有本事了。」

奈津江突然以尖銳的口吻追問:

「所以呢，你想到什麼了？」

「是有點想法。」

「舉個例子來聽聽。」

「還不到發表的時機。我還沒整理好。」

「是嗎，簡直像是出現在卡通裡的名偵探會說的台詞呢。」

奈津江的諷刺也未能動搖三紀彌分毫。

「比起卡通裡的偵探，我更喜歡夏洛克．福爾摩斯的故事。妳聽過嗎？」

「當、當然聽過。」

話雖如此，也只是聽根津屋的大學生常客提過幾個比較有趣的事蹟。

「哦，以女生來說，妳知道得好多啊。不過奧古斯特．杜邦[8]妳就不知道了吧？老實說，就連給兒童看的書，我也覺得好難，看得不是很懂。」

「你沒頭沒腦地說什麼——」

「所以說啊。」

三紀彌突然換上正經八百的表情。

「我覺得——只要小奈願意說出妳的祕密，這一切的謎團或許就能解開了。」

「……」

「差不多可以告訴我了吧。」

「……嗯。」

雖然只是自己的感覺，但她也覺得這一切快要落幕了……她想在那之前向三紀彌坦承一切。

「明天早上，等汐梨姊上學後，我再告訴你。」

「妳該不會打算今夜又要做什麼吧。」

奈津江心臟漏跳一拍，被三紀彌猜中了。

「……你怎麼會這麼想？」

「因爲汐梨姊現在又不在這裡，她要告訴妳的事已經在洗澡的時候告訴妳了。所以幾乎不用擔心她會進起居室。可是妳卻要我等到明天早上——」

「知道你是名偵探了啦。」

「我猜得果然沒錯……難不成，妳要去迴家——」

「我不會再去那裡了，也不會做危險的事。」

「眞的嗎？」

奈津江舉起右手，擺出宣誓的姿勢。

「我向三紀彌發誓，絕不會做危險的事。」

「妳上次也發過同樣的誓，結果還不是——」

丟下嘟嘟噥噥、抱怨連連的三紀彌，奈津江頭也不回地走向二樓房間。爲了儲備今夜的體力，她需要先小睡片刻。

沒有人能叫自己起床，所以她設了鬧鐘。要是半夜響得太大聲也很傷腦筋，所以用被子包起來放在枕邊。換上睡衣，躺到床上。原本還擔心會不會睡不著，幸好不一會兒就睡得很熟。直到被悶在被子裡的鬧鈴聲吵醒。

下床後直接在睡衣外面穿上一件外套。這是爲了萬一被人發現，可以假裝是去上廁所。她輕輕推開房門，來到走廊上，躡手躡腳地走到樓梯間，一面留意三樓的動靜，一面下到一樓。此行的目的地是存放著祭園相關資料的辦公室。

沒碰到任何人，順利地溜進辦公室。開燈，好幾個沿著牆邊擺放的檔案櫃和玻璃櫃、設置於房間正中央的椅桌殺風景地映入眼簾。

該從哪裡開始調查才好呢……

早知道就約三紀彌來了，奈津江後悔不迭。但事到如今再後悔也無濟於事。總之先找找看有沒有什麼線索再說。

站在檔案櫃和玻璃櫃前，奈津江從角落開始依序檢查有沒有貼上標示項目或年代的標籤，可惜沒有任何標示。以這種狀態來看，是否認眞整理過也不好說。

抱著這樣的疑問，隨意拉出檔案櫃的其中一格抽屜，往裡頭一看，看到收著貼了好幾張收據的帳本。長得很像根津屋養母記的帳。整格抽屜都是大同小異的帳本。

看樣子確實有好好整理呢。

但想必只有隆利和深唉知道什麼東西收在哪裡。除了一樣一樣調查外，大概沒有別的方法了。

「唉……」

奈津江嘆氣，無可奈何地往室內看了一圈。但就算唉聲嘆氣也改變不了什麼。眼下只能在時間容許的範圍內，腳踏實地地打開每個檔案櫃和玻璃櫃的抽屜來看了。

她決定從最左邊開始，上層如果沒踩在椅子上顯然搆不著，所以只能先集中火力從視線高度所及的抽屜和櫃子開始調查。

這是非常需要毅力的作業。絕大部分的資料她都看不懂，之所以能認出收據的帳本，只不過是因爲曾經在根津屋看過母親工作。幸好她要找的是小寅和小佐紀以前的照片，只要看到就知道了。話雖如此，如果還有什麼重要的文件，她也想過目一下。

眞是夠了，都是一堆艱深的漢字……

任憑奈津江再聰慧也看不懂那些漢字。說不定連學人也看得一個頭兩個大。

「照片到底在哪裡啦。」

忍不住發起牢騷來的同時，有張裝在檔案夾裡的文件，寫在漢字上面的平假名猛然吸引住她的注意力。奈津江急匆匆地定睛一看，平假名底下寫著「學人」二字。

「這是……」

再仔細往下看，不難發現是與學人的生平有關的資料。奈津江連一成的內容也無法理解，可是並不覺得遺憾。因爲她並不想做出窺探他人隱私的事。

儘管如此，爲了謹愼起見，她也檢查了其他文件，看到汐梨、由美香、喜雄的名字。這才知道他們名字的漢字要怎麼寫。

「沒有三紀彌的嗎？」

三紀彌告訴過她自己的名字要怎麼寫。但是再怎麼找都找不到三紀彌的資料。明明還有很多不知名兒童的資料，唯獨沒有三紀彌的資料。她腦海中浮現出汐梨在洗澡時說的話。

他果然跟其他人不一樣嗎。

「可是，居然沒有上鎖……」

處於整理是整理了，但完全沒有管理的狀態。話說回來，辦公室至少要鎖門吧。她沒有留意到，資料夾裡甚至還有與收養有關的文件。也就是說，隆利非常有信心，只要祭園做好對外的保全措施，內部就沒有任何問題。

奈津江重新打起精神，又開始找照片。

一時間只找到一堆內容艱深、看也看不懂的文件。就在她檢查到左側那堵牆最後面的玻璃櫃時，突然找到相簿了，而且還是好幾本。從還在興建的本館照片到孩子們的拍立得照片，應有盡有，構成一目瞭然的祭園歷史。

然而，有一些照片被撕掉了。可能是因爲拍攝後，小孩的父母有什麼狀況，不得不把照片撕下來吧。凝視撕下照片的痕跡，莫名其妙感到微微的寒意。那些照片裡的孩子們，後來怎麼樣了呢。

忍不住就要想像起素昧平生的兒童下場，奈津江猛搖頭。現在沒有餘力操心別人的事。

她繼續從玻璃櫃的中間那層往下找，結果在最底下的那層後面找到一本老舊的相簿。

心跳突然噗通噗通地變得好快。她小心翼翼地拿出那本相簿，慢慢地翻開來看，裡頭貼著大量穿和服的女性照片。似乎有兩個人，但是絕大部分的鏡頭都聚焦在其中一位女性，不，或許應該說是少女的身上。看到那張臉，奈津江嚇了一跳。

「深咲姊姊……」

不可能是深咲。因爲照片中的少女與現在的深咲看來差不多大，但照片本身已經有些泛黃了。

「小佐紀女士……」

奈津江心想，再仔細看另一位年長的女性，的確有幾分小寅的神色。雖然變了很多，但另一位女性的眉眼無疑與那位老太太有幾分神似。

「……這個女人就是我的親生母親。」

奈津江再次仔細地端詳小佐紀的照片，並沒有什麼特別的感覺。大概是因爲照片中人長得太像深咲的事實蓋過意識到此人就是親生母親的衝擊。

長得好像妳媽啊。

見到奈津江時，這是隆利的第一句話，眞的嗎。以母女的關係而言，毋寧說小佐紀和深咲長得還比較像不是嗎。

奈津江心情複雜地翻閱相簿，看到一張小佐紀抱著嬰兒，微笑站在院子裡的照片。是深咲姊姊！

當時他們還住在成城的家裡，肯定是隆利在院子裡幫她們拍的照片。奈津江開始發瘋似地尋找深咲的照片，暫時忘記自己的目的是來尋找小寅或小佐紀以前打扮成灰色女人的照片。

每翻一頁，照片中的深咲就長大一點。每次都能深刻地感受到她正逐漸成長爲一個惹人憐愛的女孩。奈津江非常高興，感動得像是自己的事，沒多久便看到深咲六歲的照片，可愛中已經帶了點女人味。而且不是稚嫩的女人味，說是妖冶也不爲過。散發出一股讓人不小心就被迷得神魂顛倒的氣質。

……跟我差太多了。

下一瞬間，奈津江感覺到好像看到自己。

難不成……

奈津江再次睜大雙眼。的確有幾分自己的影子。小佐紀年輕時之所以跟現在的深咲長得這麼像，或許是因爲年齡相仿的關係。那麼如果是六歲的深咲，確實比較像奈津江。

這麼說來，島子太太——

曾經在本館二樓的走廊以意味深長的神眼緊盯著奈津江不放。那是因爲在她臉上看到深咲的影子，進而聯想到小佐紀嗎。

奈津江再次感受到血緣的羈絆，又看到小佐紀抱著嬰兒的照片。然而不同於剛才看到她抱著深咲的那張照片，好像有哪裡不太對勁。

首先是拍照的地點，不是明亮的庭院，而是陰暗的室內。小佐紀的容貌也不像剛才的照片那麼年輕。表情十分僵硬，甚至有幾分恐懼。而且她懷中的嬰兒不只一個，而是兩人——

「這、這兩個嬰兒……難道是我和妹妹……」

該不會是奈津江和死產的妹妹吧。從小佐紀同時抱著兩個嬰兒，又露出這種表情來看，除此之外想不到別的可能性。

「咦……」

奈津江注意到一個奇怪的地方。她當然無從判斷小佐紀懷裡的兩個嬰兒哪個是她。但兩個小嬰兒都睜開眼睛。兩雙眼睛睜得大大的，大到以小嬰兒來說有點詭異了。

「妹妹出生時應該就已經死了……」

奈津江不禁愕然，腦海中浮現出小寅白天在客廳裡對島子他們說的話。

就像白狐與黑狐同時出現那樣，萬一——

——不用擔心。因爲老身已經排除掉最糟糕的情況了。

接下來要小心的是活下來的孩子——

與此同時，奈津江也想起三紀彌曾經說過，深咲有個和她差很多歲的妹妹，生下來就被扔到這一帶的深山裡，因爲背負著受到詛咒的命運……

「假如那個人不是我，而是我的雙胞胎妹妹……」

不是單純地被拋棄，而是被小寅排除掉了。假如活下來的孩子是奈津江，被宣告死產的另一個雙胞胎妹妹的命運也太不相同了。

「一定是被小寅祖母殺掉了……在那座黑森林的深處……」

這時，走廊上傳來某種氣息。

「這個時間會是誰……」

奈津江大吃一驚，全身繃緊，隱約聽見啪噠啪噠啪噠……的腳步聲。那是朝這個房間走來的腳步聲……

十九　過去

奈津江把相簿放回原位，關上玻璃櫃的推拉門後，神色倉皇地在室內逡巡。

得快點躲起來才行……

最先看到桌子底下，但是躲在桌子底下可能一下子就被發現了。問題是除了桌子底下，牆邊只有整排檔案櫃和玻璃櫃，沒有任何可以藏身的地方。

啪噠啪噠啪噠……

茫然失措時，腳步聲愈來愈近。

該怎麼辦才好？

奈津江第一時間走到門邊，想離開這個房間，可惜爲時已晚。那個氣息已經來到面向辦公室門口的走廊上，隨時都會進來。要是貿然出去，一定會被看得一清二楚。

被逼到絕境的她露出絕望的眼神，再次將室內環顧一遍。室內有兩扇窗戶，但兩扇窗戶前都有檔案櫃，擋得嚴嚴實實，恐怕已經有很長時間沒有打開過了。

……完了，走投無路了。

正當她想放棄時，看到那個角落，不確定躲不躲得進去，只能賭一把。

奈津江把手伸向門旁邊的開關，手忙腳亂地把燈關掉，腳步聲也幾乎在同一時間來到前面的走廊上。

……該不會被看見了？

腳步聲的主人大概發現從門縫透出去的光線了。事實如何她無從得知，眼下只能先躲起來再說。

奈津江扶著陳列在左側牆邊的檔案櫃和玻璃櫃，躡手躡腳地在伸手不見五指的辦公室中前進。壓抑著想跑起來的衝動，小心不發出一絲腳步聲地往裡面移動。還以爲一下子就會碰到牆壁，沒想到遲遲走不到房間盡頭。感覺門隨時都會打開，室內隨時會大放光明，嚇得她六神無主。

還沒到嗎！

奈津江在心中鬼吼鬼叫時，總算摸黑走到房間的角落，心急如焚地在黑暗中摸索到細細長長的縫隙。那個角落是由左側牆邊的玻璃櫃和後面牆邊的檔案櫃所形成，非常狹窄的空間。大概是因爲如果其中一個櫃子靠牆放，東西會拿不出來，只好放在這種不上不下的位置。

奈津江試圖把自己塞進那個死角。別說是大人了，就連學人也塞不進去吧，但如果是她的話，或許能勉強擠進去。

還差一點……

好不容易躲進半個身體時，走廊上的腳步聲靜止了，靜止在辦公室前……

慘了！

卡嚓！門把轉了一圈，門好像開了。上半身已經完全塞進去了，但腰和左腳露還在外面。

只差一點……

一道光線射進室內。好像是手電筒的光線。那道光線從右手邊的角落掃到左手邊，眼看著就要照亮她完全不合人體工學的姿勢。幸好就在千鈞一髮之際，她終於把最後一刻還露在外面的左腳收進空隙裡。

……呼、呼、呼。

心臟跳得好快，噗通噗通地就快跳出來了。奈津江拚命調勻紊亂的氣息、拚命消除自己的存在感。

雖然逃離了手電筒的光線，萬一打開天花板的燈，被發現的可能性將一口氣大爲提升。

快點出去啦！

儘管奈津江一心一意地祈禱，從門口射進來的光線依舊持續照亮室內的各個角落。

被發現了嗎？

關掉室內的電燈時，從門縫裡透出去的光是否被發現了？還是躲進這裡前不小心發出聲音了？

……已經逃不掉了。

不知幾時血色從臉上褪盡，因爲她等於是自己躲進無處可逃的死胡同。

手電筒的光線第三次照亮她躲藏的空隙後，突然熄滅了。

咦？

奈津江不假思索地從玻璃櫃後面往外看，只見門正關到一半。走廊上微弱的小夜燈勾勒出淡淡的輪廓，映入眼簾。

是平太嗎!?

人影的頭部看起來像是戴著美國警官的帽子。看樣子他正在進行深夜的館內巡邏。不只制服，他對職務似乎也很有責任感。

費了好大一番工夫才從角落狹窄的空間鑽出來，奈津江摸索著回到門口，耳朵貼在門板上，偷聽走廊上的動靜，只聽見逐漸遠離的腳步聲。

「呼……」

奈津江大大地吐出無意識憋住的呼吸後，把手伸向牆邊的開關，猶豫了半晌。如果平太還在館內巡邏，可能會再回到這條走廊上，這樣可以開燈嗎？

奈津江開燈，立刻來到走廊上，再把門關上，發現光線根本沒有透出去。門底下好像沒有空隙。

早知道一開始就先確認了。

回到後面的玻璃櫃前，她從最下面那層拿出同一本相簿，放在桌上攤開來看，繼續研究。可惜雙胞胎的照片似乎只有一張，再怎麼找也找不到第二張。

只要留下這張照片就夠了嗎。

翻到貼著那張照片的頁面，感覺這一切宛若奇蹟。看著那四隻視線幾乎都還惶惶不定的眼睛，意識到被殺的人也可能是自己時，一把冷汗順著背脊往下流。

死的爲什麼不是我，而是妹妹呢？

是因爲陰狐火的濃度嗎？濃度較低的人才能得救、濃度較高的人就得死嗎？問題是，既然陰狐火不是好兆頭，兩人都應該被除掉不是嗎？

想著想著，她感覺很不舒服。除此之外還有幾本舊相簿，奈津江從同一層抽出其他相簿，決定尋找與灰色女人有關的照片，以完成當初的目的。

很快就找到她要找的照片了。而且還不只一張。看不出是室內還是室外，全都是執行儀式的場面。因爲還拍到火星般的光亮和裊裊升起的白煙。

每張照片裡，穿著連帽睡袍般的裝束，貌似小佐紀的人一定都在正中央。之所以說得如此含糊，是因爲每張照片都遮頭蓋臉，看不清長相。也有拍到小寅的照片，所以穿著睡袍的人應該是小佐紀沒錯吧。

奈津江繼續翻閱相簿，好不容易翻到可以看清長相的照片時——

「啊！」

奈津江忍不住失聲驚呼，下一瞬間便把視線從照片上移開。

因爲那是一張狐狸的臉。照片拍到了白狐面具。

灰色女人果然就是小佐紀女士嗎……

果然是鬼魂嗎。奈津江只能這麼想。如果是這樣的話，果然是她抓走孩子們嗎？爲什麼要這麼做呢？

奈津江抽出一張拍到狐狸面具的照片和那張雙胞胎的照片，放進外套的口袋裡，把相簿放回櫃子裡面。

接著她移動到門口，豎起耳朵。沒聽見平太的腳步聲。可能是去東館了，還是已經結束巡邏呢？

奈津江回頭在室內看了一圈，打算利用這個機會把所有能看的地方都看一遍。或許會有什麼發現也說不定。不過時間有限，所以凡是乍看之下無關或無法理解的地方就毫不猶豫地跳過。就在她檢查完後面那堵牆壁的一半左右時——

看到了熟悉的名字。長谷三郎、內平太、島本和香子……不只漢字，還看到漢字上面標的平假名，所以應該沒錯。

是長三叔、平太、島子太太！

看樣子，這個抽屜裡的資料夾與祭園的工作人員有關。

……不可以偷看。

奈津江連忙把視線從文件上移開。但如果調查更早以前——她出生時——的工作人員，或許能知道些什麼。奈津江心想，翻開另一本資料夾，又有一個熟悉的名字猝不及防地映入眼簾。而且這次連漢字都出乎她的意料。

「什麼!?」

奈津江大驚失色地又看了一眼，上頭寫著難以置信的名字。

根津美喜雄——是根津屋養父的名字。

「……怎、怎麼會?」

奈津江反應不過來，腦中一片混亂，繼續往下看，又看到另一個熟悉的名字。

梶尚江——底下的名字跟養母一樣。

姓氏的梶上頭標著「かじ（KAJI）」的平假名。看到那個文字時，奈津江想起汐梨和學人說過的話。

島子太太來以前是由一位姓梶的女性負責她做的事，她非常喜歡小孩。本名的發音跟做家

事的「かじ」一樣，所以就直接喊她「家事太太」了。

不僅如此，汐梨還說了一個非常重要的關鍵，只可惜當時的奈津江並未反應過來。

當時的廚師是一位名叫忠叔的人，不過園長說負責做飯的人怎麼可以像隻老鼠似地，所以也用名字「喜雄」稱呼他。

直到剛才，看到大家的資料，奈津江才知道喜雄的漢字要怎麼寫。因爲上頭也用平假名標示出「よしお（YOSHIO）」。

隆利看到「根津美喜雄」的名字時，恐怕沒想太多便以爲「根津美」是姓，亦即讀成「ねずみ（NEZUMI）」。所以喊養父爲忠叔[9]。原理跟喊「內平太」爲「平太」是一樣的道理。後來又覺得不太妥當，所以從「根津美喜雄」拿掉「根津美」，留下「喜雄」。而且不用原來「きお（KIO）」的發音，改成「よしお」。

忠叔和家事太太原來是我的養父母……

奈津江爲之愕然，呆站在原地，動彈不得。但腦海中隨即浮現出各式各樣的疑問，令她站也不是、坐也不是。

她爲什麼會成爲根津養父母的女兒？

9　ねずみ是日文的老鼠之意，而忠的發音很像老鼠的「啾」聲。

根津養父母爲什麼要隱瞞在祭園工作的過去？

爲什麼雙胞胎只有她被送養，另一個卻被除掉呢？

深咲不知道根津養父母的事嗎？如果知情，爲什麼不告訴自己？

奈津江在辦公室裡走來走去地思考，感覺自己好像找到答案了。這一切肯定是小寅和隆利的意思。

她依舊無從得知雙胞胎命運天差地別的理由。頂多只能推測或許與歷代馭狐師傳承的某種規定有關，拜這個規定所賜，奈津江才能撿回一條小命。

話雖如此，她仍是召喚災厄的存在。所以才把她託付給崇拜小佐紀的根津美喜雄照顧。當時美喜雄和梶尚江已經發展成情侶關係，因此小寅和隆利便以資助兩人的婚姻生活與援助根津屋開店爲條件，把她過繼給根津家當養女。

不料離開祭園後，養父母的意見產生歧異。父親依舊是小佐紀的忠實信徒，母親則想完全斷絕與祭園的關係。因此父親偷偷地在根津屋附近的稻荷神社供奉白狐大人，而且早晚都去參拜。但也尊重母親的意願，從此與祭園一刀兩斷。

當然，奈津江無法想得這麼深入。這一切只是她的憑空想像，但她幾乎已經掌握了眞相。

不過有一點她怎麼也想不通。小佐紀和深咲恐怕不知道以上的來龍去脈吧。所以爲尋找奈津江這個女兒、妹妹煞費苦心。然而事到如今，深咲應該也明白了。既然如此，她爲什麼不讓奈津江知道根津養父母與祭園的關係呢？爲什麼要瞞著她呢？

……肯定有什麼原因。

放出其中一個雙胞胎是死產的謊言是爲了隱瞞小寅殺害嬰兒的事實。這麼做除了要保護老太太，肯定也是因爲不希望奈津江受到打擊吧。隱瞞根津養父母與祭園的關係恐怕也是基於相同的理由。

話雖如此，奈津江依舊毫無頭緒。連思考這個問題都覺得很害怕。總覺得再繼續追查下去，當等在前面的眞實浮上台面的瞬間，自己可能會跌落絕望的萬丈深淵。早知道就不要知道了……可能會打從心底悔不當初。奈津江深怕事情變成這樣。

……別碰、別查、別管。

本能頻頻向她示警。說不定狐狸大人也會下達相同的神諭。因爲這個預感太不妙了，不妙到她不得不如此想。

她回過神來，內心惶惶不安。原因無疑就藏在今晚在辦公室裡得知的事實中，她卻不知道究竟是什麼原因。

……感覺好不舒服。

她已經沒力氣再繼續檢查剩下的檔案櫃和玻璃櫃了。光是要把拿出來的相簿放回原位，再關上抽屜和玻璃門就已經費了宇宙洪荒之力。

儘管如此，她也沒有忘記要留心走廊上的動靜，安靜地離開辦公室，一面豎起耳朵下樓，躡手躡腳地走到二樓的樓梯間時，突然想去三紀彌的房間找他，想告訴他一切，詢問他的意見。不然今晚肯定睡不著。

可惜，此路不通。

三紀彌應該已經睡得很熟了。就算硬把他從床上挖起來，渾沌的腦袋大概也派不上用場，能不能聽懂她在說什麼都還在未定之天。

還是等明天早上——

就像他跑來突擊奈津江起床，這次換奈津江站在他的床邊等他起床。決定要這麼做以後，奈津江感覺自己的心情稍微安定了點。

不料結果還是自己成了被突襲的人。而且這次還是被三紀彌用力搖醒，在她耳邊說出令她頓時清醒過來的話……

「快起床！大事不好了！這次連汐梨姊都消失了！」

二十　灰色女人的眞面目？

星期一早上，三紀彌說他醒來後先去奈津江的房間看了一眼。居然偸窺女生的房間——換作平常，奈津江肯定會火冒三丈，但是又想到他這麼做是因爲擔心自己的安危後，要生氣也氣不起來了。

三紀彌順道也去了汐梨的房間。但床上沒有就寢的痕跡，也不見她的身影。三紀彌趕緊去洗手間和餐廳、女性用的大浴室也看了一遍，可是都找不到汐梨，他急忙去向深咲報告這個事實後，下一步就衝回奈津江的房間。

「連汐梨姊也……」

還以爲只有她沒問題。或許是因爲年紀比較大的關係，她身上有一股神祕的味道，不太可能成爲離奇失蹤案的當事人，所以被奈津江無意識地排除在外也說不定。

「你先去吧。」

待三紀彌走出房間，奈津江以最快的速度換好衣服、刷牙洗臉，筆直地前往餐廳，心想餐廳裡必定人仰馬翻地亂成一團，沒想到大家皆已平靜地開始吃早餐，令她大吃一驚。

「小奈也快來吃飯。」

島子對杵在門口的她說。

「園長和深咲小姐正在討論汐梨的事。」

餐桌上確實沒看到這兩個人的身影。

「……好的。」

奈津江無可奈何地坐在自己的座位上，除此之外別無他法。她看了三紀彌一眼，後者望著她的早餐，以眼神示意：「總之先坐下來吃飯吧。」

平太默默無語、島子不時要照顧小寅，兩人都跟平常一樣吃著飯。小寅好像只對食物感興趣，就連有沒有發現奈津江來了都很難說。

在這種氣氛下，只有長三獨自消沉，看起來無精打采的樣子。大概是爲孩子們的失蹤感到痛心疾首，自己卻什麼忙也幫不上，爲此肝腸寸斷吧。奈津江切身地感受到他的悲痛。

奈津江不動聲色地觀察所有人時，有人在餐桌下頂了她一下。望向三紀彌，他正專心致意地吃他的早餐。看樣子是叫她也快點吃完的意思。

「去圖書室吧。」

吃完早餐後，三紀彌約她。大概是有話想跟她說。但是奈津江搶在他開口前，在一樓的沙發上一口氣說出昨晚在辦公室調查到的一切，當然包括了自己出生的祕密……

「小奈，妳的人生好精彩啊。」

「——好像是。但你好像不怎麼驚訝？」

不願意被他同情，但是沒什麼反應又有點少了什麼的感覺，眞不可思議。

「沒這回事喔，我很驚訝。只是我啊，也有很多故事……」

三紀彌果然也有什麼特別的過去。而且好像是就連園長隆利也未能全面掌握，相當特殊的過去。

明明看上去只是個弱不禁風的小男孩……

但事實上並非如此，大概是受到過去的影響。甚至可以感覺到，面對降臨在他們身上的怪事，沉睡在他體內的能力似乎正開始一點一滴地覺醒。

他的下一句話隨即就證實了奈津江的猜測。

「先別說我的事情了——我終於知道灰色女人的眞面目了。」

「欸……怎、怎麼可能？」

「因爲我推理出來了。」

「推、推理？」

「沒錯，就像夏洛克·福爾摩斯那樣。」

「……」

「怎麼，妳不相信嗎。」

正好相反，但奈津江才不願老實說。

「到、到底是誰？」

「妳想知道嗎？」

「是你想說吧。」

「眞不老實啊。」

看來在奈津江也沒有意識到的情況下，三紀彌已經徹底向她敞開心房了。

「我說你呀，我要生氣囉。」

不過被她一瞪，三紀彌慌張地說：

「好、好啦，別露出那麼可怕的表情。」

「灰色女人到底是誰？」

「汐梨姊。」

「怎、怎麼可能。試膽大會那天夜裡，灰色女人出現在迴家的時候，她不是和你們在一起嗎？」

「是啊。」

「既然如此——」

「也就是說，灰色女人既是汐梨姊，也是學人哥，既是由美香，也是喜雄。」

「……」

「就像一人分飾兩角或兩人共飾一角，這次是四人共飾一角。」

「什麼意思？」

「以下只是我的想像，妳來的第一天晚上，可能是學人哥扮演灰色女人。我猜他是負責整合的人，所以最初大概會親自上場吧。然後是第二天晚上，這次換汐梨姊扮演灰色女人。」

因爲那件連帽的奇裝異服，裡面的人就算換過，奈津江確實也分不出來吧。

「沒想到妳不在床上。在房裡找了半天，還是找不著妳的人影。妳的房間在東北角，所以有扇突出去的窗戶，可以躲在那裡。但其他人房裡並沒有那種窗戶，我猜汐梨姊也是因爲這樣才沒發現妳。」

執拗地尋找奈津江的**那個**原來是汐梨啊。

「她放棄搜尋，正想回自己的房間時，妳爲了跟蹤灰色女人，不小心推倒了房間裡的椅子。」

「嗯、嗯……」

「妳開門時，灰色女人的身影消失在樓梯口。汐梨姊的房間就在樓梯旁邊。她肯定聽到椅子倒下的聲音了。雖然沒有回頭，也知道妳的房間門打開了。所以她沒進自己房間，而是選擇下樓。」

「那爲什麼會消失在北邊的走廊上？」

「她並沒有消失。汐梨姊是從北邊的門出去，發現自己被妳跟蹤，這也是萬不得已的選擇。深咲小姐看到她的身影，但是跟我們不一樣，深咲小姐壓根兒沒想到鬼魂這回事，認爲是某個人所爲。深咲小姐打算偷偷調查究竟是誰、爲什麼要對妳做這種事。」

「她是這麼說過……」

「但如果直接告訴妳，妳可能還是會吵著說自己看到灰色女人了，不肯善罷干休。因爲妳可不像我或喜雄那樣，只會束手無策地發抖。」

這是在稱讚她嗎？奈津江無從分辨。

「於是深咲小姐決定先說服妳在做惡夢，好讓妳相信妳並沒有看到灰色女人，灰色女人也沒有出現在北邊的走廊上。」

無奈事與願違。奈津江對灰色女人的存在深信不疑。事到如今深咲也無法再撤回前言，只好繼續撒謊，直到自己的調查告一段落。以上是三紀彌的推理。

「可是試膽大會時，不只四個小孩，當時所有在祭園的人都有不在場證明喔。證明這一點的不就是你嗎。」

「對呀。」

「既然如此，出現在迴家的灰色女人到底是誰？」

「是喜雄。」

「他在自己的房間裡——」

「負責監視迴家。但那其實是把學習室的人體模型搬來放在窗邊，蓋上毛毯，假扮成自己喔。這是爲了讓妳在前往迴家的途中看到他的身影。因爲他們沒想到我會去他們的房間偷看。」

「……」

「喜雄本人其實在迴家裡望眼欲穿地等待妳的來臨。大概是躲在通往塔屋的北側樓梯門裡面吧。所以妳打開玄關門時，他肯定高興壞了，心想『終於來了』。當然沒有發出聲音，但妳仍感受到氣息。之所以覺得迴家好像在呼吸，想必是因爲他的關係喔。」

「……」

「妳一共察覺到三次類似的氣息。第一次是進入玄關時。其中的奧妙就像我剛才講的那樣。第二次是在玄關對側把第二枚五圓硬幣穿過繩子時。這次妳眞的開始害怕了——」

三紀彌偷偷地瞥了她一眼，慌忙改口：

「呃……總之妳停下腳步。因此又感受到喜雄突然聽不見妳的腳步聲，爲此感到不安的氣息。」

「那第三次呢？」

「跟第二次正好相反。認爲妳已經逐漸習慣在走廊上繞行、蒐集五圓硬幣的喜雄採取行動了。」

「爲了嚇唬我嗎？」

三紀彌點點頭。

「這次終於輪到喜雄出馬了。假如妳剛進門，或是還沒有在走廊上繞幾圈就嚇得落荒而逃，他則沒必要出馬。雖然喜雄本人顯然很期待扮演灰色女人的角色。」

「等等，不對喔。」

奈津江搖頭。

「汐梨姊和學人哥的身高差不多，但喜雄比他們倆還矮。即便迴家再暗，也無法掩飾身高的誤差。」

「所以他才會『滋……滋……』地拖著腳走路。」

「什麼意思？」

「踩高蹺啊。妳忘啦，由美香很會騎單輪車、喜雄很擅長踩高蹺。」

「啊……」

「如果以正常的方式走路，高蹺會發出『叩、叩』的聲響。喜雄迫於無奈，只好以在地板上滑行的方式走路。」

「那跑著追上來的是……」

「當然是用自己的腳啊。想必是把高蹺藏在附近的房間裡。」

「有必要做到這個地步嗎……」

「確實有點過火了。妳回來以後，汐梨姊說最好重新思考一下試膽的方法，當時學人哥無精打采地低著頭吧。」

「是在反省不該這樣嚇唬人嗎？」

「嚇唬人倒是還好，作法也很細緻。當喜雄拚命想嚇唬妳的時候，學人哥還出言制止。這也是演出來的。只不過，他們無意讓對方受傷，所以汐梨姊不認同喜雄失控暴走的行爲。」

這時，奈津江爲時已晚地提出一個最根本的問題：

「等一下——學人哥和汐梨姊爲何要這麼做？由美香和喜雄恐怕只是聽從他們的指示吧。」

三紀彌饒富興味地說：

「這個問題的答案，學人哥早就說過了。」

「騙人……」

「我們小孩必須團結起來保護自己。」

「……嗯。他是說過，但我不懂這句話是什麼意思。」

「他在這句話前面還說過，我們是祭家的養子，可以繼承祭家的財產。所以萬一兄弟姊妹增加太多也很困擾。因爲這麼一來自己可以繼承的份就會減少——對吧。」

「對……」

「過去也有幾個孩子離開這裡。扣掉父母的原因，最大的理由或許是太害怕灰色女人了，主動逃離這裡。」

「你想說什麼……」

「這一切都是學人哥他們一手策畫的。他和汐梨姊知道灰色女人的眞實身分，體會過灰色女人的恐怖，所以想如法泡製。可是啊，他們的威脅到底有沒有效，其實沒有人知道。」

「什麼意思？」

「因爲要是有人擅自逃離祭園，園長和深咲小姐應該不會坐視不理吧。應該會試圖帶他們回來，這麼一來，就會知道發生什麼事了。」

「也有道理……」

「說不定是執行灰色女人的計畫時，剛好有人離開祭園。所以學人哥他們以爲是自己的計畫成功了。」

「那由美香呢？」

「嚇唬妳的任務還沒輪到她頭上。不過我猜我和喜雄都被她嚇過好幾次。」

「欸，可是……」

「由美香本人則是經過汐梨姊和學人哥的洗禮，直到下一個新人入園以前，上一個新人都是灰色女人的目標。如果能撐到新人入園還不逃走，就能成為汐梨姊和學人哥的伙伴，得知灰色女人的祕密。」

「喜雄一直表現出瞧不起我的樣子，卻沒有對你做什麼，是因為還沒有成為學人哥他們的伙伴嗎？」

「大概是吧。雖然有新人來了，也不見得馬上就會告訴他，必須尋找適當的時機。」

「我都來了，你卻什麼都不知道，也是基於相同的理由嗎？」

「不，我是因為在這裡生活的日子還太短吧。他們可能覺得還要再觀察一下。」

「喜雄對我表示，他很怕被灰色女人帶走……這一切都是在演戲嗎？」

比起得知自己是被假扮成灰色女人的汐梨和學人嚇唬得瑟瑟發抖，得知喜雄說謊騙她更令奈津江怒不可遏。這股怒氣忍不住化為這句話說出口。

「他明明嚇得要死，居然還敢半夜躲在迴家等我，喜雄的性格也太惡劣了。」

「這倒是。」

與奈津江相反，三紀彌極為冷靜。

「獨自在深夜的迴家等妳，想必非常害怕吧。可是當他知道灰色女人的真面目，我猜他一定打從心底鬆了口氣。原來讓自己這麼害怕的東西，只是學人哥他們搞的鬼，還被告知根本沒有那種恐怖的東西。而且就如同他自己感受過的恐懼，這次換他親自上場用在新人身上，正是因爲這樣，他才能忍受夜裡的迴家。」

「眞可惡。」

「這也沒辦法，他還是個小孩子嘛。」

三紀彌聳肩的模樣和老氣橫秋的語氣令奈津江差點笑出來。

明明他也還是個孩子。

反而是喜雄還大他一歲。只不過，不管從哪個角度來說，無疑是三紀彌比他成熟太多了。

「結果灰色女人並不存在啊。」

奈津江言歸正傳。

「喜雄他們失蹤應該是基於自己的意志離開祭園吧。」

「怎麼說？」

「因爲嚇唬不了我……之類的。」

「就只因爲這樣——」

「難道是有什麼新的計畫。」

「會這樣一個一個消失嗎？」

「……」

「說不定妳的結論就錯了。」

「哪裡錯了？」

「灰色女人並不存在——的結論。」

「你想說什麼？」

「試膽大會那天晚上，我猜學人哥肯定在妳回房後又前往迴家。」

「得去接喜雄嘛。」

「沒錯。那麼……假如喜雄不在迴家呢？」

「怎麼可能……」

「隔天早上，學人哥的態度在得知喜雄不見人影前就不太對勁了。」

這麼說來——

「會不會是因爲學人哥早就知道喜雄不見了。倘若喜雄是從迴家回來以後，在自己的房間裡消失，學人哥早上進餐廳前應該不可能知道這件事。如果下樓前去喜雄的房間看過一眼，沒看到他的話，應該會這樣告訴深咲小姐才對。」

「喜雄是在迴家消失的……」

脫口而出的同時，奈津江背脊感到一陣惡寒。

「所以學人哥才說要調查迴家。」

「但他也在迴家消失了……」

三紀彌以嚴肅的表情點頭。

「可、可是由美香沒去過迴家吧？」

「好像是。」

「既然如此——」

「所以她才是被帶走的。」

「被誰？」

「灰色女人。」

「可是……灰色女人並不存在吧？灰色女人不是學人哥他們爲了趕走新來的園童，四人共飾一角，憑空捏造出來的角色嗎？」

「基本上是呢。」

「你、你到底想說什麼……」

「如果其中偶爾穿插了眞正的灰色女人……」

「……」

「如果那傢伙把喜雄他們一個個拖進迴家……」

「拖進迴家的哪裡？」

「我也不知道。如果迴家只是入口，他們其實是從那裡被帶到後面的黑森林深處……」

「——你一直如果、如果的，根本什麼都不知道嘛。」

奈津江當然也知道，拜三紀彌所賜，解開了諸多謎團。不僅對他刮目相看、充滿感謝，甚至還開始產生幾分尊敬的念頭。不過這些話，她打死也不會告訴三紀彌就是了。

另一方面，既然快刀斬亂麻地解謎到這裡，當然也期待他能讓眞相大白。正因爲一口氣提高對他的評價，口吻才變得更加苛刻。

「說的也是。」

然而三紀彌還是老樣子，一派雲淡風輕地說：

「再來已經不是靠推理就能找出眞相的部分了。」

「那我們該怎麼做才好？」

「只能現場驗證了。」

「什麼意思？」

「就是必須主動出擊，去最可疑的地方調查。」

「去迴家嗎……」

「嗯。」

「既然如此，中午就去——」

「去是沒問題，但要是被平太發現就到此爲止了。」

「爲什麼會被平太發現？」

「咦，妳沒發現嗎。他一直跟著我們來這裡喔。說不定現在也守在可以看見東館出入口的地方監視。」

想必是深咲要他幫忙盯著他們。

「所以白天和傍晚應該都去不了。」

「難不成，你要半夜……」

「雖然千百萬個不願意，也只能半夜去了。」

三紀彌以提不起勁的表情說道。

「而且大家好像也都是在夜裡消失不見。」

吃過午飯，兩人繼續窩在圖書室。

隆利與深咲好像也一直窩在園長室。長三看起來很沒精神，小寅沒來吃飯，島子似乎隨侍在側，平太依然在監視他們，用意其實是要保護他們，但他的態度擺明是在盯梢。兩人佯裝不知，但平太肯定也不在乎被他們發現。

才在東館一樓的沙發上坐下，奈津江就迫不及待地開口：

「眞的有灰色女人……剛才討論到這裡，所以灰色女人的眞面目到底是誰？」

「或許是小佐紀女士的鬼魂、也或許是出現在迴家的灰色傢伙、又或者是棲息在後面黑森林裡的什麼……我也不確定。」

三紀彌一臉苦惱地回答。

「是我的錯嗎？因爲我來到這裡，眞正的灰色女人才會跑出來。你覺得呢？」

三紀彌的表情更困惑了。

「妳很在意小寅婆婆口中會帶來災禍的小孩呢。」

「與我無關——我是這麼想的。但灰色女人以前是由學人哥他們假扮。自從我來了以後，才出現眞正的灰色女人。」

「或許以前就出現了。」

「眞的嗎？」

奈津江欺身上前逼問，三紀彌聳聳肩回答：

「這點無從確認，只能說有這個可能性。」

「既然如此——」

奈津江一瞬也不瞬地盯著三紀彌。

「這個想法如何？爲什麼雙胞胎的其中一個被殺，另一個卻活下來了。既然要把剩下的雙胞胎趕出去，直接殺掉不也一樣嗎？」

「……說的也是。」

他的視線從另一個雙胞胎，也就是奈津江臉上移開。

「肯定有不能一次殺死兩個雙胞胎的理由。」

「你知道是什麼理由嗎？」

「只是我的想像——」

「說來聽聽。」

三紀彌悄悄地瞥了她一眼，再次凝視遠方。

「如果是分別擁有陽狐火和陰狐火的雙胞胎，如果不住在一起，就無法成爲眞正優秀的馭狐師。想當然，就算只有一個擁有陽狐火的孩子，也能成爲優秀的繼承人。但如果再加上陰狐火的力量，或許能成爲更厲害的馭狐師。」

「這我聽說過。」

「即使擁有陽狐火，光靠那個人的力量，還是有無能爲力的極限。」

深唉沒有繼承外婆和母親的衣缽——或者是不能繼承——可能是因爲胎記太淡，但眞正的原因大概是因爲原本要與她切磋琢磨的雙胞胎妹妹生下來就死了。

「然而，擁有陰狐火的孩子，就算只有一個人，也會帶來災禍，受到忌憚。也就是說，陰的力量肯定比陽的力量還要強大。」

「嗯……」

「所以萬一產下兩個都是陰狐火的雙胞胎，誓必會引起軒然大波。因爲如果把兩人一起養大，可能會召來毀天滅地的災厄。」

「……」

「一次殺死兩個擁有這麼強大的力量，而且不是正向力量的雙胞胎，說不定就跟一起養大一樣，會發生天翻地覆，甚至比天翻地覆更可怕的事也未可知。」

「……」

「所以我猜只殺死其中一個，讓另一個離開祭園可能是最妥當的方法。啊，妳知道妥當是什麼意思嗎？」

奈津江點頭。

「那要怎麼決定要留下哪一個呢？」

「我也不知道……或許就像妳想的那樣，可能是比較哪個嬰兒的胎記顏色深一點、大一點吧。」

「只因爲胎記的深淺、大小就決定雙胞胎的命運……太殘忍了。」

「除此之外還有別的原因喔。」

「哦，什麼原因？」

「因爲雙胞胎的父親是棲息在黑森林裡的魔物……」

「……」

「我只是說說而已——並不是肯定句喔。」

見奈津江沉默不語，三紀彌狼狽地爲自己打圓場。

「我的意思是說，小寅婆婆或園長可能是這麼想的。」

總之奈津江決定轉移話題。

「深咲小姐爲什麼不告訴我根津養父母的事……」

「這倒是不難想像喔。」

三紀彌突然恢復略顯得意的表情說。

「因爲要是知道他們以前曾經在這裡工作，妳一定會對當時的事充滿好奇。」

「……這倒是。」

「如此一來，妳一定會問她很多問題，她想避免這種情況發生。」

「深咲小姐知道我妹妹的下場嗎？」

「當時她才十三歲，所以應該不知道吧。但我猜她後來還是知道了。說不定是最近才知道的。因爲小寅婆婆變成那副德性了。」

奈津江也從老太太口中那句意味深長的台詞領悟到她過去犯下慘絕人寰的罪行。

「根津的養父母知道嗎？」

「……天曉得呢。或許只知道妳將成爲他們的女兒吧。因爲小寅婆婆和園長沒必要告訴他們。」

「這樣啊……說的也是。」

至少根津養父母與殺嬰無關。知道這點後，奈津江感覺心情稍微輕鬆了一點點。

後來到晚餐前都沒有太大的進展。不管奈津江問什麼，三紀彌都只重複一句話：

「已經沒有可以用來推理的材料了。」

他完全把自己當成名偵探了，奈津江不由得目瞪口呆。但也拜他所賜，話題固然陰暗，氣氛倒不至於過於沉重。而且他說得沒錯，所以奈津江也沒有再多說什麼。

晚餐的陣容與氣氛幾乎跟午餐時一模一樣。平太一直在監視他們，直到他們各自回房。知道他們要早早睡覺後，還提醒他們記得鎖門。這恐怕也是深咲的指示。

該不會打算在二樓的走廊上監視我們一整晚吧。

奈津江很擔心，但顯然是她想太多了。她被鬧鐘的鈴聲吵醒，偷偷地往走廊上張望時，並未看到平太的人影。

換好衣服，整裝待發後，她輕輕地敲了敲三紀彌的房門。等了好一會兒都沒有反應，他也沒有要開門的跡象。

……還在睡嗎。

奈津江把手放在門把上，門居然開了。

「三紀彌。」

她小聲地呼喚，走進房間，床上空空如也。室內到處都找不到三紀彌的身影……

二十一 往黑暗中

……連三紀彌都消失了。

奈津江第一反應還以爲他先去迴家了。但隨即告訴自己，這不可能。

因爲他沒理由先去迴家。

床鋪有睡過的痕跡。看來他至少在床上小睡過，只是不清楚他睡了多久，也不清楚他是自己醒來，還是被誰叫醒。

被灰色女人帶走了……

奈津江不認爲他是基於自己的意志，丟下她自己消失不見。

奈津江拿起放在桌上的手電筒，走出房間。在走廊上前進時，她再次意識到，本館二樓就只剩下自己一個人了……

喜雄、學人、由美香、汐梨，連三紀彌都消失了。如今祭園只剩她一個小孩。

從樓梯間下樓，順著一樓的走廊走向北側的門。

她完全沒有向深唉求助的念頭。更別說是隆利或平太、島子、長三了。因爲她覺得這個奇也怪哉的現象是他們小孩自己的問題。正因爲是祭園的小孩，才會一個接著一個消失吧。既然如此，最後留下來的人不是應該見證到最後一刻嗎。

從北側的門走出去的瞬間，立刻被沁涼如水的空氣籠罩。比試膽大會那天還冷一點。她回頭看本館，只有三樓深咲的房間還開著燈，也看了西館一眼，所有的窗戶都一片漆黑。東館當然也籠罩在黑暗裡。

奈津江轉過身，背對著建築物開始往前走。擔心被深咲看見，所以不敢打開手電筒。這條路她已經走過三次了，光靠路燈的光線就能前進。

沒多久就走到小山坡下，爬上木製的台階。每往上爬一階，可能再也回不去的心情就益發高漲。這種心情在看到迴家的塔屋，整棟房子的輪廓映入眼簾時來到最高潮。

……現在還回得去。

奈津江突然變得膽怯，隨即對自己大發雷霆。她非常討厭這麼軟弱的自己。

要對三紀彌見死不救嗎？

不只他，還有其他四個人。雖然被他們假扮的灰色女人嚇得要死，但她並不恨他們。要是能抓到眞正的灰色女人，她反而想救他們。

奈津江爬到樓梯上，走向迴家的玄關。老實說，她並不是沒有想立刻轉身逃跑的念頭。自己究竟有何能耐……奈津江很懷疑。另一方面，正因爲自己有陰狐火，才能與灰色女人分庭抗禮不是嗎。肯定只有我才能拯救大家……多少也有這樣的自信。所以奈津江抱著必死的決心前往迴家。

前往背後就是漆黑的森林，看起來包藏禍心的迴家。

走到玄關前，輕輕地推開門，先探頭進去，觀察屋內的樣子。鴉雀無聲……什麼也聽不見。房子也沒有在呼吸。

打開手電筒，踏進迴家。遲疑了半晌，她仍從內側把門鎖上。

用手電筒照亮正前方的牆壁的時候，殘留在往左右兩邊延伸的長木板上的五圓硬幣閃閃發光。那是學人在試膽大會前事先布置，奈津江沒能完全回收的剩餘硬幣。奈津江沒想太多，撿起硬幣，不解地側著腦袋。

少了一枚？

試膽大會那天晚上，繞到第十圈的途中，喜雄埋伏在通往塔屋的北側樓梯門前堵她，嚇得她再也顧不上未回收的五圓硬幣，但是在那之前已順利回收兩邊各十枚硬幣，合計二十枚，都串在繩子上了。玄關一共有十三枚五圓硬幣。換句話說，應該還剩下三枚硬幣，爲何只剩下兩枚？

繼她之後頂多只有學人和深咲來過迴家。或許爲了尋找失蹤的小孩，隆利或平太、長三也來過。島子可能也基於別的目的來過。小寅呢？

然而無論是誰，應該都不可能只拿走一枚五圓硬幣。學人就更不用說了。他應該會回收所有的硬幣才對。

難道是三紀彌拿的？

但又是為了什麼……該不會是留給自己的訊息吧？奈津江想到這個可能性，不免有些激動。

她決定先去檢查放在玄關對側的五圓硬幣。原本想從壹的房間依序檢查迴家的內部，但現在滿腦子只有五圓硬幣的事。

將手電筒的光線掃向右手邊，她開始以逆時針的方向在走廊上前進。已經走過好幾圈了，還以為不管再怎麼迂迴曲折，應該都能不費吹灰之力地往前走。

可惜事情沒有她想的這麼簡單。看來一回生、二回熟的概念在這個家裡根本行不通。無論如何都無法不害怕會有什麼東西突然從轉角的對面探出頭來，或是猝不及防地出現在眼前。

每次轉彎的前一刻都非常恐懼，腳步自然而然地慢下來。在幾乎只有轉角的走廊上，都還沒經過貳的房間，她就已經不想再往前走了。

妳在做什麼？

不是要救三紀彌嗎！

奈津江拚命鼓勵自己。要是在這裡半途而廢，恐怕就再也見不到三紀彌了。不，不只他，肯定也見不到其他四個人。

奈津江強迫自己加快腳步，轉彎的瞬間，因爲太緊張了，心臟跳得好快，但她仍努力主動出擊，心臟撲通撲通地狂跳。可能還繞不到半圈就會昏倒了，今晚的感覺就是這麼恐怖。

……爲什麼？

奈津江下意識地問了自己這個問題，她隨即反應過來，這不是廢話嗎，無論是來踩點時，還是試膽大會，都還沒有人消失。如今只剩下自己一個人，明知如此還要硬闖可能與五個人的失蹤有關，充滿問題的迴家，感到前所未有的顫慄不是再自然不過的事嗎。

左思右想時，人已經來到通往塔屋的南側樓梯門。接下來她反而什麼也不想地一股腦兒在走廊上前進。一面告訴自己只剩一半了，盡可能以最快的速度繼續前進。

不多時便抵達玄關的對側。她照亮牆邊的長木板，同樣留下五圓硬幣。不用數也知道有三枚。也就是說，還停留在試膽大會那天晚上，她放棄回收之後的狀態。

三紀彌來過這裡嗎？

奈津江好像看懂他的用意了。拿走玄關的五圓硬幣，卻沒碰玄關對側的硬幣，不就證明他還沒繞走廊半圈就消失了嗎。或許他早就料到事情會變成這樣，情急之下才用五圓硬幣當線索。

這確實是他會做的事呢。

奈津江轉身回到走廊上。雖然是倒著走，但她並不覺得有什麼不妥。如今她正籠罩在發現三紀彌留下訊息的激動裡，想盡快去迴家南側調查的心情遠大於對轉角另一邊的恐懼。

先進入寫著肆的房間。小巧的桌椅、衣櫃、床鋪和小神祠朦朦朧朧地浮現在手電筒的光線裡。再來頂多只有面對走廊的窗戶，除此之外什麼也沒有。四周圍的牆壁凹凸不平，變化多端，在室內形成死角。可是任憑她再怎麼仔細檢查，也沒有任何發現。

接著依序進入參、貳、壹的房間，結果都一樣。每個房間她都花時間仔細地檢查，可惜毫無收穫。

只剩下塔屋了。

回到樓梯的門前，正想打開時，門裡面好像有什麼東西……這樣的恐懼驀地襲上心頭，心跳的速度突然變得好快。

……什麼也沒有。

怎麼可能有……

奈津江在心中重複默念著相同的台詞，鼓起勇氣一把推開門，同時用手電筒照亮前方。眼前只有短走廊般的空間和前方陡峭的樓梯。

慎重起見也檢查樓梯前方，依舊沒有任何異樣。於是奈津江一面照亮腳邊，一階一階地小心往上爬。爬到一半停下腳步，照亮四周。左右兩邊只有牆壁。然而頭上也只有天花板，並未發現任何異狀。

爬到樓上，鑽過圓形的洞，進入塔屋。她拿手電筒往四周照一圈，小神祠有如走馬燈在她周圍轉動。一個一個仔細看過去，每個看起來都一樣。

奈津江猶豫了好一會兒才打開小神祠的門來看。每一座小神祠都供奉著類似符咒的奇妙紙片，紙片上寫的符號好像是沒見過的漢字。除此之外什麼也沒有。只有木箱中開著四方形的空洞。

用手電筒照亮小神祠的上方，浮現出四個採光用的小窗。從天花板的正中央垂下一條前端繫著大鈴鐺的粗繩子，已經沒有東西可查了。

三紀彌是從這裡下北側的樓梯嗎？

如果在走廊上往左手邊前進，應該無法拿到玄關和對側的五圓硬幣。換言之，也有可能進入漆和捌的房間裡。玄關剩下兩枚五圓硬幣，所以或許是在漆或捌的房間消失。

咦，可是……

就算在走廊上右轉，進入陸或伍的房間，結果也一樣。意識到這點，奈津江突然覺得渾身乏力。

但她並沒有太失望，因爲她的注意力還放在塔屋上。她認爲這個座落在迴家正中央，小佐紀在這裡向白狐大人祈求的場所一定有什麼玄機。

奈津江又用手電筒的光照一圈，也檢查了小神祠上下方的牆壁，踩點時直到最後也沒注意到的**那個**突然映入眼簾。

啊，狐狸大人的頭……

有個張開血盆大口的狐狸頭正從南側的洞左手邊牆壁稍微下面一點的地方瞪著她。

奈津江嚇了一大跳，但仍蹲下來，用手電筒照亮狐狸的頭，再用手摸摸看。似乎是以木頭雕刻而成，固定在牆上，無法撼動分毫。除了是一顆立體的狐狸頭以外，並沒有發現任何不對勁的地方。

究竟有何用意？

奈津江不解，但也沒想太多，順著狐狸的視線轉動手電筒。就在這個時候，不同於隱隱約約的反光，綁在粗繩子前端的鈴鐺閃著某種微弱的光芒，頓時悄然映入眼簾。

剛才那是什麼？

奈津江上前確認，心頭一凜。

……是五圓硬幣。

五圓硬幣被用力地嵌在粗繩子裡。肯定是三紀彌弄的，他果然上來過塔屋。爲了留下證據，才把五圓硬幣當線索來用吧。

可是，爲什麼要嵌在這條繩子上？

明明放在其中一個小神祠，她還比較容易發現。以他的聰明才智，應該不難想到這點。

奈津江把粗繩子拿在手裡，稍微搖晃一下。

叮叮噹噹……

塔屋伸手不見五指的狹窄空間裡響起令人毛骨悚然的鈴聲。聽到陰森詭異的音色，似乎有什麼正要從後面的黑森林現身，朝這邊過來。

不是要我搖鈴的意思嗎？

奈津江在心裡問三紀彌。五圓硬幣嵌在粗繩子的前端，就在鈴鐺上方。他一定是背對著南邊的洞，把五圓硬幣硬塞進去。

南邊的洞……

奈津江回過頭去，用手電筒照亮前方。

狐狸大人的頭……

正直勾勾地盯著這邊看。意味深長地盯著繩子前端的鈴鐺。

奈津江手裡拿著粗繩子，再次靠近，把鈴鐺放進狐狸張得大大的嘴裡，剛好卡住。就像狐狸嘴裡本就銜著鈴鐺，讓人覺得這才是狐狸正確的模樣。

……然後呢？

即使在塔屋四下張望，依舊沒有任何變化。只有從天花板垂下來的繩子斜斜地延伸到南邊的洞口。

奈津江從洞口走出去，下了幾個台階，以與狐狸頭一樣的視線高度觀察塔屋內部。用手電筒照亮各個角落，仔細地觀察從那個角度可以看到的一切。終於給她看出哪裡不對勁了。少了什麼東西。

草蓆不見了！

到處都沒看到原本鋪在地板上的四角形厚草蓆。來踩點的時候和試膽大會時明明都有看到草蓆，如今卻消失了。

爲什麼？

奈津江上下打量裸露的地板和從天花板垂下來的繩子。然後伸出右手，抓住銜在狐狸嘴裡的鈴鐺，用雙手牢牢地握住繩子，使勁地拉拉看。

……啪噹。

伴隨著一聲巨響，地板上出現一個正方形的大洞。如果人在塔屋中間，恐怕會掉下去吧。因爲洞周圍的地板幾乎只剩僅容勉強站立的面積。

奈津江戒愼恐懼地從南側的洞邊緣照亮下方，發現有梯子往下延伸。看樣子，狐狸的頭似乎扮演著鉤子的角色，以便洞打開以後還能把繩子留在手邊。

三紀彌進了這個洞……

正因爲相信他一定下去了，奈津江也毫不猶豫地踏進伸手不見五指的洞裡，一面用手電筒照亮腳邊，慢慢地一步一步往下走。嘰、嘰、嘰……梯子發出細微的聲響。塔屋的位置似乎比想像中還高，梯子彷彿無止盡地延伸，走了半天也踩不到地。

一股難聞的氣味忽然撲鼻而來。沉澱在洞穴底部窒悶的空氣似乎正一點一滴地侵蝕著她的身體，感覺非常不舒服。

繼續往下走了一段路，好像有什麼東西浮現在光線裡。看起來似乎是石像，但又不是很確定。想看清楚一點，差點一腳踩空，嚇出她一身冷汗。從此便專心在下樓梯的腳步上了。

好不容易下到底部，旁邊有四尊高度各異的狐狸石像，全都面向中央而立。因爲還有底座，幾乎與狛犬無異。皺巴巴的草蓆就在四尊狐狸石像正中央。大概是從塔屋的地板上掉下來的。

比草蓆更引人注目的是狐狸石像的頭部及背部。因爲這兩個部分全都黑漆漆、髒兮兮的，散發出血腥味。

不會吧……

三紀彌該不會從塔屋掉下來，撞到這些石像，受了重傷吧。

奈津江連忙照亮四周，只見狹窄的通道各自往四方延伸出去。通道兩側都是空無一物的牆壁。梯子接地的地點，也就是四尊狐狸石像的所在地儼然十字路口的交差點。

這裡到底是——

什麼地方？奈津江還來不及細想，內心悚然一驚。

等等？

被手電筒照亮的通道中，有人倒在其中一條感覺距離比較短的通道前方。看得不是很清楚，但是從身材和服裝來猜，應該是學人。

怎麼可能……

奈津江連忙檢查其他通道，發現貌似汐梨的人影倒在對面的通道前方。另外兩條通道比較長，手電筒的光線照不到前方。

學人哥和汐梨姊……

奈津江很想知道他們是否平安無事，可是看到兩人一動也不動的模樣，雙腳竟邁不出去。

……死、死掉了嗎？

想到這裡，令人窒息的血腥味從四邊的通道瀰漫過來。裡頭還夾雜著腐爛的氣味，奈津江忍不住用一隻手掩住口鼻。

啪噠、啪噠……

這時感覺好像**有什麼**東西在黑暗中蠢動。

奈津江趕緊照亮四方。比較短的通道前方什麼也沒看見，兩條比較長的通道則是光線都被黑暗吞噬。然而豎起耳朵，感覺**那個聲音**好像是從其中一邊傳來。奈津江拚命把右手的手電筒往前伸。那個好像隨時都會從伸手不見五指的黑暗中跑出來，令她非常害怕。可是不照亮前方的狀態更可怕。

啪噠、啪噠、啪噠……

然而當她側耳傾聽，察覺事情有異。令人毛骨悚然的氣息不是從眼前的通道裡面，而是從右前方傳來。

從房間裡傳來？

這裡或許不是地底下，而是與迴家走廊相同的高度。換句話說，周圍的牆壁旁邊該不會是壹到捌的房間吧。倘若三紀彌在其中一個房間，這也可能是他走動的氣息。

三紀彌！

不過還來不及高興，**那個東西**便無聲無息地從狹窄通道右手邊的牆壁出現了。

噫——

那個突然出現。明明剛才還在房間裡，卻不費吹灰之力地穿過牆壁，移動到這個莫名其妙的空間裡。

戴著連衣帽，穿著有如寬鬆的睡袍。與她在辦公室裡看到的照片中正在執行某種儀式的小佐紀幾乎是一模一樣的打扮。

……灰色女人。

啪噠、啪噠、啪噠……**那個東西**逐漸靠近，一步一步地朝這邊逼近過來。就算想爬上梯子逃走，也全身僵硬、動彈不得。照亮**那個東西**的光線星星點點地搖來晃去。右手好像在發抖。

不一會兒，**那個東西**就來到跟前，帽子底下可以看到雪白的狐狸面具，兩隻眼睛正直勾勾地俯視奈津江。

「我……」

那個東西開口了。聲音異常粗嗄，有如從地底傳來的聲音。

「死在這裡……」

奈津江嚇得三魂掉了兩魂半，但仍好奇這句話的意思。

這裡是指迴家嗎？

如果是的話，那麼眼前的人就是小佐紀了。頭皮發麻的瞬間，險些「啊……」地叫出聲音來。

小佐紀女士是在這裡死掉的！

就在她現在背對四尊狐狸石像的上方——當時小佐紀的精神狀態很不穩定，所以不小心誤拉塔屋裡的繩子掉下來，死在這裡。隆利發現她的屍體，但又必須保守這個場所的祕密，因此便謊稱她是從樓梯摔下去死掉。是這樣嗎？

「妳、妳是……」

奈津江慢慢地繞到狐狸石像的另一邊，讓四尊石像擋在自己面前。

「……在、在這裡去世的吧。從、從上面，不小心摔下來……」

沒有表情的狐狸面具微微頷首。

「果然沒錯……」

這麼一來，小佐紀的死就眞相大白了。問題是，這個封閉的空間是做什麼用的？那個爲什麼會出現在這裡？爲什麼要帶走孩子們？大家都死掉了嗎？還有太多尙未釐淸的疑點了。

不過……

現在應該先逃命再說吧。梯子在奈津江的左手邊，身體也總算能動了，不管三七二十一地衝過去，或許能抓住梯子爬上去。

不，不行。

奈津江擠出內心僅有的勇氣，在心裡搖頭。因爲她來迴家是爲了救三紀彌。既然如此，恐怕必須先解開發生在祭園的事件之謎。幸好眼前這傢伙貌似聽得懂人話，那麼只要並未感受到明顯的切身危機，是不是應該留下來再努力一下。

「請、請問……」

奈津江開口，**那個東西**沒有任何反應。

「……這裡到底是什麼地方。」

奈津江不屈不撓地又問了一遍。

「我知道來找我問事的人有什麼煩惱。」

音調雖然暗啞，她卻也好好地回答了。

「……妳、妳是指來找妳問事的人，用筆寫在和紙上，放進房間的小神祠……上頭的內容嗎？」

雪白的狐狸面具點頭。

「我知道……啊！」

那一瞬間，奈津江理解箇中的玄機了。這個封閉的空間果然就做在八個房間的中間。封掉本來相當於走廊部分的出入口，形成完全密閉的空間。只能從塔屋的地板下進出，把這裡當成祕密的通道吧。

目的只有一個。那就是從供奉在各房間牆壁上的小神祠內側偷偷地取出前來問事的人寫下煩惱的和紙來看。

剛才之所以以爲灰色女人貌似穿牆而來，其實是因爲比較長的通道旁邊還有岔路。以梯子爲基點來思考方位的話，可以猜測是漆與捌的房間之間的通道。

這不是使詐嗎！

奈津江險些叫出來，連忙把話吞回去。萬一激怒對方就糟了。奈津江小心翼翼地挑選著字句，說出自己的推理。

那個東西點頭承認。

因爲對方承認得太過爽快，奈津江反而有點反應不過來。如果是使詐的馭狐師，那就一點也不可怕了。奈津江開始感到勇氣從內心湧出來。

可是……

眼前的**那個東西**還是很嚇人。依舊是令人心驚膽寒的存在。

「請問……」

但奈津江必須勇敢面對才行。

「爲、爲什麼要把祭園的孩子……帶來這裡……」

沉默持續了好一會兒。

「爲了保護妳。」

「爲、爲了保護我？」

那個東西點點頭。

「因爲學人哥他們假扮成灰色女人想趕我走嗎？」

那個東西又點點頭。

「所、所以你讓大家從塔屋的洞裡掉下來……」

那個東西先點頭，不知怎地卻又搖頭。

「咦，不是嗎？」

那個東西點頭。

「但他們是從洞裡掉下來吧？」

那個東西又點頭。

「既然如此……還、還是說，並不是所有人？」

那個東西繼續點頭。

「什麼意思？」

那個東西沒有任何反應。

「……不是所有人？」

奈津江拚命思考，感覺答案就在眼前了。正想逐一回想所有人消失的狀況時，腦中閃過一道靈光。

「只有喜雄是自己掉下來的。」

試膽大會那天晚上，喜雄追著她衝上塔屋，在那個圓形洞口絆了一跤，情急之下抓住粗繩子。結果拉動繩子，導致地板的洞打開，他就掉下來了。說不定小佐紀也是一模一樣的遭遇。

對了，我也……

試膽大會時，她也在圓形洞口絆了一跤，差點就想抓住那根繩子。幸好手搆不著，直接倒在草蓆上，這才撿回一條命。一想到差點沒命，不禁渾身打了個冷顫。

「因、因爲喜雄掉下來——」

但她仍鼓起勇氣接著說。

「所以妳認爲只要讓大家也掉進這裡就好了。」

那個東西點頭。

「妳、妳想殺死他們嗎？」

那個東西點頭。

「大家都死、死、死掉了嗎？」

那個東西點頭。

「……三紀彌也是嗎？」

那個東西點頭。

「爲什麼要這麼做……」

那個東西喃喃自語：

「都是爲了妳。」

「……」

「這一切都是——」

「……」

「為了妳。」

「……妳之所以這麼想，」奈津江從聲帶裡擠出聲音問她：「是因為……妳、妳是……我的……母、母、母親……嗎？」

那個東西點頭。

「……」

在除了手電筒的光線以外沒有一絲光明的漆黑世界裡，一時間只有時間靜靜地流逝。

半晌後——

「……妳說謊。」

奈津江開口。至此，她總算明白自己在辦公室看到的資料中，感到不對勁的感覺到底是什麼了。

「我看過妳抱著嬰兒的老照片。一張是抱著深咲姊姊，另一張是抱著我們雙胞胎姊妹的照片。」

「……」

那個東西沉默不語。

「抱著深咲姊姊的妳露出非常幸福的笑容。可是和我們一起入鏡的妳卻露出非常驚恐的表情。那並不是母親的表情。拚命找尋我的下落的人才不會露出那種表情。」

「……」

那個東西用力地點了一下頭，開始慢條斯理地脫下帽子、摘下狐狸面具。

出現在無言以對的奈津江面前的人，是面帶微笑的深咲。

二十二　陰狐火

「妳眞聰明。」
深咲微微一笑。
「不過，身爲擁有強大力量的馭狐師繼承人，這也是理所當然的吧。」
奈津江完全無法理解她在說什麼。
「我們上去說吧。」
出乎意料的展開令奈津江目瞪口呆，深咲已開始沿著梯子往上爬。她也連忙跟上去。
「妳知道要把鈴鐺放進狐狸大人的嘴巴裡呢。」
等奈津江整個人爬出洞穴，深咲拉動繩子，於是地板又從下面跑出來，完整地封住洞口。
「可想而知，從洞穴底下也能這樣操作喔。」
深咲拿著繩子，走到塔屋中央，奈津江一聲不吭地跟在後面。
「可是啊，小佐紀母親大人獨自關在塔屋裡時，會鎖上這兩扇門，所以就算露出這個洞也沒關係。」

「……」
「只不過，考慮到不怕一萬，只怕萬一，還是設計成在下面也能操縱……」
「……騙子。」
奈津江好不容易才擠出這句話。
「小寅祖母大人和小佐紀母親大人的力量都是眞的喔。」
「騙人……」
「我沒有騙妳，是眞的。」
「既然如此，爲什麼要設計這個機關——」
「簡單明瞭的奇蹟比較吸引人。明明眞的有力量，可是要讓無知的人相信，需要耗費相當大的苦心。但其實根本沒必要浪費那些勞力。所以歷代的馭狐師都——」
「都欺騙來問事的人——」
根本沒有差別嘛——奈津江收起怒火。此時此刻不是追究迴家詭計的時候。
「……灰色女人就是深咲姊姊嗎？」
「以前一一確認祭園園童的人確實是我喔。因爲那陣子的我在精神上病得不輕呢。不過後來的灰色女人都是學人他們假扮的。」
「……妳說小佐紀女士尋找我的下落是眞的還是假的？」

「不是小佐紀母親大人喔，是我。母親大人就跟小寅祖母大人一樣，其實想趕妳出去。」

這麼說來，深咲一再提醒她，別在隆利面前提到小佐紀。因爲一提到小佐紀，自己的謊言就會拆穿了。

「剛才的問題只要看到照片中的小佐紀母親大人就知道答案吧。只有我站在妳這邊。」

「……爲什麼？」

「因爲妳們生下來就帶有陰狐火的胎記。所以小佐紀母親大人……」

奈津江搖頭。

「不是。我是問妳爲什麼要找我、帶我回來？」

「哦……」

深咲再次嫣然一笑說：

「這還用問嗎，因爲我是妳的母親啊。」

「……」

「下面那個孩子實在很遺憾，被小寅祖母大人丟到後面的黑森林……幸好她擔心一次葬送兩個擁有陰狐火的雙胞胎反而會帶來更大的災厄……」

「妳、妳、妳說什麼……」

「妳怎麼了？奈津江。」

被深咲喊到名字的瞬間，奈津江背脊一陣發寒。

「生下你們的時候，我才十三歲。」

「……」

「可是啊，小佐紀母親大人還在世時，我沒辦法去找妳。因爲她一定會反對、搞破壞。」

「……」

「直到母親大人死於那起意外、小寅祖母大人也有點癡呆後，我總算能開始追查妳的下落了。」

「……」

「我做夢也沒想到，妳居然變成忠叔和家事太太的女兒，在東京都內生活。」

「……」

「如果是那兩個人，一定會視妳爲掌上明珠。所以知道妳在淺草的根津屋時，我眞的好高興啊。」

「……」

「忠叔被雷劈死時，我可以確定是狐狸大人的意志。爲了讓妳回到我身邊，才用雷劈死忠叔。」

「……」

「所以我去找家事太太，請她把妳還給我。」

「什麼……」

「沒想到那個人不僅斷然拒絕，還說絕對不會讓我見妳。」

她瞞著根津養父母，她們一起在小小森林玩的事，所以養母並不知道她已經認識深咲的事實。

「好不容易找到妳的下落，狐狸大人也出手相助了，家事太太居然從中作梗。」

奈津江有非常不祥的預感。

「所以啊，我除掉她了。」

「……」

奈津江不可置信地凝視深咲，後者對她露出惡作劇般的笑容。

「別擔心，我不會有事喔。爲了讓人以爲是想帶走妳的灰色象男下的毒手，我在現場留下了大耳朵和長鼻子的象帽子。」

「……」

「那是我從平太蒐集的帽子裡偸出來的。也順便事先放入了他的頭髮，萬一警方調查到祭園來，就能讓他爲我頂罪。擅自解讀我對妳的心情，幫我除掉礙事的家事太太——他也不是沒有動機。在那之前，他還有擅自解讀我的心思，試圖擄走妳的前科呢。」

「……」

「只不過這麼一來，我就不能告訴警方，我是妳的母親了。」

得知深咲殺死根津的養母，奈津江感覺腦袋彷彿受到榔頭的重擊。感覺頭重腳輕，隨時都要昏倒。

不行……不能昏倒，給我振作起來！

奈津江拚命給自己打氣。現在可沒空消沉，必須搞清楚所有的祕密、一切的眞相才行。

「眞、眞、眞的嗎……」

「妳是指哪件事？」

「深咲姊姊……妳是我的……母、母親嗎？」

「對呀。」

「那我的父親到底是誰？」

深咲不假思索地回答：

「父親大人啊。」

「……什麼？」

看到奈津江不住眨眼、腦中一片混亂的模樣，深咲似乎覺得很可笑。

「討厭啦，妳忘了父親大人啦？」

「……」

「祭園的園長啊，隆利父親大人。」

「可是……他是妳、是妳的父親吧？」

「那當然。」

「既、既然如此……」

「父親大人就是有這種癖好的人啊。不過稍早之前，他的對象已經變成汐梨了，可惜汐梨死掉了。」

「汐、汐梨姊……」

這麼一來就明白汐梨半夜從三樓下來的原因、洗澡時勸她遲早要離開祭園的用意了。

「只是有一件事很傷腦筋，父親大人告訴她很多祭園的事，而她轉頭就告訴學人了……」

汐梨的樣子是從過了十三歲的生日開始變得怪怪的。學人變得博學多聞也是在那之後。奈津江還無法理解，但隆利似乎把祭園的歷史當成枕邊故事說給汐梨聽。

「她的話題就到此爲止吧。」

深咲言歸正傳，彷彿汐梨的事不值一提。

「所以妳是正統的馭狐師繼承人。」

「我不相信……」

「妳是我的第一個孩子喔。而且身上流著異形的血。」

她身上雖然流著祭隆利這個人類的血，但母親是隆利的親生女兒深咲，所以說是異形的血也不為過。

「可是我的名字……」

「我告訴過妳，狐狸大人又稱飯綱[10]吧。妳的名字是小寅祖母大人把飯綱倒過來取的。」

「把イヅナ(izuna)倒過來是ナヅイ(nazui)，並不會變成奈津江（ナヅエ(nazue)）。」

「祖母大人是東北人，所以把イ(i)的音發成エ(e)了。也因此ナヅイ(nazui)就變成ナヅエ(nazue)了。」

「……」

「妳是我的女兒沒錯喔。」

「妳假裝去找大家，其實什麼也沒做。」

「對呀。」

「妳答應我好幾次，說要調查灰色女人。但妳只是說說而已，沒有採取任何行動。所以只能一直安撫我說要幫我調查。」

「總得做做樣子，才不會不自然嘛。」

---

10 平假名與羅馬拼音請參考P.47。

「園長的想法和意見都是透過妳轉述的……妳當著大家的面要園長報警，那也是做做樣子而已。」

「父親大人才不可能報警呢。」

「……原來如此。」

「還有什麼問題嗎？」

「在迴家後面的森林裡追著我跑的人是妳吧。」

「妳怎麼會這麼想？」

「因爲在那之前，我人在小山坡的階梯上。在迴家的走廊與妳四目相交後，嚇了一跳往後跑。我雖然有點猶豫，就要直接進入森林時，妳出現在北側的走廊上。如果妳眞的在迴家裡檢查，而且是從壹的房間依序檢查每一個房間的話，不可能那麼快就繞到北側。」

深咲突然拍起手來。

「奈津江，妳眞棒。妳的聰慧太適合當馭狐師的優秀繼承人了。」

「我明明是陰狐火……」

「對呀。」

「我明明是受到詛咒的孩子……」

「對呀，妳是喔。」

不同於眼神絕望的奈津江，深咲眼裡閃著熠熠生輝的光芒。

「祖母大人和母親大人都很討厭異形之血與陰狐火。但這不也是她們認爲異形之血與陰狐火具有強大力量的證明嗎。」

「……」

「用不著擔心喔。做爲妳的母親，我會好好輔佐妳——」

「既然如此！」

奈津江大喊。

「如果妳只是希望我成爲繼承人，沒必要傷害三紀彌他們吧！」

「這倒是。」

「就算他們想趕我走，也、也犯不著殺死他們……」

「等等，這妳就錯了。」

「咦？」

「一切始於喜雄的意外身亡，這點倒是沒錯。但我本來就打算遲早有一天要收拾掉所有的孩子們。」

「收拾？」

「就是除掉、處死的意思。」

「爲、爲什麼？」

「當然是爲了讓妳繼承祭家所有的財產啊。」

「什麼……」

「大家都很喜歡我，所以要帶他們來這裡簡直易如反掌，只有汐梨有點棘手。但也只要搬出她和學人他們假扮灰色女人的事，就能輕鬆搞定。」

「只、只因爲這種理由……」

「那是妳不知道祭家有多少財產——」

「我才不需要！」

奈津江再次放聲大喊。

「別擅自爲我決定！」

「母親爲女兒著想不是很自然的事嗎。」

「就算是這樣，也用不著殺人……」

「所有孩子都是祭家的養子喔。要解除收養關係可不是一件容易的事。啊，妳不用擔心喔，我會妥善處理，不會留下後患。再不然也可以拜託島子太太。」

如同將殺死根津養母的罪行推到平太頭上，深咲大概也打算讓島子變成祭園連續殺人案的代罪羔羊。

「不、不可能，一定會穿幫。」

「妳還不清楚父親大人的實力呢。而且父親大人對我言聽計從喔。不，事到如今，他不聽話也不行。不過祭園確實不可能再繼續營業，所以妳將成爲唯一的繼承人。」

奈津江感覺腦袋快要爆炸了。不只意料之外的事實一一水落石出，驅使深咲這麼做的動機全都太不正常了，所以奈津江受到的衝擊簡直深不可測。

但她仍堅強地瞪著深咲。

「妳太奇怪了。絕對不正常。」

「要是妳也生下擁有陰狐火的雙胞胎，就能體會我的心情了。」

「我才不想生下那樣的小孩！」

「別擔心。這次眞的是異形之血——」

「而、而且妳從剛才就一直說是爲了我，這才是天大的謊言！妳一直嚇唬我、威脅我、追著我跑……眞正的母親才不會做這種事！」

「怎麼——」

深咲突然露出失望的表情。

「妳還沒發現最重要的關鍵嗎。」

「……」

「我不是告訴過妳，擁有陰狐火的人在感到極度的恐懼或壓倒性的憎恨時，比較容易被黑狐附身。」

「……」

「這一切都是爲了讓妳覺醒喔。」

「……才、才不要。」

奈津江拚命搖頭，就像幼兒耍賴似地，同時慢慢地開始後退。

「妳逃不掉喔。」

後腳跟抵到牆壁，奈津江貼著牆壁，一隻腳踏進北側的圓形洞穴裡。

「即使離開塔屋，即使逃離迴家，即使逃出祭園，只要陰狐火一天不消失，妳就絕對無法離開狐狸大人——」

這時，地板突然「啪噠」一聲打開了。

「什麼!?」

深唉臉上浮現大大的問號。但也只有一瞬間。下一秒鐘，她就消失在漆黑的洞裡。

……砰！

洞穴底部傳來驚心動魄的巨響。慘絕人寰、可怕到令人作嘔的聲音無情地撞擊奈津江的耳膜。

掉、掉下去了……

奈津江提心弔膽地拿起手電筒往洞裡看。只見無法完全照亮底部的光線中，依稀浮現出一個輪廓。

那是——躺在四尊狐狸石像中間，身體扭曲成完全不合理的角度，深哭慘不忍睹的身影。

終章

奈津江急忙從地板上的洞探頭下去看。

……為什麼機關會打開？

繩子文風不動地垂落在塔屋中央。深咲沒有去拉，奈津江當然也沒有。

難不成是狐狸大人？

該不會是要救她吧。如果是的話，是白狐大人？還是黑狐大人？

這時感覺洞裡傳出某種聲音。

咦……

奈津江豎起耳朵。

有什麼正抓住梯子爬上來。

那一瞬間，脖子冒出雞皮疙瘩，背脊感到一陣惡寒。

……那、那、那是什麼？

她絕對不會問那個是誰。因爲不可能有誰掉進這個宛如奈落[11]的洞裡還能生還。不可能還有誰能爬上來。

嘰、嘰……

梯子的台階發出細微的傾軋聲。

嘰、嘰、嘰……

從伸手不見五指的洞穴深處傳來。

嘰、嘰、嘰、嘰……

正確實地一步一步爬上來。

……得快逃。

奈津江第一時間就想關掉手電筒，但身體不聽使喚。

嘰、嘰……

在一片死寂，伸手不見五指的塔屋內部，只有**那個什麼**爬上梯子的聲響愈來愈大。

嘰、嘰、嘰……

11 ならく（Naraku）是日文中一種舞台大型機關的代稱，設置於舞台下，可藉由人力轉動機關，讓表演者從舞台上出現與消失，由於下方環境陰暗，令人聯想到地獄，故使用佛教用語中的「奈落」來稱呼。

梯子的傾軋聲逐漸來到她的對面、南側的圓形洞口附近。再過一會兒，**那個東西**就會完全爬上塔屋。

奈津江擠出內心僅剩的勇氣，打開手電筒，照亮發出聲音的來處。

「太亮了啦。」

「……」

「快點拿開——」

「三、三、三紀彌！」

三紀彌瞇著眼睛，在光線中看著她。

「你沒事啊！」

「對呀。」

與激動不已的奈津江形成對照，三紀彌看起來極爲冷靜，從洞裡爬出來，手伸向垂在塔屋正中央的粗繩子說：

「搆不到耶。」

「你怎麼會沒事？」

「從妳那邊也搆不到嗎。那只能保持這樣了。」

「喂，你有在聽我說話嗎？」

「這不重要——」

奈津江一字一句、鏗鏘有力地說：

「你到底，是怎麼掉進這個洞裡，又是怎麼得救的？」

「唉……」

三紀彌嘆了一口氣才回答：

「我跟草蓆一起掉下去。幸好草蓆很厚，大概發揮了緩衝效果，救我一命。」

「深咲小姐……她沒發現嗎？」

「我就那樣倒在地上。房間與房間之間開鑿了通道呢。所以她下來把我拖進其中一條通道裡，可是並沒有檢查我是死是活。肯定是認爲只要放著不管，我遲早會死掉吧。」

「好過分……其他人呢？」

三紀彌搖搖頭。

「其他人可能都當場死亡了。我猜是掉進洞裡時，頭去撞到底下的狐狸石像，當場斃命。」

「……」

「我被搬到其中一條走道，聽見妳們的對話。等妳們回到塔屋，我開始尋找能移動這個機關的開關。」

「等、等一下喔。」

奈津江想到一件事，質問他：

「搞不好我會跟她一起掉下去耶？」

「不、不會啦。」

「可是——」

「我確定妳已經離開塔屋才啟動開關喔。」

「你在下面怎麼知道我在做什麼。」

「很簡單啊。從她說的話和地板上傳來的聲音大致可以猜到。」

「大致……呢。」

三紀彌的回答令奈津江怒火中燒。

「總之先離開這裡再說。沒必要隔著地板上的洞喊話吧。」

這麼說倒也是。於是她從北側的樓梯、他從南側的樓梯下去，走向玄關。

走出迴家的瞬間，沁涼如水的冷空氣令人感覺通體舒暢。

「就算只有三紀彌一個人得救也還是太好了。」

奈津江與他並肩站在小山坡上，隔著影影綽綽的樹林眺望本館，真心地說。

「是我運氣比較好。」

掉到那個洞裡還能活命，真的只能說是運氣太好了。

「妳也一樣吧。」

「明明是我引起這次的事件？」

奈津江以自嘲的語氣搖頭，三紀彌說出難以置信的台詞。

「或許這就是陰狐火的力量吧。」

「……這、這也可以算是運氣嗎？」

「別把自己的力量想得那麼壞。」

「不不不，打從一開始就沒有這種力量喔。是那群人如此信以爲眞而已。」

「我說妳呀。」

三紀彌曉以大義地說。

「妳認爲一般的六歲女生被捲入這樣的事件能表現成妳這樣嗎？」

「呃……」

「同樣的台詞也可以套用在我身上就是了。」

「怎、怎麼說……」

三紀彌一瞬也不瞬地看著奈津江回答：

「小寅祖母也眞是老糊塗了。光是丟在後面的森林裡，根本無法剷除擁有陰狐火的其中一個雙胞胎。更何況棄嬰之地還是黑森林。」

「你、你在說什麼……」

「狐狸大人還有一個別稱是日御碕。把日御碕的拼音重新排列組合一下，就成了三紀彌。」[12]

「……」

「深咲小姐從來也沒說過另一個雙胞胎是妳『妹妹』。是妳自己這麼以爲。」

「……」

「她和園長都是某一天就突然接受了我的存在。如果他們仔細想想就會發現自己對我一無所知。只不過，他們永遠不會發現這個事實。」

「……」

「對了對了，啟動地板的機關前，我沒忘記要拿開掉在狐狸石像中間的草蓆喔。我可不像小寅祖母那麼糊塗。」

「怎、怎麼這樣……」

三紀彌第一次露出可恨的冷笑，輕聲細語地說：

「未來也請多多指教，姊姊。」

12 日御碕的發音是ひみさき（Himisaki），三紀彌的發音是みきひさ（Mikihisa）。

TITLE

子狐們的災園

STAFF

出版	瑞昇文化事業股份有限公司
作者	三津田信三
譯者	緋華璃
創辦人／董事長	駱東墻
CEO／行銷	陳冠偉
總編輯	郭湘齡
文字主編	張聿雯
美術主編	朱哲宏
國際版權	駱念德　張聿雯
排版	洪伊珊
製版	明宏彩色照相製版有限公司
印刷	龍岡數位文化股份有限公司
法律顧問	立勤國際法律事務所　黃沛聲律師
戶名	瑞昇文化事業股份有限公司
劃撥帳號	19598343
地址	新北市中和區景平路464巷2弄1-4號
電話	(02)2945-3191
傳真	(02)2945-3190
網址	www.rising-books.com.tw
Mail	deepblue@rising-books.com.tw
初版日期	2025年8月
定價	NT$520／HK$163

國家圖書館出版品預行編目資料

子狐們的災園／三津田信三著；緋華璃譯.
-- 初版. -- 新北市：瑞昇文化事業股份有限公司, 2025.07
400面；14.8X21公分
ISBN 978-986-401-833-8(平裝)

861.57　　114007722

讀小說
Reading Novel